Eukene Lacarra Lanz es doctora por la Universidad de California y catedrática de literatura medieval española de la Universidad del País Vasco. Ha impartido cursos de doctorado en numerosas universidades de Estados Unidos y ha escrito más de medio centenar de libros y artículos, entre los que destacan los relativos al *Poema de Mio Cid* y a *La Celestina*.

Poema de Mio Cid

Edición de
EUKENE LACARRA LANZ

Ex Libris
R.A.L. Villegas

PENGUIN CLÁSICOS

Poema de Mio Cid

Primera edición en Penguin Clásicos en España: mayo, 2015
Primera edición en Penguin Clásicos en México: junio, 2015

D. R. © 2002, Eukene Lacarra Lanz, por la introducción, edición y actividades

D. R. © J. M. Ollero y Ramos Distribución, S. L.,
por la colección Clásicos comentados, dirigida por José María Díez Borque

D. R. © 2002, Penguin Random House Grupo Editorial, S. A. U.
    Travessera de Gràcia, 47-49, 08021, Barcelona

D. R. © 2015, Penguin Random House Grupo Editorial, S.A. de C.V.
    Blvd. Miguel de Cervantes Saavedra núm. 301, 1er piso,
    colonia Granada, delegación Miguel Hidalgo, C.P. 11520,
    México, D.F.

www.megustaleer.com.mx

Comentarios sobre la edición y el contenido de este libro a:
megustaleer@penguinrandomhouse.com

ISBN 978-607-313-034-9

Impreso en México/*Printed in Mexico*

ÍNDICE

Introducción

1. Perfiles de la época

1.1. Al-Andalus

El siglo XI, siglo en el que nació y murió Rodrigo Díaz (c. 1043-1099) fue un siglo de grandes cambios en la vida política y cultural peninsular. La definitiva desmembración del Califato cordobés en 1031 tras un largo periodo de anarquía desde 1008, año en que murió Abd al-Malik, hijo del gran emir Almanzor, tuvo una gran importancia en esta expansión. Se crearon numerosos principados o taifas alrededor de las ciudades que habían sido capital de provincia del Califato. Para 1140 había unos veintiún taifas, pero entre ellas, las más importantes eran las de Zaragoza, Sevilla, Granada, Badajoz, Toledo y Valencia. Los soberanos de los reinos de taifas favorecieron la actividad cultural y se rodearon de poetas, cronistas, filósofos, científicos, médicos e incluso arquitectos que diseñaron sus palacios y jardines. Sevilla llegó a tener en ese tiempo uno de los anfiteatros más grandes del mundo, lamentablemente destruido en el siglo XVIII. De esa época datan las primeras jarchas conservadas, y en ese tiempo vivía Ali ben Hazm de Córdoba, el famoso autor del *Collar de la paloma*. Muestra del arte andalusí de ese siglo son los restos magníficos de orfebrería, cristal, cerámica, marfil, mármol y madera. Tuvo también mucha importancia la industria textil. Los tejidos de seda fueron famosos y muy codiciados por los reyes cristianos, que gustaron de vestir a la musulmana. Incluso los obispos apreciaban las sedas andalusíes, como muestra el fragmento de una magnífica vestidura de seda, hoy guardada en el Museo de Bellas Artes de Boston y que perteneció a Pedro, obispo de Osma, que murió en 1109 y fue venerado como santo. La erudición de los escritores andalusíes, muy superior a la cristiana de ese momento, la practicaban los mismos soberanos. Por ejemplo, al-Muzaffar, rey de Badajoz que reinó entre 1045-1068, recopiló una obra, hoy perdida, de cincuenta volúmenes sobre materias tan diversas como historia, literatura, ciencia y arte; al-Mutamin de Zaragoza fue autor de un tratado de matemáticas; al-Mamun de Toledo fue un gran mecenas y bajo su patrocinio hizo construir al famoso astrónomo al-Zarqal un reloj de agua maravilloso. Se dice que Alfonso VII mandó a sus sabios que lo desarmaran para ver su funcionamiento, pero que lamentablemente no supieron reconstruirlo.

La comunidad judía de Al-Andalus contaba con una élite muy significativa en las letras, en las ciencias y en la política. De hecho, los judíos consideran los siglos XI y XII como la Edad de Oro de la comunidad sefardita en Al-Andalus. Varios tuvieron puestos destacados en el gobierno en las taifas de Granada, Sevilla, Zaragoza, Valencia y Almería. Entre los que obtuvieron puestos de confianza destaca Samuel Ha-Nagid, que fue un gran erudito y también primer ministro del reino de Granada hasta su muerte en 1056, en que le sucedió en el puesto su hijo José; también influyente en la política y en las letras fue Ibn Nagrela, que además de ser visir y líder militar fue un gran polemista del

Talmud, y también poeta y autor de varios tratados filológicos; Salomón Ben Jehuda Ben Gebirol (Avicebrón) fue un famoso filósofo y poeta nacido en Málaga y educado en Zaragoza donde vivió y murió alrededor de 1057; el famoso tudelano Judah Halevi fue médico y poeta de la corte cordobesa. Todos escribieron en lengua árabe, pero varios también utilizaron la lengua hebrea para escribir su poesía, empresa muy difícil porque esa lengua desde hacía siglos había dejado de ser una lengua hablada. La culminación de la cultura judía llegó en el siglo siguiente con el gran Moisés Maimónides, autor del famoso libro *Guía de los perplejos* y también autor de numerosos tratados de medicina que fueron textos obligatorios en las facultades de medicina europeas hasta el Renacimiento.

1.2. LOS REINOS CRISTIANOS

El siglo XI fue para los cristianos un período de gran agitación política y social. La sociedad cristiana era una sociedad centrada en la guerra, poco refinada. Las obras de arte que han sobrevivido son de arte religioso. Entre ellas sobresalen las iluminaciones del *Apocalipsis del Beato de Liébana* que hace Facundo para Fernando I y su mujer Sancha o las magníficas pinturas de la iglesia de San Isidoro que este mismo rey manda hacer tras el traslado de las reliquias del santo a León en 1063. Sin embargo, la sociedad cristiana era una sociedad fundamentalmente preparada para la guerra y la cultura, todavía en el siglo XI, se refugiaba en los monasterios.

La fragmentación del califato fue crucial en el afianzamiento de las monarquías cristianas y en su expansión hacia el sur. En la primera mitad del siglo se fundan dos reinos que con el tiempo llegarán a dominar al resto: Castilla y Aragón, cuyos monarcas proceden del linaje navarro. Fernando I, hijo del rey Sancho III el Mayor de Navarra, conde de Castilla desde 1029, elevó el rango del condado a reino en 1037, apenas dos años después de la muerte de su padre. Su hermano bastardo heredó en 1035 el condado de Aragón, que también elevó a la categoría de reino. La dispersión de los territorios sobre los que había dominado el navarro Sancho III, que además de los ya mencionados incluían el propio reino navarro y el reino de León, fue en parte reunida por Fernando tras la derrota y muerte que infligió a su cuñado Vermudo III en 1037. Pocos meses después, en 1038 fue coronado rey de León. La entronización de la dinastía navarra en los reinos de Castilla y León y la debilidad y desunión de los reinos de taifas fueron fundamentales en la extraordinaria expansión territorial de Castilla y León y en las cambiantes relaciones entre la nobleza y la monarquía.

La favorable situación que se abrió con el nacimiento de los reinos de taifas dio lugar al auge de los señores de la guerra, nobles que ponían sus ejércitos al servicio del rey y aspiraban a través de la guerra incrementar el favor real y su patrimonio. Para muchos estudiosos Rodrigo Díaz representa este modelo de caballero de fortuna, que algunos consideran mercenario (Torres-Sevilla, 2000, p. 31). Ciertamente, la nueva dinastía introdujo cambios en la política y en la economía. Fernando I inició una política de protección de los gobernantes musulmanes a cambio del cobro de las parias. Así, obtuvo tributos anuales de los reyes de Zaragoza, Toledo, Sevilla y Badajoz, que eran las taifas más poderosas. Su hijo Alfonso VI consiguió mantener el cobro de esas parias y extenderlas a las taifas de Granada y Valencia. La expansión territorial de la monarquía castellano-leonesa en estos años culminó con la conquista de Toledo en 1085.

Alfonso VI alcanzó con esta victoria la cumbre de su poder, denominándose emperador de las dos religiones, musulmana y cristiana. Sin embargo, la conquista de Toledo tuvo como consecuencia inmediata la llegada a la Península de tropas Almorávides, que al mando de Yûsuf Ibn Tasufin intentaron recobrar Toledo. Aunque esto no les fue posible, consiguieron parar el avance territorial de Alfonso tras derrotar a su ejército en la batalla de Zalaca (1086). Las taifas de Zaragoza, Sevilla, Badajoz y Granada dejaron de pagarle las parias al buscar el protectorado de los almorávides. Sólo el reino de Valencia continuó bajo el protectorado de Alfonso durante algún tiempo. Esto fue posible gracias al esfuerzo y éxito de Alvar Fáñez, a quien el rey envió al mando de una gran hueste para instalar a Al-Qâdir, el vencido rey de Toledo, como rey de Valencia, y asegurar así su alianza con este reino y el cobro de las parias.

Durante los treinta años siguientes, los almorávides dominaron la política peninsular y el avance de la llamada Reconquista sufrió un estancamiento espectacular. Únicamente Rodrigo Díaz se enfrentó a ellos con éxito, logrando conquistar en 1094 la gran taifa de Valencia. Alfonso había intentado impedir la influencia de Rodrigo en las tierras valencianas. Sin embargo, su antiguo vasallo había logrado adentrarse en ellas y obtener parias, en franca competencia con los intereses del rey. Este quiso poner fin a la situación y en 1092, con la ayuda de Ramiro II de Aragón, del conde de Barcelona y de las armadas de Génova y Pisa, se puso a la cabeza de un ejército para atacar Valencia por tierra y mar y desalojar a Rodrigo y recuperar lo que él consideraba ser su protectorado por derecho. La expedición, sin embargo, fue un fracaso porque la ayuda por mar no llegó a tiempo y porque Rodrigo replicó invadiendo el reino de Alfonso por Calahorra y adentrándose hasta Nájera y Logroño. Esta incursión obligó al rey a retroceder para amparar y defender su reino. La *Historia Roderici* describe cómo Rodrigo arrasó a sangre y fuego la tierras de Alfonso y se llevó un gran botín. La crónica, que es tan favorable a Rodrigo no ahorra críticas en esta ocasión, y comenta así el ataque:

"Entró con una gran hueste en tierras de Calahorra y de Nájera que pertenecían al reino del rey Alfonso y estaba bajo su gobierno [...] después de un valeroso ataque [...] se hizo con gran botín que provocó desconsuelo y lágrimas y cruelmente sin misericordia alguna incendió todas aquellas tierras arrasándolas por completo de la manera más dura e impía. Devastó y destruyó toda aquella región llevando a cabo feroz e inhumano pillaje y la despojó de todos sus tesoros y riquezas y de todo su botín que pasó a su poder". (Falque Rey, p. 364.)

La conquista de Valencia dos años después de estos hechos le dio a Rodrigo una gran fama dentro y fuera de la Península. Sin embargo, fue una conquista efímera, pues la plaza se perdió apenas tres años después de su muerte, y fue recobrada por los almorávides en 1102. Hay que señalar, que en esos años hubo grandes tensiones entre el rey Alfonso VI y Rodrigo Díaz, señor de Valencia, el cual conquistó la taifa para sí y nunca reconoció la autoridad de Alfonso en ella (E. Lacarra, 1980a, p. 109; Fletcher, p. 189). No sabemos si hubo algún acercamiento entre ambos. Menéndez Pidal insistió en que el Cid conquistó Valencia para Alfonso y la gobernó en su nombre, pero en 1097 Alfonso pidió ayuda a Rodrigo y a Alfonso II de Aragón para enfrentarse con Yûsuf Ibn Tasufin, y ninguno de los dos acudió a Consuegra (Reilly, p. 107). No obstante, una fuente tardía señala que Diego Rodríguez, el único hijo varón del Cid, murió en Consuegra, lo que de ser verdad permitiría pensar en una mejora en las relaciones entre ambos (Fletcher, 189-190). Alfonso VI, por su parte, aunque no pudo defender Valencia de los almóravides ante la petición de ayuda de Jimena Díaz, que a la muerte de Rodrigo se había puesto al frente del reino, sí que envió tropas para garantizar la seguridad de los cristianos que abandonaron Valencia. Los historiadores consideran, en retrospectiva, que la posesión de Rodrigo de Valencia fue beneficiosa, aunque lo fuera indirectamente, para las monarquías aragonesa y castellano-leonesa, pues gracias a ella se dificultó el paso de los almorávides por el Levante hacia Aragón y Castilla, y Toledo pudo quedarse en poder de Alfonso y el rey de Aragón conquistar Huesca. Esto último, sin embargo, contrarió las ambiciones castellano-leonesas sobre ese territorio y las aspiraciones de Alfonso VI sobre Zaragoza (Gambra, 200).

1.3. El favor real, los bienes patrimoniales y la política matrimonial: bases del poder nobiliario

En los últimos años, los historiadores han investigado los cambios que se produjeron en la monarquía castellana a lo largo de los siglos XI y XII y en el proceso de enfeudalización gracias a la recuperación de la potestad real. La expansión territorial y el consiguiente fortalecimiento de la monarquía obligó a la aristocracia a buscar el favor real para mantenerse en el poder, ya que la proximidad a la corona garantizaba la presencia en la corte, la concesión de tenencias y condados, y el nombramiento a altos cargos, como los de alférez real y mayordomo real. Aunque hay una cierta polémica entre los historiadores, parece que el patrimonio, aun siendo importante, pasó a un segundo término como base de poder. Estudios recientes sobre el importante linaje de Lara lo muestran ampliamente. La realidad es que los bienes patrimoniales de los nobles se caracterizaban por su fragmentación y por su dispersión geográfica. Generalmente poseían algunas villas completas, pero el grueso del patrimonio consistía en la posesión de porciones o divisas de villas localizadas en un territorio bastante amplio (Pastor Díaz de Garayo, pp. 236-251). Estos estudios son importantes como veremos, a la hora de valorar el patrimonio de Rodrigo y su posición respecto al patrimonio de otros nobles de su tiempo.

En cuanto a la nobleza misma, conviene tener en cuenta que muchos de los nobles más poderosos de la corte castellana en el siglo XI procedían de los grandes linajes nobiliarios leoneses. Esto no nos debe sorprender, puesto que el reino de Castilla se había desgajado recientemente del reino de León, y apenas había caminado solo cuando se volvieron a unir ambos reinos, primero bajo Fernando y luego, tras un breve lapso, de nuevo bajo Alfonso. También es conveniente recordar que las familias de los poderosos buscaban alianzas entre sí a través del matrimonio, y que el parentesco entre los consortes era cercano, debido a que la nobleza era un grupo bastante reducido. Con frecuencia nos encontramos matrimonios dentro del propio linaje entre parientes en tercer grado –tío/sobrina–, y cuarto grado –primos carnales–, pese a las prohibiciones eclesiásticas sobre tales uniones (Torres Sevilla, 1999).

De esto se derivan al menos tres consecuencias importantes: primera, que los linajes de los nobles que los estudiosos del *Poema del Cid* han considerado tradicionalmente castellanos, provienen mayoritariamente de linajes de origen leonés, incluido el del mismo Rodrigo Díaz; segunda, que muchos de ellos estaban relacionados por lazos de parentesco, como era también el caso de Rodrigo y Jimena, que eran tío y sobrina; y tercera, que los lazos de parentesco no eran ni han sido nunca óbice para las enemistades entre los linajes, empezando por el mismo linaje real. Recordemos las luchas intestinas y muertes entre Fernando I y sus hermanos y cuñado que le llevaron al trono leonés, y después las desavenencias entre sus hijos, que terminaron en muertes y traiciones, y dejaron a Alfonso en posesión de Galicia, León y Castilla.

2. CRONOLOGÍA

AÑO	AUTOR-OBRA	HECHOS HISTÓRICOS	HECHOS CULTURALES
c. 1043	Rodrigo Díaz nace en Vivar.	Al-Mamun hereda Toledo, tributario de Fernando I de Castilla.	Primeras jarchas.
1047			Facundo copia e ilustra para Fernando I y Sancha el *Apocalipsis* del Beato de Liébana.
1049		Compromiso de Fernando I para financiar Cluny.	
1054		Muere García Sánchez III, rey de Pamplona.	
c. 1057			Muere Ben Gabirol, "Avicebrón".
c. 1058	Va a la corte de Sancho II al morir su padre.		
1063		Testamento de Fernando I en favor de sus hijos.	Las reliquias de San Isidoro son trasladadas a León. Muere Ali ben Hazm.

AÑO	AUTOR-OBRA	HECHOS HISTÓRICOS	HECHOS CULTURALES
1065	Primer documento de Rodrigo en la corte de Sancho II.	Muere Fernando I.	
1068		Sancho II derrota a Alfonso VI en Llantada.	
1071		Sancho II, rey de Galicia, al derrotar a García.	
1072		Sancho II, rey de León, al derrotar a Alfonso VI. Sancho II muere asesinado en Zamora.	
1073		Alfonso VI confirma el compromiso con Cluny. Nace Alfonso I, el Batallador.	
1074	Entrega las arras a Jimena, su mujer, sobrina de Alfonso VI.		
1076		Sancho IV es asesinado en Pamplona, Alfonso VI y Sancho Ramírez de Aragón se reparten el reinado.	
1077		Alfonso VI duplica el censo a Cluny.	
1078		Alfonso VI instaura la regla de Cluny en Sahagún. Roberto de Cluny es abad.	Diego Peláez inicia la construcción de la catedral de Santiago.
c. 1079	Va a Sevilla a cobrar las parias y apresa a García Ordóñez.		
1080			Se adopta la liturgia romana.
1081	Lucha contra los que tributan a Alfonso VI. Primer destierro. Entra al servicio de los Beni Hud en Zaragoza.		
1082	Hace prisionero al conde de Barcelona.		

AÑO	AUTOR-OBRA	HECHOS HISTÓRICOS	HECHOS CULTURALES
1085		Alfonso conquista Toledo.	
1086			Alfonso es derrotado por el emir almorávide Yusuf.
1087	Alfonso perdona a Rodrigo.		Muere al-Zarqali, "Arzaquiel", astrónomo hispano árabe.
1089	Segundo destierro por negarse a asaltar Aledo.	Alfonso VI asalta Aledo.	
1090	Apresa por segunda vez al conde de Barcelona.		
1092	Rodrigo saquea la Rioja. Inicia el sitio de Valencia.	Alfonso VI ataca Valencia. Ibn Jehhaf asesina a al-Cadir, visir de Rodrigo.	
1094	Derrota a Yusuf.		
1095	Ejecuta a Ibn Jehhaf. Se rebelan los valencianos.		
1096		Pedro I de Aragón conquista Huesca.	
1097	Muere en batalla contra Yusuf su hijo Diego. Rodrigo toma Almenara.	Alfonso VI es derrotado por Yusuf.	
1098	Conquista Murviedro. Consagra la mezquita de Valencia en catedral, Jerónimo de Perigord es nombrado obispo.		
1099	Muere Rodrigo Díaz.		
c. 1099	María Rodríguez, Su hija, casa con el conde de Barcelona, Ramón Berenguer III. Su hija Cristina casa con Ramiro, infante de Navarra.		
1100			Diego Gelmírez, obispo de Santiago, reanuda la construcción de la catedral.

AÑO	AUTOR-OBRA	HECHOS HISTÓRICOS	HECHOS CULTURALES
1101	Jimena deja Valencia y vuelve a Castilla en compañía de Alfonso VI. Rodrigo es enterrado en el monasterio de San Pedro de Cardeña.		
1104		Muere Pedro I de Aragón. Le sucede su hijo Alfonso I.	
1105		Nace el futuro Alfonso VII.	
1106			Mosé Sefardí se convierte en Pero Alfonso, autor de: *Disciplina clericalis*.
1109		Muere Alfonso VI.	Ben Bassam: *Tesoro*, donde habla de Rodrigo Díaz.
c. 1110			Ben Alcama escribe sobre Rodrigo.
1134		García el Restaurador, hijo de Cristina y Ramiro, rey de Navarra. Muere Alfonso I.	Escuela de traductores de Toledo. Aymerico Picaud: *Guía del peregrino*.
1140 1147			*Historia Roderici. Historia compostelana.*
1142		Cluny en el monasterio de San Pedro de Cardeña.	
1146		Los cluniacenses expolian el tesoro. Salen de Cardeña.	
1147		Los almohades empiezan a dominar Al-Andalus.	
c. 1150		Aragón y Barcelona unidos por el matrimonio de Petronila y R. Berenguer IV. Muere Gª Ramírez.	*Poema de Almería.*
1151		Tratado de Tudellén: Alfonso VII y Ramón Berenguer IV se dividen zonas de la Reconquista.	

AÑO	AUTOR-OBRA	HECHOS HISTÓRICOS	HECHOS CULTURALES
1153		Blanca de Navarra, nieta del Cid, casa con Sancho de Castilla.	
1155		Nace el nieto del Cid, el futuro Alfonso VIII. Muere Blanca de Navarra.	
1157		Muere Alfonso VII, le sucede su hijo, Sancho III.	
1158		Se funda la Orden Militar de Calatrava.	
1159		Muere Sancho III.	
1160		Minoría de Alfonso VIII. Guerras civiles entre Castros y Laras.	*Crónica Najerense.*
1162		Los Laras raptan al rey-niño. Lo retienen en San Esteban de Gormaz.	
1164		Fernando de Castro asesina a Manrique de Lara, ayo de Alfonso.	
1166		Se funda la Orden Militar de Alcántara. Muere Gutierre de Castro.	
1169		Mayoría de edad de Alfonso VIII. Los Castro desterrados.	
1170		Se funda la Orden Militar de Santiago.	
1173		Sancha, biznieta del Cid, casa con Pedro Manrique de Lara.	
c. 1174		Nace Gª Pérez de Lara, primo de Alfonso.	
1188		Cortes de León: Alfonso IX, de León, se declara vasallo del rey Alfonso VIII de Castilla.	*Carmen Campidoctoris.* (c. 1181-1190)

AÑO	AUTOR-OBRA	HECHOS HISTÓRICOS	HECHOS CULTURALES
1190		Navarra y Aragón contra Castilla.	Maimónides: *Guía de perplejos.*
1191		Pedro Fernández de Castro incita a León, Portugal y Aragón contra Castilla.	
c. 1194			*Liber Regum I.*
1195		Los almohades derrotan a Alfonso VIII en Alarcos.	
1196		Pedro Fernández de Castro y los almohades luchan contra Castilla e incitan al rey de León a aliarse.	
c. 1197			Nace Gonzalo de Berceo.
1198		Alfonso IX de León casa con Berenguela de Castilla. Alfonso VIII ataca Navarra: Álava y Guipúzcoa se incorporan a Castilla.	Muere el filósofo Averroes.
c. 1201			*Disputa del alma y el cuerpo, Razón de amor, Denuestos del agua y el vino.*
1206		Tratado de paz entre Castilla y León. Bula de Inocencio III para la cruzada en España.	
1207	*Poema de Mio Cid.*	Castilla y Navarra: paz.	
1212		Navas de Tolosa: victoria de los castellanos sobre los almohades.	

3. *Poema de Mio Cid*

3.1. MÉTRICA-RIMA

El *Poema de Mio Cid* es un poema épico que narra la gestas militares de un gran magnate castellano a quien el poeta denomina Mio Cid Rodrigo Díaz de Vivar, y también

Mio Cid Campeador. Nos ha llegado en un solo manuscrito que se guardaba hasta el siglo XVI en el Concejo de Bivar y que desde 1960 se conserva en la Biblioteca Nacional de Madrid. El códice consta 74 folios más las dos de guardas de pergamino de mala calidad en once cuadernillos. Falta el primer folio del primer cuaderno y sendos folios de los cuadernos séptimo (entre los folios 47 y 48) y décimo (entre los folios 69-70). El tipo de grafías apunta a una datación de mediados del siglo XIV (Ruiz Asencio, 1982). El poema va sin título y se escribe seguido sin división alguna. En el *explicit* se dice que lo escribió Per Abbat en la era hispánica de 1245, que corresponde al año 1207 de nuestra era.

El *Poema de Mio Cid* se caracteriza por estar escrito en tiradas anisosilábicas. La gran irregularidad métrica que oscila entre tres y catorce sílabas en los hemistiquios excluye la posibilidad de atribuirla a error de copista. Tampoco se ha encontrado un sistema acentual regular, ya que el número de acentos en cada hemistiquio varía entre dos y seis. La rima es asonante y se usan doce tipos de asonancia, si bien la é-e no llega a formar ninguna serie. La más frecuente es en –ó, con 1219 versos; le siguen las asonancias en -á con 700 versos, en -á-o, con 635, y en -á-a, con 538. Menéndez Pidal defendió que las asonancias en –ó y en -á añadían con frecuencia una -e paragógica, de forma que todas las asonancias eran dobles: ó-e y á-e. Esto regularizaría la rima, pues palabras como "espolón" rimarían con "albores" y "besar" con "sale", como ocurre en la tradición del romancero judeo-español y en *el Fragmento de Roncesvalles*. Sin embargo, esta tesis ha dado lugar a una gran discusión porque en el manuscrito de Per Abbat sólo se escribe la *e* paragógica en dos ocasiones, los latinismos "laudare", v. 335, y "Trinidade", v. 2370.

Tradicionalmente se considera que la narración se organiza en tiradas, es decir, en series cerradas cuya extensión oscila entre 3 y 190 versos y que están ligadas por la misma asonancia. Sin embargo, el cambio asonancia no siempre marca el inicio de una nueva serie. Con frecuencia se introducen dísticos, versos sueltos y leoninos que cuestionan la organización en tiradas, y que obligan a los editores a considerar erróneo, y por tanto a corregir, todo cambio de la asonancia dentro de una serie. Sin embargo, no se debe considerar que los versos sueltos o los dísticos son errores textuales, porque se puede argumentar que forman parte del sistema original y que no deben corregirse.

3.2. TÉCNICAS NARRATIVAS. LENGUA. ESTILO. DATACIÓN

La organización del relato permite que el mismo pensamiento se repita en dos series consecutivas llamadas gemelas, por ejemplo las 50 y 51 o en series paralelas, las 150-152, en donde se relatan tres acciones diversas que ocurren simultáneamente y que tienen un desarrollo similar. Con mayor frecuencia, sin embargo, se da la narración doble, donde el pensamiento de la serie anterior se repite en la siguiente añadiéndole uno nuevo, por ejemplo en las tiradas 25 y 26. Todas estas técnicas narrativas sirven para dar énfasis o dramatismo de la acción, para subrayar la importancia de los acontecimientos o para destacar una cualidad personal. También sirve a estos propósitos el uso del discurso directo por parte de los personajes, los diálogos, y la presencia del narrador, que a veces se dirige directamente al público con expresiones como "sabet" o "señores".

Son raras las descripciones de la apariencia física de los personajes y de los espacios interiores y exteriores. El narrador apenas se detiene a describir el paisaje, salvo en la breve descripción de la huerta valenciana y del Robledo de Corpes, donde en medio de las fieras montañas pobladas de bestias salvajes hay un suave claro con una fuente cristalina que recuerda el *locus amoenus* de la literatura amorosa. Sin embargo, enumera los lugares geográficos por los que pasan el Cid y sus vasallos para proporcionar la sensación de gran movimiento (vv. 645-651). La enumeración también se utiliza para destacar a los principales vasallos del Cid en la lid (734-741). Frente a la parquedad descriptiva espacial se subrayan las acciones físicas. Unas veces se utilizan para visualizar el movimiento del personaje o su estado de ánimo: "engrameó la tiesta" (v. 13), "Sospiró mío Çid" (v. 6). Otras para mostrar la relación legal y social entre personajes; por ejemplo, "besar la mano" indica relación de vasallaje o dependencia, mientras que la expresión "obispo fizo de su mano el buen Campeador" (v. 1332), señala que el Cid ejerció la prerrogativa real de nombrar obispo.

Otro recurso narrativo importante es el uso de "fórmulas" y de "expresiones formulares". Generalmente se llama fórmula a un grupo de palabras iguales que se repiten en el mismo orden, mientras que expresión formular se da cuando palabras semejantes se repiten con alguna variación. "Otro día mañana pienssa de cabalgar" (vv. 394, 413, 645) y "el que buen hora nasco" (vv. 437, 559, 808, 935), se consideran fórmulas, pero "¡Martín Antolín sodes ardida lança!" (v. 79), "e Galín García –una fardida lança" (v. 443b), "¿Venides, Albar Fáñez, una fardida lança?" (v. 489), "pienssan de andar" (v. 426) "pienssan de cabalgar" (v. 432), "piénssanse de adobar" (v. 681), se consideran expresiones formulares. Parry y Lord avanzaron la tesis del uso mnemotécnico de fórmulas y expresiones formulares en la improvisación, y concluyeron que un número elevado indicaría la composición oral del texto. Los resultados de la aplicación de este método han sido poco fiables a la hora de analizar la composición oral o escrita del *Poema de Mio Cid*, debido a las discrepancias entre los críticos tanto sobre lo que realmente constituye una fórmula, como sobre el porcentaje necesario para garantizar la composición oral de una obra. Los estudios llevados a cabo por Miletich subrayan este problema metodológico, quien concluye que el *Poema de Mio Cid* pertenece al tipo de obras compuestas por escrito, pero que utilizan las técnicas de la composición oral porque se dirigen a una audiencia acostumbrada a representaciones orales y porque su difusión puede ser tanto oral como escrita.

En cuanto a la lengua hay que considerar la dificultad que supone contar con una única copia tardía y las posibles modificaciones sufridas desde la fecha de su composición hasta la de su copia actual a mediados del siglo XIV. En la actualidad la tesis de Menéndez Pidal que lo creyó compuesto hacia 1140 por razones lingüísticas apenas tiene defensores y también se cuestionan las tesis de quienes consideran que la lengua es aragonés, o que contiene fuertes aragonesismos.

El uso de los tiempos verbales es muy peculiar y ha dado lugar a varios estudios. El autor utiliza con frecuencia el presente histórico para dramatizar y aproximar el relato a su audiencia. También utiliza el imperfecto de indicativo, ocasionalmente combinado con el pretérito, con sentido de presente (v. 1483). Aunque esta combinación responde a veces a necesidades de la asonancia (vv. 37-40), la rima no explica la mayor parte de lo cambios verbales (vv. 295-299). El *Poema* también se caracteriza por el uso abundante de la perífrasis verbal lo cual se da también, aunque en menor medida, en otras obras del siglo XIII.

El léxico del *Poema* procede tanto del habla común como de la terminología militar y legal, lo cual indica el conocimiento jurídico del autor y su erudición. El uso de términos legales es frecuente y exacto. Aunque es más utilizado en el episodio de las Cortes de Toledo, por ejemplo: "fincar la voz" (vv. 3167 y 3211), "demandar" (v. 3143), "apreçiadura" (v. 3240), "menos valer" (v. 3268), "recudir" (v. 3269), su uso es generalizado. La influencia del latín se ve tanto en el léxico (vv. 355, 358, etc.), como en las construcciones de ablativo absoluto (vv. 320, 366, etc.), y en el uso que hace de la retórica. La influencia de la épica francesa se da en la temática y estructura del poema, y también se observa en expresiones directas del poeta a su público, como "veríedes tantos ..." (vv. 726-730, 1141, 2400-2406, 3242-3244). Menéndez Pidal consideró también galicismos las expresiones que describen acciones físicas como "llorar de los ojos". Estudios posteriores han demostrado, sin embargo, que tales expresiones son muy antiguas en ambos idiomas y que nuestro autor no necesitaría recurrir a obras francesas para incorporarlas a la suya.

De todo lo que precede se puede concluir que el autor utiliza muchos recursos estilísticos característicos de la épica oral que permitirían una audiencia bastante amplia y una mayor difusión de su obra, pero que también usa con agilidad numerosos términos y técnicas narrativas de carácter culto. Esta combinación la consigue con gran maestría, sin forzar el texto, que tiene mucha fluidez y que se caracteriza por su concisión, economía, precisión léxica, y por el dramatismo de la acción narrativa. En su magna edición crítica de 1911 Menéndez Pidal dató la composición del poema hacia 1140. Cincuenta años después, en 1961, modificó su postura al atribuir la obra a dos poetas, uno muy fiel a la historia que habría compuesto un poema poco después de los hechos, hacia 1110 y otro más alejado que habría refundido al anterior en una nueva versión hacia 1140. Su gran influencia relegó al olvido la investigación filológica de A. Bello que ya en 1881 lo fechaba alrededor de 1200. Sin embargo, hoy en día la mayor parte de los estudiosos concuerdan con Bello y postulan una fecha muy cercana a la copia efectuada por Per Abbat, es decir, entre los últimos años del XII y los primeros del XIII (Lacarra, 1980a, pp. 222-252). Así lo podemos observar en los artículos publicados en las Actas del Congreso Internacional celebrado en Burgos en 1999 con ocasión del 900 aniversario de la muerte de Rodrigo Díaz.

3.3. Estructura y argumento

La estructura del poema es lineal y bimembre, ya que la división tripartita no responde a la acción, sino posiblemente a exigencias temporales de la representación. En la primera parte todas las acciones del Cid desde su salida del reino están encaminadas a demostrar la inocencia de la acusación de que ha sido objeto y a restaurar la posición perdida y recuperar el favor de Alfonso y su perdón. El Cid lleva esto a cabo por medio de sus victorias en la guerra, y por su adherencia al derecho público. El Cid es acusado por sus enemigos y el rey hace recaer sobre él la ira regia, por lo que es condenado a la deportación. Esta condena conllevaba el destierro del reino para siempre, la confiscación de los bienes y la pérdida de la patria potestad sobre su mujer e hijas. Este castigo se denominaba muerte civil porque quien incurría en él perdía todos sus derechos y privilegios, incluido el derecho de heredar y testar (Lacarra, 1995). Rodrigo parte al destierro pasando por Burgos, donde no puede pernoctar porque el rey lo ha prohibido. Allí se le une Martín Antolinez que le ayuda y juntos engañan a los judíos para financiar sus primeras campañas militares. Pasa por el monasterio de Cárdena para despedirse de su mujer e hijas y les promete formalmente casarlas "por su mano". Esta promesa es esencial en la trama, puesto que la obra no puede terminar sin haberla cumplido. Antes de dejar Castilla tiene una visión. El Arcángel Gabriel se le aparece en el sueño y le dice que todo lo que emprenda tendrá éxito. A continuación comienza la vida en el destierro, donde se prueba como un gran militar en las victorias sobre Castejón y Alcocer y también en las batalla campal sobre los reyes Fáriz y Galbe. Rodrigo se enfrenta con el conde de Barcelona a quien vence y hace prisionero. El desprecio con que el conde trata al Cid, se lo hace pagar caro, y el conde queda retratado como un hombre arrogante y menos recio que el castellano. Sus victorias culminan en la conquista de Valencia, donde se afinca y se erige en señor de la taifa. Allí nombra obispo y mantiene su corte hasta su muerte.

Como buen señor reparte el botín obtenido en la guerra entre sus vasallos y todos se hacen ricos. Sin embargo, Rodrigo es fiel al rey Alfonso y quiere recobrar su gracia. Para ello, siguiendo la legislación medieval envía en tres embajadas a Minaya Alvar Fáñez para que pida al rey perdón en su nombre (Lacarra, 1995). El rey responde a estas embajadas positivamente y con regalos que superan en cuantía los presentes que recibe. En la primera embajada Rodrigo le envía treinta caballos enjaezados. El rey los acepta, perdona al embajador y da permiso a todos los nobles de su reino que lo deseen para que se unan a las mesnadas del Cid. El resultado es que Alvar Fáñez vuelve de su embajada con 200 caballeros y gran número de peones (vv. 916-18), que suponen una ayuda notable para las huestes del Campeador, que en ese momento ascendían a poco más de 600 hombres (v. 674). La alegría del Cid muestra que la generosidad del rey ha superado con creces sus previsiones. En la segunda embajada el Cid le manda con Minaya 100 caballos. El rey los acepta y le retribuye generosamente; perdona a todos los que se fueron a servir al Cid, a quienes devuelve todos los bienes que les confiscó; permite que doña Jimena y sus hijas se unan a Rodrigo en Valencia y de nuevo insta a sus vasallos a servir al Cid (vv. 1360-71), lo cual muchos hacen y se unen a Minaya (v. 1420). La tercera y última embajada es de 200 caballos. El rey responde con el perdón del Cid y con la propuesta de casar a sus hijas con los infantes de Carrión, matrimonio que sinceramente cree beneficioso para él, dado el gran linaje de los infantes.

La segunda parte se entrelaza con la anterior. El Cid recibe a Minaya y la propuesta de casamiento que le hace el rey. La acepta, por lealtad, pero pide a Alfonso que sea él quien las case. El rey nombra a Minaya como su representante y éste casa a sus primas en nombre de Alfonso. Muchos vasallos del rey van a Valencia a las bodas que se celebran con gran pompa. Trascurren un par de años en calma hasta que un día se escapa un león de la jaula. Todos los vasallos del Cid corren a proteger a su señor, que dormía sin enterarse del peligro, salvo los infantes, que muertos de miedo se esconden. El Cid despierta y con gran parsimonia conduce al león a su jaula. Cuando pregunta por sus yernos, estos salen de sus escondites, sucios y mal vestidos y los vasallos se burlan de su cobardía. Los infantes se sienten injuriados y el Cid prohíbe las chanzas. Poco después, el rey Búcar se presenta con un enorme ejército. El Cid y los suyos se aprestan a librar la batalla, pero los infantes temen morir en ella. El Cid se entera de su temor y les exime de la lucha, pero ellos, avergonzados niegan tener miedo y se unen al ejército. Una vez en el campo, sin embargo, huyen despavoridos. La lid acaba en victoria y cuando todos vuelven contentos del éxito, Minaya informa al Cid de que sus yernos han peleado con valentía. El Cid acepta alegremente esta noticia falsa, porque sus vasallos no los vieron en el campo de batalla. Los infantes, felices del error, se muestran muy arrogantes y deciden de una vez por todas y antes de que corran las burlas salir de Valencia y vengarse de la injuria que sufrieron por las mofas sobre el león. Con premeditación y alevosía, fingen querer llevar a sus mujeres a Carrión para darles las arras que les prometieron. Se despiden del Cid y de su mujer y éste les da un ajuar muy cuantioso. En el camino, paran en Molina, donde Avengalbón los recibe muy bien y les colma de regalos. Al ver su riqueza, los infantes traman su muerte, pero un espía los oye y Avengalbón los despide. En el camino, hacen un descanso en el Robledo de Corpes. Allí pasan la noche con sus mujeres, con quienes yacen y consuman el matrimonio (Lacarra, 1996). A la mañana siguiente, con la excusa de retozar con ellas, despiden a su séquito y una vez solos atan a sus mujeres, las dejan en paños menores y comienzan a pegarlas con las cinchas y las espuelas hasta dejarlas sin sentido y ensangrentadas. Cansados de pegarles, los infantes las dejan abandonadas a la merced de los animales salvajes y creyéndolas muertas se van alabando de su venganza contra el Cid. Félez Muñoz, que tenía la orden de velar por ellas, vuelve sobre sus pasos y las encuentra medio muertas. Las revive, informa al Cid, y finalmente vuelven a Valencia. El Cid denuncia los hechos y el rey decide convocar a todos los vasallos de sus reinos a Cortes Extraordinarias. Una vez reunidos, el rey nombra a los jueces, ordena que se proceda con justicia y siguiendo el derecho. Los infantes son condenados a devolver todo lo recibido, lo cual en parte han malgastado y deben pedir prestado, deben devolver las espadas Colada y Tizón. En la querella criminal el Cid les acusa de abandono y lesiones graves contra sus hijas y les desafía alegando que por su conducta valen menos y deben ser legalmente infamados. El rey acepta los tres desafíos. En ese momento, llegan a la corte emisarios de los Infantes de Navarra y Aragón que piden a las hijas del Cid en matrimonio. En esta ocasión el Cid está contento de la petición y otorga casarlas "por su mano". Los duelos se realizan y los tres hermanos de Carrión son derrotados por los vasallos del Cid, de modo que quedan como infames, lo que significa que pierden sus privilegios nobiliarios (Lacarra, 1980a, pp. 84-96). El poema termina ya rápidamente, mencionando que las hijas recobran las tierras de Carrión que les habían dado en arras los infantes (Lacarra,1980a, pp. 65-77), que las nuevas bodas se realizaron con grandísimas fiestas, que las hijas del Cid ya son señoras de Navarra y de Aragón y que "Oy los reyes d'España sos parientes son" (3724). La honra del Cid ha aumentado de tal modo que ahora es su linaje real quien la conferirá a los nobles que escuchen el *Poema*. El poema termina con la noticia de la muerte de Rodrigo el día de Pentecostés.

3.4. Génesis y fuentes

La génesis del *Poema*, sus posibles versiones, la fecha del texto conservado y la identidad de su autor son asuntos polémicos, aunque en la última década las posiciones críticas se han acercado. Menéndez Pidal defendió la tesis de que el *Poema* fue creado oralmente y que a lo largo del tiempo sufrió varias refundiciones, una de las cuales sobrevive por un accidente afortunado en el texto actualmente conservado. La primera versión, libre de influencias cultas o escritas y básicamente acorde con la realidad histórica, habría sido obra de un poeta de San Esteban de Gormaz hacia 1110. El texto actual provendría de la refundición y ampliación de esta versión, hecha por un segundo poeta de Medinaceli. Hasta la mitad de la década de 1970 la mayor parte de los investigadores aceptaron la validez sustancial de esta propuesta. Sin embargo, en la actualidad se aboga por un autor único, dada la coherencia ideológica y la unidad artística del poema, confirmada por los análisis de las concordancias. Sólo Zaderenko, propone recientemente, aunque sin argumentos convincentes, que el relato de la conquista de Valencia precedió al resto. Resucita parcialmente la tesis de Von Richthofen, aunque éste consideró que el segundo cantar era prácticamente coetáneo a los hechos y se había compuesto a manera de un diario de guerra. Zaderenko (pp. 171-189) propone un poema independiente, cuyo contenido se correspondería con el texto del segundo cantar, compuesto a comienzos del siglo XIII por un poeta culto. A éste seguirían en breve dos nuevas versiones; la primera con la adición del primer cantar y la segunda que presentaría el texto actual por la composición del último cantar.

La identificación de las fuentes tampoco ha escapado a la polémica en lo que se refiere a las fuentes latinas. Así mientras unos investigadores destacan la importancia de la *Historia Roderici* como fuente del poema (Smith, 1985, pp.

75-78), Menéndez Pidal la rechaza con contundencia. Algo similar ocurre con la presencia de fuentes clásicas en algunas descripciones militares, singularmente de Salustio y Frontino que propugna Smith. El *Carmen Campidoctoris* no presenta problemas, pues los estudiosos coinciden en que no ha dejado huella alguna sobre el *Poema*. También hay consenso en la influencia de la epopeya francesa, ya señalada por Menéndez Pidal, aunque se mantengan algunas diferencias puntuales. Es posible que el poeta utilizara alguna leyenda en lengua vernácula, como la que algunos perciben en el *Poema de Almería*, o como las que emanaban del monasterio de S. Pedro de Cárdena, cuyos monjes mantenían un culto al Cid en el aniversario de su muerte dedicado a exaltar sus hazañas, y que fueron recogidas por Alfonso X en su *Primera Crónica General*.

3.5. AUTORÍA

Las diferencias que los estudiosos mantienen respecto de las fuentes cultas tienen mucho que ver con su posicionamiento respecto de la autoría. Quienes postulan un autor popular e iletrado abogan por una composición oral y rechazan toda referencia a fuentes escritas (Duggan, p. 144). Quienes, por el contrario, defienden un autor letrado, no atribuyen a la casualidad las similitudes entre el *Poema* y las fuentes escritas ni aceptan que el conocimiento amplio del derecho estaba al alcance de un poeta analfabeto (Lacarra, 1980, 1995, 1996; Smith, 1985). La cuestión sobre la identidad del autor todavía sigue en pie. Se ha especulado sobre la posibilidad de que Per Abbat, el autor del *explicit* del *Poema,* fuera también el autor del todo el texto y no un mero copista. En 1973 Smith propugnó que el autor podría ser un Per Abat que en 1223 presenta unos diplomas falsificados, supuestamente fechados en 1075, entre cuyos confirmantes figuran diez personas relacionadas con Rodrigo Díaz en la historia o en la poesía. Aunque incluyó esta hipótesis en su libro de 1983 y en su edición revisada del *Poema de Mio Cid* de 1984, en 1994 se retractó, sin duda influido por los argumentos en contra de Michael (1991). Hoy la crítica sigue considerando anónimo el *Poema de Mio Cid*.

Las investigaciones sobre los posibles intereses y profesión del autor también han avanzado considerablemente. Generalmente se acepta la propuesta de que se trata de un hombre culto, conocedor del latín, de la épica francesa, y poseedor de un profundo conocimiento e interés por el derecho. Esto se refleja no sólo en el tema central de la justicia, sino en el conocimiento preciso y en ocasiones detallado del léxico legal, así como de las leyes pertinentes a la ira regia, al reparto del botín, al matrimonio, al perdón real, a las Cortes y al duelo, así como del funcionamiento de las relaciones de vasallaje. Este interés ha llevado a varios críticos a proponer que el autor pudo ser letrado o experto en Derecho (Lacarra, 1980; Smith, 1985). En mis investigaciones jurídicas he llegado a la conclusión de que en el *Poema* se concibe el derecho como equidad, justicia y ley, de acuerdo con la nueva idea de justicia inherente al derecho romano, cuya influencia se deja sentir en los fueros extensos como el *Fuero de Cuenca*.

El autor del *Poema* presenta al Cid como el paradigma del vasallo leal, que tiene a su rey como señor natural incluso en el destierro. Su primer y mayor enemigo, el causante de su destierro es el conde García Ordóñez, y su bando, entre los que se destaca a Alvar Díaz y a Gómez Pelayet. A estos se unirán después los infantes de Carrión, descendientes de los condes de Carrión e identificados con el linaje de los Beni-Gómez. Todos ellos son ricos hombres y juntos intentarán humillar al Cid, que se presenta en las Cortes de Toledo como noble, pero de linaje de infanzones. Rodrigo deposita su confianza en el rey y en su justicia, y gracias a sus méritos y al favor que el rey le muestra, prueba la maldad de sus enemigos y la corte los condena por menos valer, a la infamia y a la pérdida de los privilegios nobiliarios que ésta conllevaba. De este modo, la justicia y el derecho ejercidos con prudencia por el rey se proponen como la mejor vía para resolver las disensiones entre nobles. Igualmente, el autor muestra que la guerra es un vehículo de movilidad en la escala nobiliaria y que el botín es una importante fuente de la adquisición de riquezas y de ascenso social, pues el rey sanciona y refrenda la elevación de Rodrigo, que la ha conseguido gracias a sus victorias militares.

El autor actúa como un narrador omnisciente que conoce todos los pensamientos, palabras y acciones de su héroe y, aunque indudablemente toma ciertos elementos históricos para construir su obra, inventa y tergiversa la historia por muchas razones entre las que se encuentran razones artísticas, ideológicas y propagandísticas. Hay que desconfiar de la narración del *Poema* siempre que los textos históricos lo contradigan. Esto no significa acusar al autor de querer engañar deliberadamente, como algunos ingenuos suponen. La lectura del *Poema* no debe ser un acto de fe, sino de crítica literaria. El hecho de que hasta muy recientemente se haya considerado una obra veraz con relación a la historia indica claramente su gran valor artístico y la maravillosa elocuencia y destreza del autor, cuyas palabras han sido tomadas literalmente por gran parte de la crítica, casi ocho siglos después de haber sido escritas, pero también muestra lagunas y mucha ignorancia. A medida que vamos descubriendo nuevos datos, la supuesta historicidad del *Poema* se desvanece.

3.6. El linaje de Rodrigo Díaz y las relaciones de parentesco entre los personajes

Menéndez Pidal creyó firmemente que el *Poema de Mio Cid* se podía utilizar como fuente histórica para dilucidar muchos datos de los que no nos informan los documentos y crónicas, especialmente sobre su relación con el rey Alfonso VI. Esto le llevó a difundir una imagen extremadamente idealizada de Rodrigo y muy negativa del rey que tiene poco que ver con la realidad histórica, como estudié hace más de dos décadas. Esas ideas que entonces parecieron muy atrevidas, ahora son ratificadas por varios estudiosos del *Poema*. Las opiniones de los historiadores más recientes son contundentes al respecto. Así se comprueba en el libro *El Cid histórico. El Cid literario. Estudio bibliográfico. Interpretación artística del poema*, volumen que recoge las actas del congreso que se celebró en Burgos en 1999 con ocasión de la celebración del 900 aniversario de la muerte del Cid. Gambra califica la *España del Cid* de Menéndez Pidal como de "aproximación brillante, pero apasionada" y en la que "se equivocó de plano en la cuestión fundamental que nos ocupa, la correlación entre el rey y el Cid... [porque] se dejó guiar por apriorismos de los que estaba plenamente convencido, y presentó a un rey injusto". Martínez García también afirma que la visión idealizada ofrecida por R. Menéndez Pidal, "pesa como una losa" sobre los historiadores, y ha distorsionado la figura de Rodrigo porque "no pudo desprenderse plenamente de los rasgos sobrehumanos con que fue idealizado por los poetas de los siglos precedentes" (p. 335).

La figura histórica de Rodrigo sigue siendo controvertida, aunque las investigaciones más recientes sobre su linaje y sobre la política y la economía de la Castilla en la que vivió y pasó las primeras décadas de su vida nos permiten llegar a conclusiones más firmes sobre él y separarlo de la imagen que de él nos ofrece el *Poema de Mio Cid*. Las crónicas mencionan que la adolescencia de Rodrigo Díaz se desarrolló durante el período de guerras intestinas que Fernando I entabló con sus hermanos. Dicen que fue criado en la casa de este rey, aunque parece más probable que lo fuera en la casa de su hijo Sancho II. Las noticias contemporáneas que nos han llegado de Rodrigo nos permiten establecer hechos fundamentales, tanto de su vida privada como pública, independientes de lo que se cuenta en el *Poema de Mio Cid*. Las fuentes más fidedignas son los veintisiete diplomas en los que aparece Rodrigo como confirmante, testigo, juez o abogado. Por ellos sabemos que Rodrigo participó activamente en la corte del rey Sancho II de Castilla entre 1065 y 1071, fechas del primer y último diploma conservados en que aparece Rodrigo reinando Sancho, y, después de la muerte de éste, en la de su hermano Alfonso VI, entre 1072-1080 y 1087-1088. El último y único diploma de Rodrigo conservado después de 1088 es el de la dotación a la catedral de Valencia y a su obispo Jerónimo en 1098.

También tenemos la información proporcionada por los escritos de dos historiadores árabes contemporáneos de Rodrigo, Ben Bassam y Ben Alcama; por una historia latina, *Historia Roderici* (1140-47), y por un poema latino, el *Carmen Campidoctoris*. Salvo las fuentes árabes, que son críticas con Rodrigo, a quien califican de extremadamente cruel en su gobierno en Valencia, los textos latinos le son claramente favorables. El *Carmen* lo compara con héroes de la epopeya clásica, Paris, Pirro, Héctor, Eneas. Menéndez Pidal lo creyó contemporáneo al Cid y lo dató en 1090. Sin embargo, las últimas investigaciones lo fechan hacia 1190 (Montaner y Escobar, eds. 135). Los estudiosos consideran que la *Historia Roderici* ofrece una información más veraz que el resto de los textos conservados, si bien es también un texto parcial a Rodrigo y que no debemos de tomar literalmente.

No existe documento alguno que permita establecer la fecha y lugar del nacimiento de Rodrigo Díaz. Teniendo en cuenta el año de su muerte, 1099, se calcula que pudo haber nacido entre 1043 y 1050. En cuanto al lugar de nacimiento, se ha pensado tradicionalmente en Vivar porque en el *Poema* se le nombra como "el de Vivar", pueblo situado a nueve kilómetros al norte de Burgos. Sin embargo, no parece que Vivar fuera el solar familiar, ya que según la Carta de Arras que Rodrigo otorga a Jimena en 1074, en Vivar Rodrigo poseía únicamente una divisa, como en otras 34 villas más, por lo que nunca pudo haber ejercido el señorío de la villa.

En cuanto a su linaje, la *Historia Roderici* da noticias de su ascendencia magnaticia al hacerlo provenir del nobilísimo linaje leonés de los Flaínez por línea paterna y de la familia Alvarez por línea materna. Menéndez Pidal consideró que Rodrigo provenía de magnates castellanos por su linaje materno, pero de la nobleza modesta por el linaje paterno, pues no contempló que el autor del *Poema de Mio Cid* le atribuyera gratuitamente la condición de infanzón. Por tanto, centró la búsqueda de los Flaínez entre los linajes castellanos de segunda categoría y apenas si encontró menciones de ellos, lo que le ratificó en esa idea. Los historiadores después de él, incluso los más recientes, siguen a Menéndez Pidal en esta apreciación (Fletcher, 1989, pp. 48-49 y Martínez Díez 1999, pp. 46-49, Peña Pérez, 2000, pp. 69-75). Sin embargo, la participación de Rodrigo en la corte y el favor real que obtuvo de Sancho III y de Alfonso VI no parecía compadecerse con tal conclusión, como ya insistí en 1983:

> «La crítica, incluido el propio Menéndez Pidal, es unánime en afirmar que Rodrigo fue un simple infanzón, es decir, que pertenecía a la segunda categoría de la nobleza. El único texto que permite tal conclusión es el *Poema de Mio Cid,* donde en efecto se hace un neto contraste entre los Infantes de Carrión, quienes alardean de su linaje de los condes de Carrión, y el Cid, a quien desprecian por ser mero infanzón (vv. 3296-3298). Sin embargo, ni los diplomas, ni las fuentes coetáneas, ni la *Historia Roderici* nos dan el menor indicio de que tal suposición sea cierta. Creo que éste es uno de los casos en los que no se puede tomar las palabras del poeta como históricas. Tanto los diplomas como la *Historia Roderici* coinciden en presentarnos a Rodrigo Díaz como uno de los magnates que siguen la corte de Sancho.» (p. 18).

Las investigaciones genealógicas de Torres Sevilla-Quiñones de León (1999 y 2000) dan la razón a los diplomas y a la crónica cidiana. Esta investigadora ha trazado los principales linajes leoneses, bastantes de los cuales se asentaron en el reino de Castilla, lo que le ha permitido trazar el linaje de los Flaínez /Laínez, de los que desciende Rodrigo con gran exactitud desde el s. X, al igual que el linaje de otros personajes que aparecen en el *Poema.*

El linaje paterno de Rodrigo sigue paso a paso el que contiene la *Historia Roderici*, salvo por el primer ancestro, el legendario Laín Calvo. La secuencia es:

> Fernando Flaínez
>
> Flaín Fernández
>
> Munio Flaínez (Nuño Flaínez)
>
> Flaín Muñoz (Núñez)
>
> Diego Flaínez
>
> Rodrigo Díaz de Vivar

Los primeros Flaínez están emparentados con la familia real leonesa. Muño Flaínez, hijo de Flaín, es el primero de los condes documentados de este linaje, aunque su ascendencia asturleonesa se ha trazado hasta el 800. Durante los siglos XI y XII los Flaínez se mantuvieron en el círculo de magnates leoneses y de ellos descendieron otros linajes importantes (Torres Sevilla, 1999, pp. 133-146). Muño, que era bisabuelo de Rodrigo Díaz, fue yerno del primer conde de la Casa condal de Cea, Vermudo Núñez, que era nieto del rey de León Ordoño I. Su hijo Flaín Muñoz, el abuelo de Rodrigo, se casó con su prima carnal Justa Fernández, descendiente de la casa real leonesa y hermana de Jimena Fernández, madre de Sancho III el Mayor de Navarra. Este Flaín Muñoz tan magníficamente emparentado tuvo varios hijos, entre ellos Diego Flaínez, que era el padre del Cid y Fernando Flaínez, primos carnales del rey Navarro.

El tío de Rodrigo Díaz, Fernando Flaínez, que era el conde de León, fue importante en la entrada de la dinastía navarra en León, pues fue quien en 1029 acordó con su prima carnal la reina Urraca de León, que era hermana de Sancho, dar el gobierno de León al navarro. Este Flaínez seguía como conde de León, cuando en 1038 Fernando I de

Castilla entró en León tras la muerte de su cuñado Vermudo III. Aunque tuvo que vencer una notable resistencia para ser aceptado como rey, su tío Fernando no tardó mucho en ponerse a su servicio (J. M. Lacarra, 1976, pp. 105 y 116 y Torres Sevilla, 1999, pp. 140-142). Las relaciones de esta familia con Fernando I parecen haber sido muy buenas. Así, en 1054, después del enfrentamiento y muerte de su hermano García de Nájera, que era rey de Navarra, Fernando inició una política de expansión hacia Navarra y en ella destacó su tío Diego Flaínez, quien se encuentra en la frontera de Navarra. La *Historia Roderici* dice del padre del Cid que "arrebató a los navarros con grande y fuerte valor el castillo que se llama Ubierna, Urbel y Piedra. Luchó con los referidos navarros en el campo de batalla y los venció, de suerte que, una vez conseguido el triunfo sobre ellos, nunca más pudieron derrotarle" (Falque, 1983, p. 343).

De acuerdo a la *Historia Roderici*, Diego Flaínez se casó con una hija de Rodrigo Alvarez, que era según la crónica hermano de Nuño Alvarez. Menéndez Pidal identifica acertadamente a estos hermanos con la familia Álvarez, emparentada con los primeros linajes castellanos, entre los que se encuentran el conde Gonzalo Salvadores, tenente en Castilla, Gonzalo Núñez, conde de Vizcaya, Álava y Guipúzcoa y tenente en Lara, y Alvar Díaz de Oca. Este último es de acuerdo con el árbol genealógico que propone Torres Sevilla (2000, p. 137) primo carnal de Rodrigo, a la vez que cuñado de García Ordóñez, pues se casó con una hermana de éste. Su hijos gozaron del favor real y los tres obtuvieron el puesto de alférez real entre 1098 y 1197.

Un dato interesante es que Rodrigo no ascendió en linaje al casarse con Jimena Díaz, como siempre se ha supuesto.

Es verdad que esta mujer era hija del conde de Oviedo Diego Fernández, pero no es menos cierto que este conde era primo carnal de Rodrigo, y que ambos eran del linaje de los Flaínez/Laínez, de modo que Jimena era sobrina de Rodrigo (Torres Sevilla, 1999, p. 143 y 2000, p. 141). Como ya he señalado los matrimonios entre familiares próximos era una política extendida en la nobleza peninsular.

Las posesiones de Rodrigo, tal y como se pueden colegir a partir de la Carta de arras no se corresponden con las de una persona de la baja nobleza, como aducía Menéndez Pidal. Por el contrario, responden a los bienes patrimoniales que poseían los grandes magnates castellanos, cuya dispersión geográfica y fragmentación ha estudiado Pastor Díaz de Garayo. Martínez García estudia el patrimonio del Cid a la luz de las investigaciones de Pastor. Tras un análisis de la documentación existente sobre Rodrigo, y a la vista de que dio a Jimena arras que ascienden a 39 unidades, entre las que hay un monasterio, S. Cebrián, 3 villas íntegras y 35 porciones en 34 villas, calcula que su patrimonio sería mayor, al menos el doble, puesto que las arras dadas por el Fuero de León podían montar al cincuenta por ciento del patrimonio total. Su conclusión tras compararlo con patrimonios de grandes nobles es que es "similar al de otros linajes pertenecientes al selecto y reducido grupo de los magnates... [y que] sí estuvo entre los grandes propietarios." (339). Añade que su parentesco con los Álvarez, la participación paterna en la toma y gobierno de castillos, su presencia en la corte, su formación jurídica y militar, el señorío sobre monasterios y villas íntegras, y su matrimonio con Jimena, pariente cercana del rey, dibujan el perfil de un gran señor.

A medida que nos informamos sobre estas genealogías y observamos la complejidad de las relaciones familiares, nos damos cuenta de las ficciones que introduce el autor del *Poema de Mio Cid*. Paradójicamente, aquellos personajes que en el poema figuran como primos de Rodrigo no están unidos a él por ningún parentesco. Por ejemplo, Alvar Fáñez, ni fue su pariente ni estuvo con él en el destierro. Por el contrario, este noble estuvo al mando del gobierno de Toledo, con la tenencia de Zorita y peleó porque Valencia se conservara en manos de Alfonso, y no del Cid. Además, estaba vinculado a la familia Beni-Gómez al haber contraído matrimonio con una hija de Pedro Ansúrez, por lo que resulta sorprendente que sea precisamente este personaje el que haga la crítica del linaje Beni-Gómez. El único personaje que sí era primo carnal de Rodrigo es Alvar Díaz que, paradójicamente figura en el bando de García Ordóñez, su mayor enemigo.

Los estudios de Torres Sevilla muestran claramente las inexactitudes y errores crasos del autor del *Poema*. En cuanto a los infantes de Carrión, no se ha encontrado a ningún hijo de Gonzalo Ansúrez que se llamara Diego o Fernando. El único Beni-Gómez que tuvo dos hijos con ese nombre fue el conde Gómez Díaz. Muño Gustioz, o Godestéiz, uno de los vasallos que supuestamente desafía al Beni-Gómez Asur González y lo vence en el duelo, descendía de la casa de Carrión, era primo de Pedro Ansúrez y cuñado de Jimena Díaz, la mujer del Cid, pues se había casado con su hermana Aurovita. Gómez Peláez, que responde al reto anti Beni-Gómez de Alvar Fáñez, sí que pertenecía a ese linaje, pues era primo de Pedro Ansúrez también. Finalmente, García Ordóñez, como ya he comentado, fue un gran magnate emparentado con la principal nobleza leonesa y castellana, como lo estaba Rodrigo. Fue vasallo fidelísimo de Alfonso VI, pero al parecer adversario de Rodrigo, según indica también la *Historia Roderici*. El mismo linaje de los Flaínez estaba emparentado con los Beni-Gómez , y también todos tienen lazos de parentesco más o menos cercanos con los Lara, incluidos el Cid, Alvar Díaz y hasta los descendientes de Pedro Ansúrez, cuya nieta Estefanía Armengol, madre de Gutierre Fernández de Castro, se casó en segundas nupcias con el conde Rodrigo González de Lara hacia 1135. Claro que todo esto sucede mucho antes de las luchas intestinas entre los linajes de Castro y de Lara bajo la minoría de Alfonso VIII, que se manifiestan en 1160 y se extenderán por varias décadas hasta la muerte del rey en 1214.

Por supuesto, no hay que tomar el *Poema*, como una fuente histórica fidedigna, como hizo Menéndez Pidal en su famoso estudio *La España del Cid*, publicado en el año 1929, libro que era fruto de la ideología de su tiempo y cuyas ideas fueron captadas y manipuladas por los ideólogos del franquismo (Lacarra, 1980b). El autor del *Poema de Mio Cid* escribe cien años después de muerto Rodrigo y en su obra no pretende dar una relación exacta de los hechos históricos, sino a lo más crear una versión poética de ellos, adaptada a la sociedad en la que escribe y de acuerdo a los intereses políticos hegemónicos de la monarquía que preside el rey castellano Alfonso VIII, que desciende directamente del Cid en cuarto grado. El énfasis en el botín de guerra obtenido de los moros es probablemente propaganda de las milicias concejiles, cuya participación en las luchas fronterizas impulsó este rey. La defensa de la autoridad real, junto con el ataque a los Infantes de Carrión, identificados como del linaje de los Beni-Gómez, también podría tener una finalidad política, pues es posible que refleje la tensa situación política que se vivió en la corte de Alfonso VIII entre las dos grandes familias magnaticias de los Lara y de los Castro. Los Lara fueron los grandes aliados del rey en contra de sus comunes enemigos, los Castro, que descendían del linaje de los Beni-Gómez. El hecho de que ambos linajes estuvieran emparentados entre sí, como ocurría en casi todas las grandes familias, y que no sea fácil deslindar entre los amigos y enemigos de Rodrigo quienes eran realmente ascendientes de uno y otro bando no tendría que ser un impedimento para tal hipótesis. En primer lugar porque el parentesco nunca fue, ni es, obstáculo para las enemistades y luchas intestinas más profundas; y en segundo lugar, porque independientemente de la realidad de las familias, está claro que en el *Poema* se declara Beni-Gómez a los enemigos, aunque sea Alvar Fáñez quien lo haga, él mismo ligado estrechamente a ese linaje.

4. OPINIONES SOBRE LA OBRA

Rodrigo Díaz, El Cid Campeador

«A través del carácter del héroe el poeta quiere ejemplificar la mayor virtud cívica de todas: la mesura. [...] La mesura tiene afinidad con la *gravitas* romana: sus componentes son la dignidad, la serenidad, cierto estoicismo; y también la prudencia y el buen sentido al tomar decisiones, y el tacto y la consideración en las relaciones con otras personas, especialmente con los débiles. [...] La mesura se relaciona por doquier con los principales temas del poema, por ejemplo, con todos los asuntos entre el Cid y el rey (en efecto, la obra podría leerse como un manual de diplomacia), y con su conducta en la corte. La mesura abarca las medidas preventivas de tipo práctico, tales como el llevar armas –naturalmente, ocultas– a la corte (v. 3076). La reacción del héroe al saber la atrocidad de Corpes es toda mesura: [...] Él comprende ya que podrá reivindicar que se le haga justicia, con toda razón porque el rey había negociado los matrimonios y tendrá que ayudar a obtener la compensación por la ruptura. [...] En el aspecto político, el Cid se da cuenta de que, aunque las hijas han sufrido, no van a padecer escasez de pretendientes de rango igual o superior, pues él se ha enriquecido más desde que la idea de casarse se implantó en las cabezas de los Infantes. Además, mediante una acción pensada con cuidado, el partido de los Beni-Gómez quedará finalmente desprestigiado en la corte si el Cid, con el rey como árbitro más que benévolo, triunfa en la asamblea. Los Infantes por culpa de su violencia se han entregado atados de pies y manos al Cid. Lo importante para el Cid, al saber la afrenta, era precisamente no desatarse en violencias de igual naturaleza.»

(Colin Smith, *Creación del "Poema de Mio Cid"*, Barcelona, Crítica, 1985, pp. 124-125)

Infantes de Carrión

«Los Infantes de Carrión ocupan un lugar importante en la organización de la obra [...] Dentro del PC, toca a los Infantes el peor papel de la obra, pues aparecen como codiciosos, calculadores, cobardes y traidores, y acaban quedando por vencidos en su misma tierra ante el Rey y proclamado su menos valer en relación con el Cid. En el argumento del Poema representan un fallido intento de acuerdo entre el Cid y sus enemigos de la Corte [...] El poeta tenía que partir el desarrollo del argumento entre los amigos del Cid y sus enemigos, y el Rey está en medio como juez de la contienda jurídica [...] Su función en el PC viene dada por la condición que muestran de jóvenes cortesanos y pendientes sólo de su provecho personal, y con esto el poeta ha querido caracterizar con rasgos negativos a una nobleza depravada en contraste con la hombría de bien del Cid y de los suyos. Los Infantes pasan paulatinamente de la codicia [...] a través de los episodios de la cobardía (v. 2286, 2320, 2527), hasta la venganza de la que se vanaglorian (v. 2754), para dar luego en el arrepentimiento cuando se dan cuenta del resultado de sus actos (v. 3568). De esta manera, la parte de las bodas primeras, tan importante para la tensión poética de la obra, es ocasión de que los Infantes muestren su maldad a través de un proceso sicológico muy acusado ante los oyentes del Poema.»

(Francisco López Estrada, *Panorama crítico sobre el "Poema del Cid"*, Madrid, Castalia, 1982, pp. 157-160)

Relación entre el rey Alfonso y el Cid

«Tres actos jurídicos del rey Alfonso presiden los hitos cruciales de su relación con Rodrigo Díaz de Vivar: la ira regia, el perdón real y la convocatoria de las Cortes de Toledo. Los tres sirven para subrayar el poder incontestado del Soberano, puesto que todos ellos son atributos inseparables de la realeza que únicamente al Príncipe le es dado otorgar. La ira regia y el perdón real son manifestaciones de la autoridad real por las que el rey retira o concede su amor en un acto voluntario y arbitrario. Naturalmente, la legislación preveía que la comisión de determinados delitos podía ocasionar la ira regia, si bien el monarca gozaba de total libertad para descargarla sobre sus ricos hombres, incluso por simple malquerencia. De la misma manera, en la concesión del perdón regio ciertos méritos del reo podían mover al rey a otorgarle el perdón, pero sin que en ningún caso se viera obligado a ello, ya que se trataba de una manifestación de su gracia y no de un acto de justicia en sentido estricto. Ambos, la ira regia y el perdón, están estrechamente ligados en el poema y constituyen los polos extremos de la trayectoria que recorre el Cid desde el desamor real, que supone la ruptura del vínculo de vasallaje con su señor Alfonso, hasta el amor real que lo restaura.»

(Eukene Lacarra, "La representación del rey Alfonso en el *Poema de mio Cid* desde la ira regia hasta el perdón real", *Studies in Medieval Literature in Honor of Charles F. Fraker*, eds. M. Vaquero y A. Deyermond, Madison, Wisconsin, HSMS, 1995, pp. 183-195)

Historia y ficción en el Poema

«Parece claro que la base histórica del *Poema* fue el segundo destierro del Cid ordenado por Alfonso VI en diciembre de 1089 [...] El atrevimiento demostrado por la invención de los primeros casamientos de las hijas del Cid nos indica la primerísima importancia de esta desviación de los hechos históricos para la estructura total del *Poema*. Otras invenciones no carecen de significación [...] No está bien fundada la creencia de que el *Poema* se va nutriendo de ficciones a medida que se desarrolla, ya que en muchas cosas esenciales es ficticio desde el principio. La inmediata introducción de Alvar Fáñez en calidad de "brazo derecho" del Cid y su continuación en este papel carecen de documentación histórica. [...] De todos modos, lo que ha hecho parecer tan "histórico" al *Poema*, en comparación con otras epopeyas medievales, es la existencia de unos detalles, sin importancia para la narración, los cuales no obstante han resultado ser históricamente auténticos. [...] Esta circunstancia aporta cierta prueba de que el poeta pudiera haber emprendido algunas investigaciones históricas, como Russell ha sugerido, para dar al conjunto la apariencia de historicidad, aplicando así una técnica que a lo largo de los siglos ha sido empleada en las más audaces propagandas.»

(Ian Michael, "Introducción" a su ed. *Poema de Mio Cid*, Madrid, Clásicos Castalia, 1976)

Rachel y Vidas

«El texto ofrece una perfecta ambientación local, dentro de la cual la morada de Rachel y Vidas se nos presenta en una situación precisa y exacta, ya que Martín Antolinez, cuando el Cid le pide ponerse en contacto con los mercaderes, corre a buscarlos sin tardanza a la zona del castillo: "passó por Burgos, al castiello entrava" (v. 98). Ahora bien, allí, como cualquier burgalés de la época sabía, habitaba un grupo específico de personas, los judíos. [...] De este modo, el episodio, pese a su carácter fabuloso adquiere una nota típicamente localista y se acomoda a la realidad concreta e histórica del público al que se dirige el relato. [...] el episodio suscita la risa de los oyentes (o lectores); especialmente, porque éstos conocen, desde el comienzo de la narración, la treta que se está llevando a cabo. [...] No se trata, por tanto, de una comicidad gratuita derivada, de modo indiferente, de la presentación del burlador burlado sino que la risa se fundamenta en el hecho de ser judíos los receptores del engaño. Rachel y Vidas, así, no desempeñan

sólo "el papel cómico del prestamista ávido de ganancia",
ni son un ejemplo más de "un linaje literario de rancia
estirpe en la familiar de los tópicos"; representan, por el
contrario, y de modo bien concreto, a los prestamistas
judíos [...] [y] explota el antisemitismo.»

(Nicasio Salvador Vidal, "Reflexiones sobre el episodio de Rachel
y Vidas en el *Cantar de Mio Cid*", *Revista de Filología Española*,
LIX, 1977, pp. 183-224)

La economía en el Poema

«Hay dos elementos que destacan en el *Cantar de
Mio Cid* cuando se compara con otras épicas en la tradición occidental: el énfasis en el intercambio económico
y el que gran parte del relato se centre en los matrimonios de las hijas del héroe. ¿No parece que la representación de un héroe interesado en la adquisición de riqueza
empequeñece el contexto del género épico? Marcel
Mauss, cuyo modelo de la economía del don fundamenta la base teórica de gran parte del análisis de este libro,
observa que el intercambio de regalos constituye una de
las bases de la vida social. El poeta, al centrarse en los
procesos de la adquisición de la riqueza y de su distribución, describe un estado ideal, muchas de cuyas funciones cimientan la civilización castellana a la que pertenece y defiende. [...] Los regalos del Cid a Alfonso le sirven
a la paz, pero también imponen al rey la obligación de
devolverle los favores, tanto de manera inmediata, en lo
que Álvar Fáñez le pide, como después, en la alianza
matrimonial que el rey acuerda con los infantes de
Carrión. La expectativa de la audiencia coetánea de que
se reciprocaran las donaciones –una asunción funda-

mental en tales sociedades– se ratificaba por esta representación.»

(Joseph J. Duggan, "*The Cantar de Mio Cid*".
Poetic Creation in its Economic and Social Contexts,
Cambridge, Cambridge University Press, 1989)

5. BIBLIOGRAFÍA ESENCIAL

Ediciones

–CÁTEDRA, P. M., Barcelona, Planeta, 1985.
–LACARRA LANZ, M. E., Madrid, Taurus, 1983.
–MENÉNDEZ PIDAL, R., Madrid, Espasa-Calpe, 1944-1946, [1908-1911], 3 vols.
–MICHAEL, I., Madrid, Castalia, 1980, 2ª ed.
–MONTANER, A., Barcelona, Crítica, 1993.
–RUIZ ASENCIO, J. M., ed. facsímil, *Poema de Mio Cid. transcripción y versión del códice. La lingüística del poema. El Cid Histórico. El Cid literario. Estudio bibliográfico. Interpretación artística del poema*, Burgos, Exmo. Ayuntamiento, 1982.

Estudios

–*Carmen Campidoctoris o poema latino del Campeador*, eds. A. Montaner y A. Escobar, Madrid, Sociedad Estatal España Nuevo Milenio, 2001.

–CHALON, L., *L'histoire et l'épopée castillane du Moyen Age. Le cycle du Cid. Le cycle des comtes de Castille*, Paris, Champion, 1976.

–CHASCA, E. de, *El arte juglaresco en el "Cantar de Mio Cid"*, Madrid, Gredos, 1972, 2ª ed.

–DEYERMOND, A. D., ed. *"Mio Cid" Studies*, London, Tamesis, 1977.

–DUGGAN, J., *The "Cantar de Mio Cid". Poetic Creation in its Economic and Social Contexts*, Cambridge, Cambridge University Press, 1989.

–FLETCHER, R., *El Cid*, Madrid, Nerea, 1989.

–GAMBRA, A., "Alfonso VI y el Cid: Reconsideración de un enigma histórico", en *El Cid Histórico. El Cid literario. Estudio bibliográfico. Interpretación artística del poema*, Burgos, Exmo. Ayuntamiento, 2001, pp. 189-204.

–GILMAN, S., *Tiempo y formas temporales en el "Poema de Mio Cid"*, Madrid, Gredos, 1981.

–HERNÁNDEZ, C. ed., *El Cid Histórico. El Cid literario. Estudio bibliográfico. Interpretación artística del poema*, Burgos, Exmo. Ayuntamiento, 2001.

–*Historia Roderici*, trad., Falque Rey E., *Boletín de la Institución Fernán González*, 201 (1983), pp. 339-375.

–HORRENT, J., *Historia y poesía en torno al "Cantar del Cid"*, Barcelona, Ariel, 1973.

–LACARRA, M. E., *El "Poema de Mio Cid": realidad histórica e ideología*, Madrid, Porrúa y Turanzas, 1980a.

———, "La utilización del Cid de Menéndez Pidal en la ideología militar franquista", *Ideologies & Literature*, III (1980b), 95-127.

———, "Estudio preliminar" en ed. *Poema de Mio Cid*, Madrid, Taurus, 1983, pp. 7-60.

————, "La representación del rey Alfonso en el *Poema de mio Cid* desde la ira regia hasta el perdón real", *Studies in Medieval Literature in Honor of Charles F. Fraker*, eds. Mercedes Vaquero y Alan Deyermond, Madison, Wisconsin: HSMS, 1995, pp. 183-195.

————, "Sobre las bodas en el *Poema de mio Cid*", *"Al que en buen hora naçio". Essays on the Spanish Epic and Ballad in Honour of Colin Smith*, Liverpool University Press, Liverpool, 1996, pp. 73-90.

–LÓPEZ ESTRADA, F., *Panorama crítico sobre el "Poema del Cid"*, Madrid, Castalia, 1982.

–MARTÍNEZ GARCÍA, L., "El patrimonio territorial de un miembro de la aristocracia feudal: Rodrigo Díaz, el Cid", en *El Cid Histórico. El Cid literario. Estudio bibliográfico. Interpretación artística del poema*, Burgos, Exmo. Ayuntamiento, 2001, pp. 335-351.

–MENÉNDEZ PIDAL, R., *La España del Cid*, 2 vols. Madrid, Plutarco, 1929; y también Madrid, Espasa-Calpe, 1969, 7ª ed.

————, *Reliquias de la poesía épica española*, Madrid, Seminario Menéndez Pidal, Gredos, 1980, 2ª ed.

————, *En torno al "Poemar de Mio Cid"*, Barcelona, Edhasa, 1970.

–MICHAEL, I., "Per Abbat, ¿autor o copista?: enfoque de la cuestión", en *Homenaje a Alonso Zamora Vicente, III: Literaturas medievales: literatura española de los siglos XV-XVII*, Madrid, Castalia, 1991, pp. 179-205.

–LÓPEZ ESTRADA, F., *Panorama crítico sobre el "Poema del Cid"*, Madrid, Castalia, 1982.

–Pastor Díaz de Garayo, E. *Castilla en el tránsito de la Antigüedad al feudalismo*, Valladolid, Junta de Léon y Castilla, 1996.

–Peña Pérez, F., *El Cid. Historia, leyenda y mito*, Burgos, Dossoles, 2000.

–Smith, C., *Estudios cidianos*, Madrid, Cupsa, 1977.

――――, *Creación del "Poema de Mio Cid"*, Barcelona, Crítica, 1985.

–Torres Sevilla-Quiñones de León, M., *Linajes nobiliarios de león y Castilla (siglos IX-XIII)*, Salamanca, Junta de Castilla y León, 1999.

――――, *El Cid y otros señores de la guerra*, León, Universidad de León, 2000.

–Ubieto Arteta, A., *El "Cantar de Mio Cid" y algunos problemas históricos*, Valencia, Anubar, 1973.

–Zaderenko, I., *Problemas de autoría, de estructura y de fuentes en el "Poema de Mio Cid"*, Madrid, Gredos, 1998.

6. La edición

Para el establecimiento del texto de esta edición he tomado como base la edición facsímil del manuscrito único que publicó el Excmo. Ayuntamiento de Burgos en 1982, y la he cotejado con las ediciones paleográficas de R. Menéndez Pidal, de J. M. Ruiz Asencio y de T. Riaño Rodríguez y C. Gutiérrez Aja. También he consultado las lecturas de los editores que me han precedido, especialmente las de C. Smith, de I. Michael, J. Horrent, P. Cátedra y B. Morros y la de A. Montaner. Sin embargo, he limitado la interferencia editorial al máximo, porque estimo que muchas enmiendas introducidas por los editores, singularmente en la reciente edición de Alberto Montaner, son fruto de los apriorismos sobre el metro y la rima, y resultan en una reconstrucción nociva del texto. No obstante, he enmendado algunas erratas evidentes y algunas separaciones de versos, rara vez palabras en rima. Mis adiciones al texto van entre corchetes.

Con objeto de facilitar la lectura para un público amplio y guardar el mayor respeto al códice mantengo siempre las grafías del códice salvo en las ocasiones anotadas a continuación: transcribo la nota tironiana siempre por *e*. Regularizo la *u* y *v* y la *i* y *j* según el sistema actual, que en el manuscrito aparecen indiferentemente para representar el sonido vocálico o consonántico. La grafía *y* con valor adverbial la transcribo como *í*. Resuelvo las abreviaturas, y elimino las consonantes dobles iniciales y también el grupo gráfico *rr destrás de consonante*. Mantengo la ortografía del manuscrito, pero transcribo la *nn* por *ñ*, *l* por *ll*, salvo cuando su uso coincide con el actual. Introduzco el apóstrofe para advertir de un complemento pronominal y de contracciones hoy inexistentes. Regularizo la puntuación de acuerdo al uso actual.

Las notas sirven exclusivamente a la intelección léxica, histórica y cultural del texto y las he reducido a la mínima expresión de acuerdo a las normas de la Editorial.

Breve explicación de la fonética y las grafías

Las vocales en el español antiguo se pronunciaban aproximadamente igual que en el castellano actual. Las consonantes se pronunciaban igual, salvo en el caso de la *f* que se aspiraba, la *v* que en general parece distinguirse de la *b*, aunque ya hay indicios de la confusión entre ambas (va/ba, estava / besaba), y los fonemas sibilantes: / s / y / z / (apicoalveolar sorda y sonora), / ʔ / y / ʒ / (fricativa palatal sorda y sonora) y / ts / y / tz / (africada prepalatal sorda y sonora), cuya distinción ha desaparecido en la actualidad.

Las grafías, en general, reflejan la pronunciación. Las excepciones más salientes son: *u* y *v* y *i*, *j* e *y*, cuyo uso era intercambiable y que como he mencionado antes se han regularizado en esta edición. La *s* se utilizaba siempre con el valor de /s/ en posición inicial seguida de vocal o en linde silábica, pero con valor de /z/ en posición intervocá-lica. La *ss* tenía el valor de /s/ en posición intervocálica, aunque hay alguna inconsistencia ortográfica (por ejemplo, *así* se da siete veces mientras *assí* se da en sesenta ocasiones). La *c* seguida de *e* o *i* y la *ç* se pronunciaban como /ts/ y la *z* como /tz/. La *g* seguida de *e* o *i* y la *j* se pronunciaban como / ? / y la *x* como / ʒ /. En el manuscrito la *h* era siempre sorda y muchas veces es eliminada (por ejemplo, *onor*). Con relativa frecuencia las consonantes dobles alternan con sencillas. Especialmente *f* y *ff* (por ejemplo, *fago* y *ffago*), *r* y *rr* (por ejemplo, *coredor* en vez de *corredor*), y *l* y *ll* (por ejemplo, *vassalo* y *vasallo*). La *t* y la *d* además del sonido explosivo tenían un sonido fricativo a final de palabra que podía ser sordo o sonoro, de ahí la vacilación del autor entre *t* y *d* (por ejemplo, *sabet* y *sabed*) y las transcripciones ocasionales con *th* (por ejemplo, *Calatayuth*, *corth*). La *c* seguida de *a*, *o*, ó *u* suena /k/, aunque en ocasiones este mismo sonido se transcribe con *ch* (por ejemplo, *marchos*).

En el manuscrito hay muchos casos de fonética sintáctica, donde vocales iguales en posición final e inicial se unen en una sola (por ejemplo, *del* por *de el*, *dellos* por *de ellos*) y de apócope de *a* cuando la palabra siguiente empieza también por *a* (por ejemplo, *aquel* por *a aquel*). Finalmente, se usan con frecuencia las formas apocopadas de los pronombres enclíticos (por ejemplo, *sil* por *si le*).

Poema de Mio Cid

CANTAR PRIMERO

1 (f. 1 r.)

De los sos ojos   tan fuertemientre llorando, [1]   1
tornava la cabeça   e estávalos catando. [2]
Vio puertas abiertas   e uços sin cañados, [3]
alcándaras [4] vazías   sin pielles e sin mantos
e sin falcones   e sin adtores mudados. [5]   5
Sospiró Mio Çid,   ca mucho avié grandes cuidados.[6]
Fabló Mio Çid   bien e tan mesurado: [7]
"¡Grado [8] a ti, Señor,   Padre, que estás en alto,
esto me an buelto [9]   mios enemigos malos!"

---

[1] *De los sos ojos   tan fuertemientre llorando*: el pleonasmo llorar de los ojos muestra el dolor del Cid por la pena de deportación a la que ha sido castigado y que conllevaba, como indican los versos siguientes, la confiscación de bienes, el destierro y la pérdida de la patria potestad.

[2] *catando*: mirando.

[3] *uços sin cañados*: puertas sin candados.

[4] *alcándaras*: perchas.

[5] *adtores mudados*: azores que han pasado la época de la muda.

[6] *ca mucho avié grandes cuidados*: pues tenía grandes preocupaciones.

[7] *mesurado*: el narrador elige la mesura como la virtud fundamental del Campeador.

[8] *Grado*: agradezco.

[9] *buelto*: urdido.

2

Allí piensan de aguijar,[10]   allí sueltan las riendas.   10
A la exida[11] de Bivar   ovieron la corneja diestra
e entrando a Burgos   oviéronla siniestra.[12]
Meçió Mio Çid los ombros   e engrameó la tiesta:[13]
"¡Albricia, Albar Fáñez,   ca echados somos de tierra!"[14]

3

Mio Çid Ruy Díaz   por Burgos entrava,   15
en su conpaña[15]   LX pendones;[16]
exienlo ver   mugieres e varones,[17]   16b
burgeses e burgesas   por las finiestras son,[18]
plorando de los ojos,   tanto avién el dolor;
de las sus bocas   todos dizían una razón:
"¡Dios, qué buen vassallo!   ¡Si oviesse buen Señor!"[19]   20

---

[10] *piensan de aguijar*: se disponen a cabalgar.

[11] *exida*: salida.

[12] La creencia en agüeros estaba muy extendida en la Edad Media. La posición de la corneja a la derecha significaba buena suerte y a la izquierda, mala.

[13] *engrameó la tiesta*: sacudió la cabeza.

[14] *ca echados somos de tierra*: pues nos han desterrado.

[15] *conpaña*: hueste, mesnada.

[16] *pendones*: caballeros nobles.

[17] *mugieres e varones*: todo el mundo.

[18] *burgeses e burgesas por las finiestras son*: burgueses y burguesas están en las ventanas. Se trata de una las primeras constataciones del uso del vocablo burgués, que también aparece en disposiciones de las Cortes de Toledo celebradas en 1207 por Alfonso VIII.

[19] *¡Dios, qué buen vassallo! ¡Si oviesse buen Señor!*: Dios, qué buen vasallo (es el Cid), ojalá encontrara un buen señor. Es uno de los versos más debatidos del poema, según se lea el *si* como condicional u optativo, y si se alude directamente al rey Alfonso o no.

4

Conbidarle ien de grado, [20]   mas ninguno non osava,
el rey don Alfonso   tanto avié la grand saña. [21]
Antes de la noche[22]   en Burgos d'él entró su carta [23]
con grand recabdo[24]   e fuertemientre sellada,
que a Mio Çid Ruy Díaz   que nadi nol' diessen posada   25
(f. 1 r.) e aquel que ge la diesse   sopiesse vera[25] palabra,
que perderié los averes [26]   e más los ojos de la cara,
e aún demás   los cuerpos e las almas. [27]
Grande duelo avién   las yentes christianas;
ascóndense de Mio Çid,   ca nol' osan dezir nada.   30
El Campeador   adeliñó [28] a su posada;
así como llegó a la puerta,   fallóla [29] bien çerrada
por miedo del rey Alfonsso,   que assí lo avién parado, [30]
que si non la quebrantás' por fuerça,   que non ge la
                                    [abriese nadi.
Los de Mio Çid   a altas vozes llaman,   35
los de dentro   non les querién tornar palabra.
Aguijó Mio Çid,   a la puerta se llegava,

---

[20] *Conbidarle ien de grado*: le convidarían con gusto.

[21] *grand saña*: alude a la institución jurídica medieval de la ira regia que conlleva la confiscación de bienes y el destierro. Véase nota 1.

[22] *Antes de la noche*: la noche anterior.

[23] *carta*: se refiere a un decreto real.

[24] *grand recabdo*: severas aprevenciones.

[25] *vera*: verdadera.

[26] *averes*: bienes.

[27] Los vv. 23-28 hacen referencia al decreto real que tenía un sello pendiente mediante el cual el rey prohíbe a los habitantes de Burgos hospedar o vender viandas al Cid, bajo las penas de confiscación de bienes, ceguera, muerte y excomunión, que eran las que se imponían a los nobles acusados de traición.

[28] *adeliñó*: se dirigió.

[29] *fallóla*: la encontró.

[30] *parado*: preparado.

sacó el pie del estribera,[31]   una feridal'[32] dava;
non se abre la puerta,   ca bien era çerrada.
Una niña de nuef[33] años   a ojo se parava: 40
"¡Ya Campeador,   en buen ora çinxiestes espada!
El rey lo ha vedado,[34]   anoch d'él entró su carta
con grant recabdo   e fuertemientre sellada.
Non vos osariemos abrir   nin coger[35] por nada;
si non perderiemos   los averes e las casas[36]   45
e demás   los ojos de las caras.
Çid, en el nuestro mal   vós non ganades nada,
mas el Criador vos vala[37]   con todas sus vertudes sanctas."
Esto la niña dixo   e tornós' pora[38] su casa.
(f. 2 r.) Ya lo vee el Çid   que del rey non avié graçia.   50
Partiós'[39] de la puerta,   por Burgos aguijava;
llegó a Sancta María,[40]   luego descavalga;
fincó los inojos,[41]   de coraçón rogava.
La oración fecha,   luego cavalgava.
Salió por la puerta   e en Arlançón[42] posava,   55
cabo essa villa   en la glera[43] posava;
fincava[44] la tienda   e luego descavalgava.

---

[31] *estribera*: estribo.
[32] *ferida*: golpe.
[33] *nuef*: nueve.
[34] *vedado*: prohibido.
[35] *coger*: acoger.
[36] *los averes e las casas*: los bienes muebles e inmuebles.
[37] *vala*: valga.
[38] *pora*: para.
[39] *Partiós'*: se apartó.
[40] *Sancta María*: la catedral de Burgos consagrada a la Virgen.
[41] *fincó los inojos*: hincó las rodillas, se arrodilló.
[42] *Arlançón*: el río Arlazón que pasa por Burgos.
[43] *glera*: arenal.
[44] *fincava*: plantaba.

Mio Çid Ruy Díaz,   el que en buen ora çinxó espada,
posó en la glera   quando nol' coge nadi en casa,
derredor d'él   una buena conpaña.   60
Assí posó Mio Çid   como si fuesse en montaña. [45]
Vedada l'an compra   dentro en Burgos la casa;
de todas cosas   quantas son de vianda
non le osarién vender   al menos dinerada.

5

Martín Antolínez,   el burgalés complido, [46]   65
a Mio Çid e a los suyos   abástales [47] de pan e de vino;
non lo conpra,   ca él se lo avié consigo;
de todo conducho [48]   bien los ovo bastidos.
Pagós' [49] Mio Çid el Campeador   e todos los otros que van
                                              [a so çervicio.
Fabló Martín A[n]tolínez,   odredes [50] lo que á dicho: 70
"¡Ya Canpeador,   en buen ora fuestes naçido!
Esta noch y[a]gamos   e vay[á]mosnos al matino, [51]
ca acusado seré   de lo que vos he servido,
(f. 2 v.) en ira del rey Alfonsso   yo seré metido. [52]

_____

[45] *como si fuesse en montaña*: como si estuviese en descampado.
[46] *complido*: excelente.
[47] *abástales*: les abastece.
[48] *conducho*: provisiones.
[49] *Pagós'*: se contentó.
[50] *odredes*: oiréis.
[51] *matino*: mañana.
[52] *en ira del rey Alfonsso   yo seré metido*: incurriré en la ira regia. Martín Antolínez expresa la posibilidad de incurrir en la ira regia si acompaña al Cid. Esta eventualidad es repetida en v. 230 y confirmada en vv. 301, 886-889 y 1363-1365. Todos los nobles que acompañan al Cid en su destierro son castigados por el rey.

Si convusco[53] escapo   sano o bivo,   75
aún çerca o tarde[54]   el rey quererme ha por amigo;
si non, quanto dexo   no lo preçio un figo."

6

Fabló Mio Çid,   el que en buen ora çinxó espada:
"¡Martín Antolínez,   sodes ardida lança![55]
Si yo bivo,   doblar vos he la soldada.   80
Espeso[56] é el oro   e toda la plata,
bien lo vedes   que yo no trayo[57] aver
e huebos[58] me serié /   pora toda mi compaña;   82b-83
fer lo he amidos,[59]   de grado non avrié nada.
Con vuestro consego   bastir[60] quiero dos archas,[61]   85
inc[h]ámoslas d'arena,   ca bien serán pesadas,
cubiertas de guadalmeçí[62]   e bien claveadas.

7

Los guadalmeçís vermejos   e los clavos bien dorados.
Por Raquel e Vidas   vayádesme privado.[63]

---

[53] *convusco*: con vos.

[54] *aún çerca o tarde*: antes o después.

[55] *ardida lança*: sinécdoque, valiente guerrero.

[56] *Espeso*: gastado.

[57] *trayo*: traigo.

[58] *huebos*: necesario.

[59] *amidos*: contra mi voluntad.

[60] *bastir*: preparar.

[61] *archas*: arcas.

[62] *guadalmeçí*: cuero repujado.

[63] *privado*: de prisa. Aquí comienza el fabuloso episodio del engaño a los judíos. Su función es subrayar la inocencia del Cid de la acusación de haberse quedado con las parias, pues el poeta lo muestra sin posesiones. Los términos del préstamo a largo plazo (un año) y el secreto con que se lleva a cabo responden a los usos habituales de tales contratos durante la Edad Media.

Quando en Burgos me vedaron compra   e el rey me á
                                                [airado, [64] 90
non puedo traer el aver,   ca mucho es pesado,
enpeñárgelo he [65]   por lo que fuere guisado; [66]
de noche lo lieven,   que non lo vean christianos. [67]
Véalo el Criador   con todos los sos sanctos,
yo más non puedo   e amidos lo fago."   95

8

Martín Antolínez   non lo detardava, [68]
por Rachel e Vidas   apriessa demandava.
Passó por Burgos,   al castiello [69] entrava,
por Rachel e Vidas   apriessa demandava.

9 (f. 3 r.)

Rachel e Vidas   en uno estavan amos, [70]   100
en cuenta de sus averes,   de los que avién ganados.
Llegó Martín A[n]tolínez   a guisa de menbrado: [71]
"¿Ó [72] sodes Rachel e Vidas,   los mios amigos caros?
En poridad [73] fablar   querría con amos."
Non lo detardan,   todos tres se apartaron.   105
"Rachel e Vidas,   amos me dat las manos, [74]

---

[64] *el rey me á airado*: el rey me ha castigado con la ira regia. Véase nota 1.
[65] *enpeñárgelo he*: se lo empeñaré.
[66] *guisado*: conveniente.
[67] *que non lo vean christianos*: que no lo vea nadie.
[68] *detardava*: demoraba.
[69] *castiello*: parte fortificada de la ciudad.
[70] *amos*: ambos.
[71] *a guisa de menbrado*: de manera prudente, o prudentemente.
[72] *¿Ó?*: ¿dónde?
[73] *poridad*: secreto.
[74] *dar la mano*: es el símbolo por medio del cual se ratifica el contrato.

que non me descubrades   a moros nin a christianos,[75]
por siempres vos faré ricos,   que non seades menguados.[76]
El Campeador   por las parias[77] fue entrado,
grandes averes priso[78]   e mucho sobejanos,[79]   110
retovo d'ellos   quanto que fue algo,[80]
por en[81] vino a aquesto   porque fue acusado.
Tiene dos arcas   llenas de oro esmerado,[82]
ya lo vedes   que el rey le á airado.
Dexado ha heredades   e casas e palaçios;   115
aquéllas non las puede llevar,   si non, serién ventadas;
el Campeador   dexarlas ha en vuestra mano,
e prestalde de aver   lo que sea guisado.
Prended las archas   e metedlas en vuestro salvo[83]
con grand jura[84]   meted í[85] las fes amos,   120
que non las catedes   en todo aqueste año."
Rachel e Vidas   seyense consejando:
"Nós huebos avemos   en todo de ganar algo.
(f. 3 v.) Bien lo sabemos   que él algo ganó
quando a tierras de moros entró,   que grant aver sacó;   125
non duerme sin sospecha   qui aver trae monedado.[86]

---

[75] *a moros nin a christianos*: a nadie.

[76] *menguados*: necesitados.

[77] *parias*: tributos. Se pagaban anualmente y a partir del s. XI los pagaban los reyes de taifas a los cristianos.

[78] *priso*: cobró, recibió.

[79] *sobejanos*: grandes, excesivos.

[80] *quanto que fue algo*: todo lo que había de valor.

[81] *por en*: por ende, por tanto.

[82] *esmerado*: dorado.

[83] *salvo*: custodia.

[84] *jura*: juramento.

[85] *í*: allí.

[86] *monedado*: dinero en metálico.

Estas archas   prendámoslas amas,
en logar las metamos   que non sean ventadas.[87]
Mas dezidnos del Çid,   ¿de qué será pagado,[88]
o qué ganançia nos dará   por todo aqueste año?"   130
Respuso Martín Antolínez   a guisa de menbrado:
"Mio Çid querrá   lo que sea aguisado;
pedirvos á poco   por dexar so aver en salvo.
Acógensele omnes   de todas partes menguados,
á menester   seisçientos marcos."[89]   135
Dixo Rachel e Vidas: "Dárgelo [hemos] de grado."
"Ya vedes que entra la noch,   el Çid es presurado,[90]
huebos avemos   que nos dedes los marchos."
Dixo Rachel e Vidas: "Non se faze assí el mercado,[91]
si non primero prendiendo   e después dando."   140
Dixo Martín Antolínez: "Yo d'esso me pago.
Amos tred[92]   al Campeador contado,[93]
e nós vos ayudaremos,   que assí es aguisado,
por aduzir[94] las archas   e meterlas en nuestro salvo,
que non lo sepan   moros nin christianos."   145
Dixo Rachel e Vidas: "Nós d'esto nos pagamos;
las archas aduchas,[95]   prendet seyesçientos marcos."
(f. 4 r.) Martín Antolínez   cavalgó privado
con Rachel e Vidas,   de voluntad e de grado.

---

[87] *ventadas*: descubiertas.
[88] *pagado*: satisfecho.
[89] *marcos*: el marco era una unidad de peso, no una moneda acuñada.
[90] *presurado*: apresurado.
[91] *mercado*: negocio.
[92] *tred*: traed.
[93] *contado*: famoso.
[94] *aduzir*: traer.
[95] *aduchas*: traídas.

Non viene a la pueent   ca por el agua á passado,   150
que ge lo non ventassen   de Burgos omne nado.
Afévoslos[96] a la tienda   del Campeador contado.
Assí como entraron,   al Çid besáronle las manos.[97]
Sonrisós' Mio Çid,   estávalos fablando:
"Ya don Rachel e Vidas,   avédesme olbidado,   155
ya me exco de tierra,[98]   ca del rey só airado.[99]
A lo quem' semeja,   de lo mio avedes algo,
mientra que vivades   non seredes menguados."
Don Rachel e Vidas   a Mio Çid bésaronle las manos.
Martín Antolínez   el pleito á parado,   160
que sobre aquellas archas   dar le ien[100] VI çientos marcos,[101]
e bien se las guardarién   fasta cabo del año,
ca assíl' dieran la fe,   ge lo avién jurado,
que si antes las catassen   que fuessen perjurados,
non les diesse Mio Çid   de la ganançia un dinero malo.   165
Dixo Martín Antolínez: "Carg[u]en las archas privado.
Llevaldas, Rachel e Vidas,   ponedlas en vuestro salvo;
yo iré convus[c]o,   que adugamos[102] los marcos,
ca a mover á Mio Çid   ante que cante el gallo."
Al cargar de las archas   veriedes gozo tanto,   170
non las podién poner en somo,[103]   mag[u]er[104] eran esforçados.

---

[96] *Afévoslos*: helos aquí.

[97] *besáronle las manos*: besar la mano era parte del ritual del vasallaje. Aquí indica simplemente respeto y buena disposición.

[98] *exco de tierra*: salgo desterrado.

[99] *airado*: ver nota 52.

[100] *dar le ien*: le darían.

[101] *marco*: cada marco valía ocho onzas (unos 230 g) de oro o plata.

[102] *adugamos*: traigamos.

[103] *en somo*: encima.

[104] *maguer*: aunque.

(f. 4 v.) Grádanse Rachel e Vidas   con averes monedados,
ca mientra que visquiessen   refechos.[105] eran amos.

10

Rachel a Mio Çid   la manol' ba besar:
"¡Ya Campeador,   en buen ora çinxiestes espada   175
De Castiella vos ides   pora las yentes estrañas,[106]
assí es vuestra ventura,   grandes son vuestras ganançias,[107]
una piel vermeja,[108]   morisca e ondrada,
Çid beso vuestra mano   en don que yo aya."
"Plazme," dixo el Çid,   "d'aquí sea mandada,   180
si vos la aduxier d'allá,   si non, contalda sobre las arcas."
En medio del palaçio   tendieron una almofalla,[109]
sobr'ella una savana   de rançal[110] e muy blanca.
A tod el primer colpe   IIICCC marcos de plata echaron.
Notólos[111] don Martino,   sin peso los tomava.[112]   185
Los otros CCC   en oro ge los pagavan.
Çinco escuderos tiene don Martino,   a todos los cargava.
Quando ovo esto fecho,   odredes lo que fablava:
"Ya don Rachel e Vidas,   en vuestras manos son las arcas;
yo que esto vos gané   bien mereçía calças."   190

---

[105] *refechos*: enriquecidos.
[106] *estrañas*: forasteras.
[107] *ganançias*: botín.
[108] *piel vermeja*: sobretúnica de piel.
[109] *almofalla*: alfombra.
[110] *rançal*: hilo fino.
[111] *Notólos*: los contó.
[112] *sin peso los tomava*: muestra la confianza de Antolínez porque las monedas medievales eran de tamaño irregular y se pesaban para establecer la cuantía de su valor.

II

Entre Rachel e Vidas   aparte ixieron amos:
"Démosle buen don,   ca él no' lo ha buscado.
Martín Antolínez,   un burgalés contado,
vós lo mereçedes,   darvos queremos buen dado,[113]
de que fagades calças   e rica piel e buen manto,   195
dámosvos en don   a vós XXX marchos;
(f. 5 r.) mereçerno' lo hedes,   ca esto es aguisado,
atorgarnos hedes esto   que avemos parado."[114]
Gradeciólo don Martino   e recibió los marchos,
gradó exir de la posada   spidiós'[115] de amos.   200
Exido es de Bugos   e Arlançón á passado,
vino por la tienda   del que en buen ora nasco;
recibiólo el Çid   abiertos amos los braços:
"Venides, Martín Antolínez,   el mio fiel vassallo.
¡Aún vea yo el día   que de mí ayades algo!"   205
"Vengo, Campeador,   con todo buen recabdo,
vós VI çientos   e yo XXX he ganados;
mandad coger la tienda   e vayamos privado,
en San Pero de Cardeña   í nos cante el gallo;[116]
veremos vuestra muger,   menbrada fija d'algo,[117]   210
mesuraremos la posada[118]   e quitaremos el reinado;

---

[113] *dado*: don.
[114] Los judíos piden a Martín Antolínez que sea el garante del contrato.
[115] *spidiós*: se despidió.
[116] San Pedro de Cárdena es un monasterio benedictino a 8 km de Burgos, donde fue enterrado el Cid en 1102.
[117] *fija d'algo*: hidalga, noble. El término hidalgo aparece documentado por primera vez en León en 1177 y designaba a cualquier noble, desde el infanzón al conde.
[118] *mesuraremos la posada*: acortaremos nuestra estancia.

mucho es huebos,   ca çerca viene el plazo." [119]

12

Estas palabras dichas,   la tienda es cogida.
Mio Çid e sus conpañas   cavalgan tan aína. [120]
La cara del cavallo   tornó a Sancta María,   215
alçó su mano diestra,   la cara se santigua:
"A ti lo gradesco, Dios,   que çielo e tierra guías,
válanme tus vertudes,   gloriosa Sancta María,
d'aquí quito Castiella,   pues que el rey he en ira.
Non sé si entraré í más   en todos los mios días.   220
Vuestra vertud me vala,   Gloriosa, en mi exida
(f. 5 v.) e me ayude, / e(l) me acorra de noch e de día.

                                                    [221b-222

Si vós assí lo fiziéredes   e la ventura me fuere complida,
mando al vuestro altar   buenas donas e ricas,
esto é yo en debdo, [121]   que faga í cantar mill misas." 225

13

Spidiós' el caboso [122]   de cuer [123] e de veluntad.
Sueltan las riendas   e pienssan de aguijar.
Dixo Martín Antolínez: "Veré a la mugier a todo mio solaz,
castigar [124] los he   como abrán a far.

---

[119] Al Cid se le conceden nueve días para salir del reino. Véanse vv.
306-307. Este plazo coincide con la duración del plazo dispuesto en los
fueros municipales.

[120] *aína*: deprisa.

[121] *debdo*: deuda, voto, obligación religiosa.

[122] *caboso*: cabal, excelente.

[123] *cuer*: corazón.

[124] *castigar*: aconsejar.

Si el rey me lo quisiere tomar,   a mí non m'inchal. [125]   230
"Antes seré convusco   que el sol quiera rayar."

14

Tornávas' Martín Antólinez a Burgos   e Mio Çid a aguijar
pora San Pero de Cardeña   quanto que pudo a espolear,
con estos cavalleros   quel'sirven a so sabor.
Apriessa cantan los gallos   e quieren quebrar albores   235
cuando llegó a San Pero   el buen Campeador.
El abbat don Sancho,   christiano del Criador, [126]
rezava los matines   a buelta de los albores.
Í estava doña Ximena   con çinco dueñas de pro,
rogando a San Pero   e al Criador: 240
"Tú que a todos guías,   val' [127] a Mio Çid el Campeador."

15

Llamavan a la puerta,   í sopieron el mandado.
¡Dios, que alegre fue   el abbat don Sancho! [128]
Con lumbres e con candelas   al corral dieron salto.
Con tal grant gozo reciben   al que en buen ora nasco.   245
"Gradesco a Dios, Mio Çid",   dixo el abbat don Sancho,
(f. 6 r.) pues que aquí vos veo,   prendet de mí ospedado." [129]
Dixo el Çid: "Graçias,   don abbat, e só vuestro pagado; [130]

---

[125] *m'inchal*: me importa.
[126] El abad que rigió Cardeña durante el primer destierro del Cid se llamaba Sisebuto, no Sancho.
[127] *val'*: ayuda.
[128] La estancia del Cid en Cardeña contrasta con su paso por Burgos. El recibimiento que le otorga el abad don Sancho parece casi un desafío a la voluntad real. Puede responder a acontecimientos sucedidos a mediados del siglo XII.
[129] *prendet de mí ospedado*: aceptad mi hospitalidad.
[130] *só vuestro pagado*: os estoy agradecido.

yo adobaré conducho   pora mí e pora mis vassallos,
mas porque me vo de tierra,   dovos L marchos.   250
Si yo algo visquier,[131]   servos han doblados,
non quiero fazer en el monesterio   un dinero de daño.
Evades aquí[132] pora doña Ximena   dovos C marchos,
a ella e a sus fijas a sus dueñas   sirvádeslas est'año.
Dues fijas dexo niñas   e prendetlas en los braços;   255
aquellas vos acomiendo a vós,   abbat don Sancho,[133]
d'ellas e de mi mugier   fagades todo recabdo;
si essa despensa vos falleçiere   o vos menguare algo,
bien las abastad,   yo assí vos lo mando;
por un marcho que despendades,[134]   al monesterio daré
                              [yo quatro." 260
Otorgado ge lo avié   el abbat de grado.
Afévós doña Ximena   con sus fijas dó va llegando;
señas dueñas las traen   e adúzenlas adelant.
Ante'l Campeador   doña Ximena fincó los inojos amos,
llorava de los ojos,   quisol' besar las manos:[135]   265
"¡Merçed, Campeador,   en ora buena fuestes nado!
Por malos mestureros   de tierra sodes echado.

---

[131] *visquier*: viviera.

[132] *Evades aquí*: he aquí.

[133] El Cid encomienda su mujer e hijas al abad. La encomienda estipulaba el cuidado y protección a cambio de una remuneración económica. La encomienda de grandes familias a monasterios tuvo un auge especial en los siglos XI a XIII.

[134] *despendades*: gastéis.

[135] La subordinación de doña Jimena a su marido, subrayada por el gesto de arrodillarse y besar la mano, muestra su voluntad de continuar su relación matrimonial, pese a la obligada ausencia de por vida.

16

¡Merçed, ya Çid,   barba tan complida![136]
Fem' ante vós yo e vuestras fijas,   ifantes son e de días chicas,
con aquestas mis dueñas   de quien yo só servida.   270
(f. 6 v.) Yo lo veo   que estades vós en ida
e nós de vós   partir nos hemos en vida;
dandnos consejo   por amor de Santa María."
Enclinó las manos   en la su barba vellida,
a las sus fijas   en braço las prendía,   275
llególas[137] al coraçón,   ca mucho las quería,
llora de los ojos,   tan fuertemientre sospira:
"Ya dona Ximena,   la mi mugier tan complida,
como a la mi alma   yo tanto vos quería;
ya lo vedes   que partir nos emos en vida,   280
yo iré   e vós fincaredes remanida.[138]
Plega a Dios e a Sancta María   que aún con mis manos
                              [case estas mis fijas,[139]
o que dé ventura   e algunos días vida,
e vós, mugier ondrada,   de mí seades servida."

17

Gran yantar le fazen   al buen Campeador;   285
tañen las campanas   en San Pero a clamor;

---

[136] *barba tan complida*: barba excelente. La barba era símbolo de la honra y la virilidad. El mesar la barba era un acto injuriante que algunos fueros castigaban con la misma pena que la castración.

[137] *llególas*: las acercó.

[138] *fincaredes remanida*: os quedaréis.

[139] La promesa de casar a sus hijas *por sus manos* indica que el matrimonio estaba en el plan general de la obra que culminará con las bodas que el Cid hace por su mano y del que obtendrá la descendencia real que prueba su gran honra.

por Castiella   oyendo van los pregones,
como se va de tierra   Mio Çid el Campeador;
unos dexan casas   e otros onores. [140]
En aqués día   a la puent de Arlaçón   290
çiento quinze cavalleros   todos juntados son;
todos demandan   por Mio Çid el Campeador;
Martín Antolínez   con ellos' cojó. [141]
Vanse pora San Pero   dó está el que en buen punto nació.

18

Quando lo sopo   Mio Çid el de Bivar,   295
quel' creçe compaña   porque más valdrá, [142]
apriessa cavalga,   reçebirlos salié;
(f. 7. r.) tornós' a sonrisar;   lléganle todos, la manol' ban
[besar. [143]

Fabló Mio Çid   de toda voluntad:
"Yo ruego a Dios   e al Padre spiritual,   300
vós que por mí dexades   casas e heredades,
en antes que yo muera   algún bien vos pueda far;
lo que perdedes   doblado vos lo cobrar."
Plogó [144] a Mio Çid   porque creçió en la yantar; [145]
plogó a los otros omnes   todos quantos con él están.   305
Los VI días de plazo   passados los an;

---

[140] *onores*: tierras o cargos administrativos o militares que el rey concedía a sus vasallos en feudo.

[141] *con ellos' cojó*: con ellos se juntó.

[142] *más valdrá*: tendrá más honor, en el doble sentido de poder y reputación.

[143] Los caballeros recién llegados se hacen vasallos del Cid. Véase nota 97.

[144] *Plogó*: complació.

[145] *porque creçió en la yantar*: porque le creció su hueste.

tres han por troçir, [146]   sepades que non más.

Mandó el rey   a Mio Çid a aguardar,

que si después del plazo   en su tierral' pudiés' tomar,

por oro nin por plata   non podrié escapar. [147]   310

El día es exido   e la noch querié entrar,

a sos cavalleros   mandólos todos juntar:

"Oíd, varones,   non vos caya [148] en pesar,

poco aver trayo, [149]   darvos quiero vuestra part.

Sed membrados [150]   cómo lo devedes far,   315

a la mañana,   quando los gallos cantarán

non vos detardedes,   mandedes ensellar,

en San Pero a matines   tandrá [151] el buen abbat,

la missa nos dirá,   ésta será de Sancta Trinidad.

La missa dicha,   penssemos de cavalgar,   320

ca el plazo viene a çerca,   mucho avemos de andar."

Cuemo [152] lo mandó Mio Çid,   assí lo an todos a far.

Passando va la noch,   viniendo la man,

a los medios gallos [153]   pienssan de cavalgar.

(f. 7 v.) Tañen a matines   a una priessa tan grand,   325

Mio Çid e su mugier   a la eglesia van.

Echós' doña Ximena   en los grados delant el altar,

rogando al Criador   quanto ella mejor sabe,

---

[146] *troçir*: pasar.

[147] La pena impuesta por la ira regia no se podía resarcir mediante una multa o *caloña*, por lo que su incumplimiento acarreaba la muerte, de acuerdo al *Fuero Juzgo* II. I. 6.

[148] *caya*: caiga.

[149] *trayo*: traigo.

[150] *membrados*: prudentes.

[151] *tandrá*: tañirá.

[152] *Cuemo*: como.

[153] *a los medios gallos*: a las tres de la madrugada.

que a Mio Çid el Campeador   que Dios lo curiás'[154] de mal:
"Ya Señor glorioso,   Padre que en çielo estás,[155]   330
fezist çielo e tierra,   el terçero el mar;
fezist estrellas e luna   e el sol pora escalentar;
prisist[156] encarnaçión   en Sancta María madre,
en Belleem apareçist   como fue tu voluntad,
pastores te glorificaron,   ovieron [t]e a laudare,   335
tres reyes de Arabia   te vinieron adorar,
Melchior   e Gaspar e Baltasar,
oro e tus[157] e mirra / te ofreçieron   como fue tu
                                                              [veluntad; 337b-338
salvest / a Jonás   quando cayó en la mar,   338b-339
salvest a Daniel   con los leones en la mala cárçel,   340
salvest dentro en Roma   al señor San Sebastián,
salvest a Sancta Susana   del falso criminal;
por tierra andidiste[158] XXXII años,   señor spirital,
mostrando los miráculos[159]   por én avemos qué fablar:
del agua fezist vino   e de la piedra pan,   345
resuçitest a Lázaro,   ca fue tu voluntad;
a los judíos te dexeste prender,   dó dizen monte Calvarie,

---

[154] *curiás'*: protejiese.

[155] (vv. 330-365) En esta plegaria Jimena suplica la protección divina para Rodrigo. Combina el credo con las oraciones que se decían por los moribundos y agonizantes. Entre los milagros se citan los de Jonás y Lázaro, cuya salvación de la muerte prefiguraba la resurrección de Cristo y que Jimena parece invocar especialmente para que también Rodrigo supere el terrible trance de muerte civil en que se encuentra. Esto lo subraya al terminar su oración con el ruego: *en vida nos faz juntar*. La plegaria pertenece a la llamada *priére épique*, presente en varios poemas épicos franceses.

[156] *prisist*: tomaste.

[157] *tus*: incienso.

[158] *andidiste*: anduviste.

[159] *miráculos*: milagros.

pusiéronte en cruz   por nombre en Golgotá,
dos ladrones contigo,   éstos de señas[160] partes,
el uno es en Paraíso,   ca el otro non entró allá.   350
(f. 8 r.) Estando en la cruz   vertud fezist muy grant,
Longinos era çiego   que nu[n]quas vio alguandre,[161]
diot' con la lança en el costado,   dont ixió la sangre,
corrió la sangre por el astil ayuso,   las manos se ovo de untar,
alçólas arriba,   llególas a la faz,   355
abrió los ojos,   cató a todas partes,
en Ti crovó al ora,[162]   por end es salvo[163] de mal;
en el monumento[164]   resuçitest
e fust a los infiernos, /   como fue tu voluntad;   358b-359
quebranteste las puertas   e saqueste los padres sanctos.   360
Tú eres rey de los reyes   e de tod el mundo padre,
a Ti adoro e creo   de toda voluntad,
e ruego a San Peidro   que me ayude a rogar
por Mio Çid el Campeador,   que Dios le curie de mal.
Quando oy nos partimos,   en vida nos faz juntar."   365
La oración fecha,   la missa acabada la an,
salieron de la eglesia,   ya quieren cavalgar.
El Çid a doña Ximena   ívala abraçar.
Doña Ximena al Çid   la manol' va besar,
llorando de los ojos   que non sabe que se far.   370
E él a las niñas   tornólas a catar:
"A Dios vos acomiendo, fijas   e a la mugier e al padre spirital;
agora[165] nos partimos,   Dios sabe el ayuntar."

---

[160] *señas*: sendas.
[161] *alguandre*: jamás, refuerza nunca.
[162] *crovó al ora*: creyó inmediatamente.
[163] *salvo*: libre.
[164] *monumento*: sepulcro.
[165] *agora*: ahora.

(f. 8 v.) Llorando de los ojos   que non viestes atal, [166]
asís' parten unos d'otros   como la uña de la carne. [167]   375
Mio Çid con los sos vassallos   penssó de cavalgar;
a todos esperando,   la cabeça tornado va.
A tan grand sabor   fabló Minaya Albar Fáñez:
"Çid, ¿dó son vuestros esfuerços?   ¡En buen ora
                              [nasquiestes de madre!;
pensemos de ir nuestra vía,   esto sea de vagar, [168]   380
aun todos estos duelos   en gozo se tornarán;
Dios que nos dio las almas,   consejo nos dará."
Al abbat don Sancho   tornan de castigar,
como sirva a doña Ximena   e a las fijas que ha,
e a todas sus dueñas   que con ellas están;   385
bien sepa el abbat   que buen galardón d'ello prendrá.
Tornado es don Sancho   e fabló Albar Fáñez:
"Si viéredes yentes venir   por connusco [169] ir, abbat   388-389
dezildes que prendan el rastro   e pienssen de andar,
ca en yermo o en poblado   poder nos han alcançar."   390
Soltaron las riendas,   pienssan de andar;
çerca viene el plazo   por el reino quitar.
Vino Mio Çid yazer   a Spinaz de Can. [170]
Otro día mañana   pienssa de cavalgar,
grandes yentes se le acojen   essa noch de todas partes.   395
Ixiendos' va de tierra   el Campeador leal,

---

[166] *atal*: tal.

[167] *como la uña de la carne*: la separación desgarradora concita la imagen de la separación del matrimonio que se consideraba la unión de dos personas en un solo cuerpo. Expresa así mismo el amor y la unión familiar.

[168] *esto sea de vagar*: dejemos esto para cuando tengamos más tiempo. *vagar*: tiempo libre.

[169] *connusco*: con nosotros.

[170] *Spinaz de Can*: lugar desconocido.

de siniestro San Estevan, [171]   una buena çibdad,
(f. 9 r.) de diestro Alilón, las torres, [172]   que moros las han;
passó por Alcobiella [173]   que de Castiella fin es ya;
la calçada de Quinea [174]   ívala traspassar,   400
sobre las Navas de Palos [175]   el Duero va pasar,
a la Figeruela [176]   Mio Çid iva posar.
Vánssele acogiendo   yentes de todas partes.

19

Í se echava Mio Çid   después que fue çenado,
un sueñol' priso dulçe,   tan bien se adurmió.   405
El ángel Gabriel   a él vino en sueño:
"Cavalgad, Çid,   el buen Campeador,
ca nunqua /en tan buen punto   cavalgó varón;   407b-408
mientras que visquiéredes   bien se fará lo to." [177]
Quando despertó el Çid   la cara se santigó,   410
sinada la cara,   a Dios se acomendó,
mucho era pagado [178]   del sueño que á soñado.

20

Otro día mañana   pienssan de cavalgar.
Es' día á de plazo,   sepades que non más.

---

[171] *San Estevan*: San Esteban de Gormaz, localidad soriana.

[172] *Alilón, las torres*: topónimo de localización insegura.

[173] *Alcobiella*: Alcubilla del Marqués, en Soria.

[174] *la calçada de Quinea*: esta calzada romana que unía Mérida con Astorga está a cientos de kilómetros de Soria, pero entre Alcubilla y Navapalos sí pasaba una calzada romana.

[175] *Navas de Palos*: actual Navapalos.

[176] *Figeruela*: lugar desconocido.

[177] *mientras que visquiéredes   bien se fará lo to*: mientras vivas todo te irá bien.

[178] *mucho era pagado*: estaba muy contento.

21

Aún era de día,   non era puesto el sol,
mandó ver sus yentes   Mio Çid el Campeador,
sin las peonadas[180]   e omnes valientes que son,
notó trezientas lanças   que todas tienen pendones.

22

(f. 9 v.) "Temprano dad çevada   si el Criador vos salve,   420
el que quisiere comer,   e qui no, cavalg[u]e.
Passaremos la sierra   que fiera es e grand,
la tierra del rey Alfonsso   esta noch la podemos quitar,
después si nos buscare   fallarnos podrá."
De noch passan la sierra,   vinida es la man,[181]   425
e pora la loma ayuso   pienssan de andar.
En medio d'una montaña   maravillosa e grand
fizo Mio Çid posar   e çevada dar.
Díxoles a todos   cómo querié trasnochar;
vassallos tan buenos   por coraçón lo han,   430
mandado de so señor   todo lo han a far.
Ante que anochesca   pienssan de cavalgar,
por tal lo faze Mio Çid   que no lo ventasse nadi.
Andidieron de noch,   que vagar[182] non se dan.
Ó dizen Castejón,[183]   el que es sobre Fenares,   435

---

[179] *sierra de Miedes*: hoy sierra de Pela, a unos 30 km al sur de Alcubilla.

[180] *peonadas*: tropas de pie.

[181] *man*: mañana.

[182] *vagar*: descanso.

[183] *Castejón*: hoy Castejón de Henares a 3 km de río Henares, al sur de Guadalajara.

Mio Çid se echó en çelada   con aquellos que él trae.
Toda la noche yaze en çelada   el que en buen nasco,
como los conseyava   Minaya[184] Albar Fáñez.

23

"¡Ya Çid,   en buen ora çinxiestes espada!
Vós con C   de aquesta nuestra conpaña,
pues que a Castejón   sacaremos a çelada."   440
"Vós con los CC   idvos en algara;[185]
allá vaya Albar Á[l]barez   e Albar Salvadórez sin falla
e Galín Garçía,   una fardida lança,
cavalleros buenos   que acompañen a Minaya.
(f. 10 r.) A osadas[186] corred,   que por miedo non dexedes
                                                         [nada. 445
Fita ayuso[187] e por Guadalfajara,   falta Alcalá lleguen las
                                                         [alg[aras],
e bien acojan   todas las ganançias,
que por miedo de los moros   non dexen nada.
E yo con lo[s] C   fincaré en la çaga;
terné yo Castejón   dón[188] abremos grand enpara.[189]   450
Si cueta[190] vos fuere   alguna al algara,
fazedme mandado   muy privado a la çaga;
¡d'aqueste acorro   fablará toda España!"
Nonbrados son   los que irán en el algara,

---

[184] *Minaya*: fórmula de tratamiento que conjuga el posesivo castellano *mi* con el sustantivo vasco *anai*, hermano.
[185] *algara*: correría.
[186] *A osadas*: audazmente.
[187] *Fita ayuso*: Hita abajo. Lugar en la provincia de Guadalajara.
[188] *dón*: de donde.
[189] *enpara*: protección.
[190] *cueta*: apuro.

e los que con Mio Çid   ficarán en la çaga.   455
Ya quiebran los albores   e vinié la mañana,
ixié el sol,   ¡Dios, qué fermoso apuntava!
En Castejón   todos se levantavan,
abren las puertas,   de fuera salto davan,
por ver sus lavores[191]   e todas sus heredades.   460
Todos son exidos,   las puertas dexadas abiertas
con pocas de gentes   que en Castejón fincaron,
las yentes de fuera   todas son derramadas.
El Campeador salió de la çelada,   corrié[192] a Castejón
                         [sin falla.
Moros e moras   aviénlos de ganançia,   465
e essos ganados   quantos en derredor andan.
Mio Çid don Rodrigo   a la puerta adeliñava;
los que la tienen,   quando vieron la rebata,[193]
(f. 10 v.) ovieron miedo   e fue dese[m]parada.
Mio Çid   por las puertas entrava,   470
en mano trae   desnuda el espada,
quinze moros matava   de los que alcançava.
Ganó Castejón   e el oro e la plata.
Sos cavalleros   llegan con la ganançia,
déxanla a Mio Çid,   todo esto non preçia nada.   475
Afévos los CCIII   en el algara,
e sin dubda corren fasta Alcalá   llegó la seña de Minaya,
e desí arriba[194]   tórnanse con la ganançia
Fenares arriba   e por Guadalfajara.
Tanto traen las grandes ganançias,   muchos ganados   480

---

[191] *lavores*: labranzas.
[192] *corrié*: atacaba.
[193] *rebata*: asalto repentino.
[194] *desí arriba*: río arriba de allí.

de ovejas e de vacas   e de ropas e de otras riquizas largas.
Derecha viene   la seña de Minaya,
non osa ninguno   dar salto a la çaga.
Con aqueste aver   tórnanse essa conpaña.
Félos [195] en Castejón   ó el Campeador estava.   485
El castiello dexó en so poder,   el Campeador cavalga,
saliólos reçebir   con esta su mesnada, [196]
los braços abiertos   reçibe a Minaya:
"¡Venides, Albar Fáñez,   una fardida lança!
Dó [197] yo vos enbiás [198]   bien abría tal esperança.   490
Esso con esto   sea ayuntado,
Dóvos la quinta [199]   se la quisiéredes, Minaya."

24 (f. 11 r.)
"Mucho vos lo gradesco,   Campeador contado,
d'aquesta quinta   que me avedes mand[ad]o,
pagarse ía d'ella [200]   Alfonsso el Castellano;   495
yo vos la suelt[o]   e avello quitado. [201]
A Dios lo prometo,   a Aquel que está en alto:
fata que yo me pag[u]e   sobre mio buen cavallo
lidiando   con moros en el campo,
que enpleye la lança   e al espada meta mano,   500
e por el cobdo ayuso [202]   la sangre destellando,

<hr>

[195] *Félos*: helos.
[196] *mesnada*: vasallos de un señor que forman su séquito, tropas.
[197] *Dó*: doquier.
[198] *enbiás*: enviase.
[199] *quinta*: quinta parte del botín debido al rey.
[200] *pagarse ía d'ella*: se pondría contento con ella.
[201] *yo vos la suelt[o]   e avello quitado*: yo os lo doy y tomadlo libremente.
[202] *cobdo ayuso*: codo abajo.

ante Ruy Díaz,   el lidiador contado,
non prendré de vós   quanto vale un dinero malo.
Pues que [203] por mí ganaredes   quesquier [204] que sea d'algo,
todo lo otro   afélo en vuestra mano".   505

25

Estas ganançias   allí eran juntadas.
Comidiós' [205] Mio Çid,   el que en buen ora fue nado,
al rey Alfonsso   que llegarién sus compañas,
quel' buscarié mal   con todas sus mesnadas.
Mandó partir [206]   tod aqueste aver,   510
sos quiñoneros [207]   que ge los diessen por carta.
Sos cavalleros   í an arribança; [208]
a cada uno d'ellos   caen C marchos de plata,
e a los peones   la meatad sin falla.
(f. 11 v.) Toda la quinta   a Mio Çid fincava.   515
Aquí non lo pueden vender   nin dar en presentaja; [209]
nin cativos nin cativas   non quiso traer en su compaña.
Fabló con los de Castejón   e envió a Fita e a Guadalfagara
esta quinta   por quánto serié conprada,
aun de lo que diessen   oviessen grand ganançia.   520

---

[203] *Pues que*: después de que.

[204] *ques quier*: cualquier cosa.

[205] *Comidiós'*: consideró.

[206] *partir*: repartir. Los vv 510-515 establecen las normas del reparto del botín que se siguen en todas las campañas del Cid (805 y ss., 1215 y ss., 1772 y ss.). Los quiñoneros hacen el reparto y lo consignan por escrito. El Cid recibe el quinto, que según los fueros pertenecía al rey, pero que le corresponde aquí al Cid por no ser ya su vasallo legal. Los caballeros reciben una ración y los peones media de acuerdo a los fueros municipales.

[207] *quiñoneros*: repartidores del botín.

[208] *arribança*: buena fortuna, prosperidad.

[209] *presentaja*: presente, regalo.

Asmaron [210] los moros   III mill marcos de plata,
plogó a mi Çid   d'aquesta presentaja.
A terçer día   dados fueron sin falla.
Asmó Mio Çid   con toda su conpaña [211]
que en el castiello   non í avrié morada   525
e que serié retenedor,   mas non í avrié agua:
"Moros en paz,   ca escripta es la carta, [212]
buscar nos ié el rey Alfonsso   con toda su mesnada.
Quitar quiero Castejón,   oíd escuelas [213]e Minaya.

26

Lo que dixier   non lo tengades a mal,   530
en Castejón   non podriemos fincar,
çerca está el rey Alfonsso   e buscar nos verná.
Mas el castiello   non lo quiero hermar, [214]
çiento moros e çiento moras   quiérolas quitar,
porque lo pris d'ellos   que de mí non digan mal.   535
Todos sodes pagados   e ninguno por pagar.
Cras [215] a la mañana   pensemos de cavalgar,
(f. 12 r.) con Alfonsso, mio señor,   non querría lidiar." [216]

---

[210] *Asmaron*: estimaron, valoraron.

[211] En los vv. 524-538 el Cid observa que no puede defender el castillo de un posible sitio porque les faltaría el agua y también porque el rey Alfonso vendría con sus ejércitos en defensa de los moros con quienes tiene una alianza (v. 527).

[212] *carta*: tratado de paz con los moros.

[213] *escuelas*: séquito de un señor.

[214] *hermar*: arrasar.

[215] *Cras*: temprano mañana.

[216] Aunque este verso ha sido interpretado por Menéndez Pidal como prueba de la absoluta fidelidad del Cid hacia el rey, creo que resulta evidente del contexto que el Cid se encuentra en una situación de desventaja y prudentemente evita la eventualidad de la derrota.

Lo que dixo el Çid   a todos los otros plaz.

Del castiello que prisieron   todos ricos se parten.   540

Los moros e las moras   bendiziéndol' están.

Vansse Fenares arriba   quanto pueden andar,

troçen las Alcarias [217]   e ivan adelant;

por las Cuevas d'Anquita [218]   ellos passando van;

passaron las aguas,   entraron al campo de Torançio, [219] 545

por essas tierras ayuso   quanto pueden andar,

entre Fariza e Çetina [220]   Mio Çid iva albergar.

Grandes son las gananças   que priso por la tierra do va.

Non lo saben los moros   el ardiment [221] que an.

Otro día moviós'   Mio Çid el de Bivar   550

e pasó a Alfama, [222]   la foz ayuso va,

pasó a Borvierca   e a Teca [223] que es adelant

e sobre Alcoçer   Mio Çid iva posar

en un otero redondo,   fuerte e grand;

açerca corre el Salón,   agua nol' puedent vedar. [224]   555

Mio Çid don Rodrigo   Alcoçer cueda ganar.

27

Bien puebla el otero,   firme prende las posadas,

los unos contra la sierra   e los otros contra el agua.

---

[217] *Alcarias*: la Alcarria.

[218] *Cuevas d'Anquita*: puede referirse al paraje cavernoso próximo a Anguita.

[219] *campo de Torançio*: hoy Campo de Taranz.

[220] *Fariza e Çetina*;: las localidades de Ariza y Cetina en la provincia de Zaragoza.

[221] *ardiment*: designio, plan.

[222] *Alfama*: hoy Alhama de Aragón.

[223] *Borvierca e a Teca*: hoy Bubierca y Ateca.

[224] *agua nol' puedent vedar*: no le pueden cortar el agua los enemigos.

El buen Canpeador,   que en buen ora fue nasco,
derredor del otero,   bien çerca del agua,   560
(f. 12 v.) a todos sos varones   mandó fazer una carcava, [225]
que de día nin de noch   non les diessen arebata, [226]
que sopiessen que Mio Çid   allí avié fincança.

28

Por todas essas tierras   ivan los mandados
que el Campeador Mio Çid   allí avié poblado.   565
Venido es a moros,   exido es de christianos,
en la su vezindad   non se treven [227] ganar tanto.
Ag[u]ardándose [228] va Mio Çid   con todos sus vassallos,
el castiello de Alcoçer [229]   en paria va entrando. [230]

29

Los de Alcoçer a Mio Çid   yal' dan parias de grado,   570
e los de Teca   e los de Ter[r]e[r] la casa. [231]
A los de Calatauth,   sabet, mal [l]es pesava.
Allí yogó Mio Çid   complidas XV semanas.
Quando vio Mio Çid   que Alcoçer non se le dava,
él fizo un art [232]   e non lo detardava: 575
dexa una tienda fita   e las otras llevava,
cojó [233] Salón ayuso   la su seña alçada,

---

[225] *carcava*: foso.
[226] *arebata*: asalto.
[227] *treven*: atreven.
[228] *Ag[u]ardándose*: poniéndose en guardia.
[229] *Alcoçer*: localidad hoy desaparecida entre Ateca y Terrer.
[230] *en paria va entrando*: empieza a pagar tributo.
[231] *e los de Ter[r]e[r] la casa*: y los de la villa de Terrer.
[232] *art*: ardid.
[233] *cojó*: fue.

las lorigas vestidas   e çintas las espadas,
a guisa de menbrado   por sacarlos a çelada.
Veyenlo los de Alcoçer,   ¡Dios, como se alabavan!   580
"Falido á[234] a Mio Çid   el pan e la çevada;
las otras abés[235] lieva,   una tienda á dexada.
(f. 13 r.) De guisa va Mio Çid   como si escapasse de
                                          [arrancada,[236]
demos salto a él   e feremos grant ganançia,
antes quel' prendan los de Ter[er],   si non, non nos
                                          [darán dent nada.   585
La paria qu'él á presa   tornar nos la ha doblada."
Salieron de Alcoçer   a una priessa much estraña.
Mio Çid quando los vio fuera,   cogiós' como de arrancada.
Cojos' Salón ayuso   con los sos a buelta.
Dizen los de Alcoçer: "¡Ya se nos va la ganançia!"   590
Los grandes e los chicos   fuera salto dan,
al sabor de prender   de lo ál[237] no pienssan nada,
abiertas dexan las puertas   que ninguno non las guarda.
El buen Campeador   la su cara tornava,
vio que entr'ellos e el castiello   mucho avié grant plaça;[238] 595
mandó tornar la seña   apriessa esploneavan:
"¡Firidlos, cavalleros,   todos sines dubdança,[239]
con la merçed del Criador   nuestra es la ganançia!"
Bueltos son con ellos   por medio de la laña.[240]

_____

[234] _Falido á_: se le ha agotado.
[235] _abés_: apenas.
[236] _arrancada_: huida, derrota.
[237] _lo ál_: lo otro, el resto.
[238] _plaça_: espacio, distancia.
[239] _sines dubdança_: sin temor.
[240] _Bueltos son con ellos   por medio de la laña_: luchan contra ellos en medio de la llanura.

¡Dios, qué bueno es el gozo   por aquesta mañana!   600
Mio Çid e Albar Fáñez   adelant aguijavan;
tienen buenos cavallos,   sabet, a su guisa²⁴¹ les andan,
entr'ellos e el castiello   en ess'ora entravan.
Los vassallos de Mio Çid   sin piedad les davan;
en un ora e un poco de logar   CCC moros matan.   605
(f. 13 v.) Dando grandes alaridos   los que están en la çelada,
dexándo vanlos delant,   por el castiello se tornavan,
las espadas desnudas,   a la puerta se paravan.
Luego llegavan los sos,   ca fecha es el arrancada.
Mio Çid ganó a Alcoçer,   sabet, por esta maña.   610

30
Vino Per Vermúez,   que la seña tiene en mano,
metióla en somo   en todo lo más alto.
Fabló Mio Çid Ruy Díaz,   el que en buen ora fue nado:
"¡Grado a Dios del çielo   e todos los sos sanctos,
ya mejoraremos posadas   a dueños e a cavallos!   615

31
¡Oíd a mí, Albar Fáñez   e todos los cavalleros!,
en este castiello   grand aver avemos preso,
los moros yazen muertos,   de vivos pocos veo,
los moros e la[s] moras   vender non las podremos,
que los descabeçemos   nada non ganaremos;   620
cojámoslos de dentro,   ca el señorío tenemos,
posaremos en sus casas   e d'ellos nos serviremos."

---

²⁴¹ *a su guisa*: a su mando.

32

Mio Çid con esta ganançia   en Alcoçer está,
fizo enbiar por la tienda   que dexara allá.
Mucho pesa a los de Teca   e a los de Ter[er] non plaze,   625
e a los de Calatayuth   non plaze.
Al rey de Valençia   enbiaron con mensaje,
que a uno que dizién   Mio Çid Ruy Díaz de Bivar:
(f. 14 r.) "Airólo el rey Alfonsso,   de tierra echado lo ha,
vino posar sobre Alcoçer,   en un tan fuerte logar;   630
sacólos a çelada,   el castiello ganado á.
Si non das consejo [242]   a Teca e a Ter[er] perderás,
perderás Calatayuth,   que non puede escapar,
ribera de Salón   toda irá a mal,
assí será lo del Siloca, [243]   que es del otra part."   635
Quando lo oyó el rey Tamín [244]   por cuer le pesó mal:
"Tres reyes veo de moros   derredor de mí estar,
non lo detardedes,   los dos id pora allá,
tres mill moros llevedes   con armas de lidiar,
con los de la frontera   que vos ayudarán   640
prendétmelo a vida,   aduzídmelo deland,
porque se me entró en mi tierra   derecho [245] me avrá a dar."
Tres mill moros cavalgan   e pienssan de andar,
ellos vinieron a la noch   en Sogorve [246] posar.
Otro día mañana   pienssan de cavalgar,   645
vinieron a la noch   a Çelfa posar.
Por los de la frontera   pienssan de enviar,

---

[242] *consejo*: ayuda.
[243] *Siloca*: Jiloca.
[244] *Tamín*: rey moro ficticio.
[245] *derecho*: reparación.
[246] *Sogorve*: Segorbe.

non lo detienen,   vienen de todas partes.
Yxieron de Çelfa,   la que dizen de Canal,
andidieron todol' día,   que vagar non se dan,   650
vinieron esa noche   en Calatayu[t]h posar.
Por todas esas tierras   los pregones dan;
(f. 14 v.) gentes se ajuntaron   sobejanas[247] de grandes,
con aquestos dos reyes   que dizen Fáriz e Galve.[248]
Al bueno de mi Çid   en Alcoçer le van çercar.   655

33

Fincaron las tiendas   e prendend las posadas,
creçen estos virtos,[249]   ca yentes son sobejanas.
Las arobdas[250]   que los moros sacan
de día / e de noch   enbueltos andan en armas;   658b-659
muchas son las arobdas   e grande es el almofalla.[251]   660
A los del Mio Çid   ya les tuellen[252] el agua,
mesnadas de Mio Çid   exir querién a la batalla,
el que en buen ora nasco   firme se lo vedava.
Toviérongela en çerca[253]   complidas tres semanas.

34

A cabo de tres semanas,   la quarta querié entrar,   665
Mio Çid con los sos   tornós' a acordar:[254]

---

[247] *sobejanas*: numerosas.
[248] *Fáriz e Galve*: nombres históricamente falsos.
[249] *virtos*: fuerzas, huestes.
[250] *arobdas*: guarda o centinela.
[251] *almofalla*: hueste.
[252] *tuellen*: quitan.
[253] *çerca*: cerco.
[254] *acordar*: consultar.

"El agua nos la an vedada,   exir nos han el pan, [255]
que nos queramos ir de noch   no nos los consintrán;
grandes son los poderes   por con ellos lidiar,
dezidme, cavalleros,   cómo vos plaze de far."   670
Primero fabló Minaya,   un cavallero de prestar:
"De Castiella la gentil   exidos somos acá,
si con moros non lidiáremos,   no nos darán del pan.
Bien somos nós VI çientos,   algunos ay de más.
(f. 15 r.) ¡En el no[m]bre del Criador   que non pase por ál: 675
vayámoslos ferir   en aquel día de cras."
Dixo el Campeador: "A mi guisa [256] fablastes,
ondrástesvos, Minaya,   ca avérvoslo yedes de far."
Todos los moros e las moras   de fuera los manda echar,
que non sopiesse ninguno   esta su poridad. [257]   680
El día e la noche   piénssanse de adobar. [258]
Otro día mañana   el sol querié apuntar,
armado es Mio Çid   con quantos que él ha.
Fablava Mio Çid   como odredes contar:
"Todos iscamos [259] fuera,   que nadi non raste [260]   685
sinon dos peones solos   por la puerta guardar;
si nós muriéremos en campo,   en castiello nos entrarán,
si vençiéremos la batalla   creçremos en rictad. [261]
E vós , Pero Vermúez,   la mi seña tomad;
como sodes muy bueno   tenerla edes sin ar[t]h;   690

---

[255] *El agua nos la an vedada,   exir nos han el pan*: nos han quitado el
agua y nos quitarán el grano.
[256] *A mi guisa*: a mi gusto.
[257] *poridad*: secreto.
[258] *adobar*: preparar.
[259] *iscamos*: salgamos.
[260] *raste*: se quede.
[261] *rictad*: riqueza.

mas non aguijedes con ella   si yo non vos lo mandar."

Al Çid besó la mano,   la seña va tomar.

Abrieron las puertas,   fuera un salto dan;

viéronlo las arobdas de los moros,   al almofalla se van
                 [tornar.

¡Qué priessa va en los moros!   e tornáronse a armar;   695

ante roído de atamores   la tierra querié quebrar;[262]

veriedes armarse moros,   apriessa entrar en az.[263]

De parte de los moros   dos señas ha cabdales,

(f. 15 v.) e fizieron dos azes de peones mezclados,   ¿quí los
                 [podrié contar?

Las azes de los moros   yas' mueven adelant   700

pora Mio Çid e a los sos   a manos los tomar.

"Quedas sed, me[s]nadas,   aquí en este logar,

non deranche[264] ninguno   fata que yo lo mande."

Aquel Pero Vermúez   non lo pudo endurar,

la seña tiene en mano,   compeçó de espolonar: 705

"¡El Criador vos vala,   Çid Campeador leal!,

vo meter la vuestra seña   en aquella mayor az,

los que el debdo[265] avedes   veremos cómo la acorredes."

Dixo el Campeador: "¡Non sea, por caridad!"

Respuso Pero Vermúez: "¡Non rastará por ál!"[266]   710

Espolonó el cavallo   e metiól' en el mayor az.

Moros le reçiben   por la seña ganar,

---

[262] Los almorávides se lanzaban a la batalla con gran estruendo de tambores (*atamores*), instrumento que no había sido oído por los ejércitos de cristianos y que lles lenaba de terror. A este desconcierto se atribuyeron las derrotas sufridas ante los almorávides. Véanse vv. 1660-1666.

[263] *entrar en az*: formar filas.

[264] *deranche*: rompa filas.

[265] *debdo*: obligación de vasallaje.

[266] *Non rastará por ál*: no podrá ser de otra manera.

danle grandes colpes,   mas non lo pueden falssar. [267]
Dixo el Campeador: "¡Valedle, [268] por caridad!"

35

Enbraçan los escudos   delant los coraçones,   715
abaxan las lanças   a bueltas de los pendones,
enclinaron las caras   de suso [269] de los arzones
ivan los ferir   de fuertes coraçones.
A grandes vozes llama   el que en buen ora nasco:
"¡Feridlos cavalleros,   por amor de caridad!   720
¡Yo só Ruy Díaz, el Çid,   Campeador de Bivar!" [270]
Todos fieren en el az   do está Pero Vermúez;
(f. 16 r.) trezientas lanças son,   todas tienen pendones;
seños moros mataron,   todos de seños colpes,
a la tornada [271] que fazen   otros tantos son.   725

36

Veriedes tantas lanças   premer [272] e alçar,
tanta adágara [273]   foradar e passar,
tanta loriga falssa[r]   [e] desmanchar, [274]
tantos pendones blancos   salir vermejos en sangre,
tantos buenos cavallos   sin sos dueños andar.

---

[267] *falssar*: atravesar.

[268] *Valedle*: ayudadle.

[269] *suso*: sobre, encima de.

[270] Siguiendo la costumbre medieval el Cid lanza su grito de guerra para animar a su ejército.

[271] *tornada*: la carga de vuelta.

[272] *premer*: bajar.

[273] *adágara*: adarga.

[274] *desmanchar*: desmallar, romper las mallas.

Los moros llaman Mafomat [275]   e los christianos Sancti
                                   [Yagu[e].   730
Cayen en un poco de logar   moros muertos mill e CCC ya.

37

¡Quál lidia bien   sobre exorado [276] arzón
Mio Çid Ruy Díaz,   el buen lidiador!
Minaya Albar Fáñez,   que Çorita mandó, [277]   735
Martín Antolínez,   el burgalés de pro,
Muño Gustioz,   que fue so criado,
Martín Muñoz,   el que mandó a Mont Mayor,
Albar Albarez,   Albar Salvadorez,
Galín Garçía,   el bueno de Aragón,   740
Félez Muñoz,   so sobrino del Campeador.
Desí adelante,   quantos aque í son,
acorren la seña   e a Mio Çid Campeador.

38

A Minaya Albar Fáñez   matáronle el cavallo,
bien lo acorren   mesnadas de christianos.   745
La lança á quebrada,   al espada metió mano,
mager [278] a pie,   buenos colpes va dando.
(f. 16 v.) Violo Mio Çid   Ruy Díaz el Castellano,
acostós' a un aguazil [279]   que tenié buen cavallo,
diol' tal espadada   con el so diestro braço,   750
cortól' por la çintura,   el medio echó en campo. [280]

---

[275] *Mafomat*: Mahoma.

[276] *exorado*: dorado.

[277] Enumeración de los capitanes del ejército del Cid, también frecuente en la épica francesa.

[278] *mager*: aunque.

[279] *acostós' a un aguazil*: se arrimó a un visir.

[280] Cortar al enemigo por la cintura era uno de los tópicos de la épica.

A Minaya Albar Fáñez   ival' dar el cavallo:
"¡Cavalgad, Minaya,   vós sodes el mio diestro braço!
Oy en este día   de vos abré grand bando;
firme son los moros,   aun nos' van del campo."   755
Cavalgó Minaya   el espada en mano
por estas fuerças   fuertemientre lidiando,
a los que alcança   valos delibrando.[281]
Mio Çid Ruy Díaz,   el que en buen ora nasco,
al rey Fáriz   III colpes le avié dado;   760
los dos le fallen[282]   e el uno l' ha tomado,
por la loriga ayuso   la sangre destella[n]do;
bolvió la rienda   por írsele del campo.
Por aquel colpe   rancado es el fonssado.[283]

39

Martín Antolínez   un colpe dio a Galve,   765
las carbonclas[284] del yelmo   echógelas aparte,
cortól' el yelmo   que llegó a la carne;
sabet, el otro   non gel' osó esperar,
arancado es   el rey Fáriz e Galve.
¡Tan buen día   por la christiandad,   770
ca fuyen los moros   de la part!
Los de Mio Çid   firiendo el alcaz,[285]
el rey Fáriz   en Ter[e] se fue entrar,
(f. 17 r.) e a Galve   nol' cogieron allá,[286]

_____

[281] _delibrando_: matando.

[282] _fallen_: yerran.

[283] _rancado es el fonssado_: derrotado es el ejército.

[284] _carbonclas_: carbunclos o rubíes que adornaban el yelmo de los moros.

[285] _alcaz_: alcance, persecución.

[286] _nol' cogieron allá_: no le dieron refugio allá.

para Calatayuch   quanto puede se va.   775
El Campeador   ival' en alcaz,
fata Calatayuch   duró el segudar. [287]

40

A Minaya Albar Fáñez   bien le anda el cavallo,
da questos moros   mató XXXIIII;
espada tajador,   sangriento trae el braço,   780
por el cobdo ayuso   la sangre destellando.
Dize Minaya: "Agora só pagado
que a Castiella irán   buenos mandados,
que Mio Çid Ruy Díaz   lid campal á vençida."
Tantos moros yazen muertos   que pocos bivos á dexados,   785
Ca en alcaz   sin dubda les fueron dando.
Yas' tornan   los del que en buen ora nasco.
Andava Mio Çid   sobre so buen cavallo,
la cofia fronzida, [288]   ¡Dios, cómo es buen barbado!
Almófar [289] a cuestas,   la espada en la mano,   790
vio los sos   cómos' van allegando:
"¡Grado a Dios,   Aquel que está en alto,
quándo tal batalla   avemos arancado!"
Esta albergada [290] los de Mio Çid   luego la an robada [291]
de escudos e de armas   e de otros averes largos; [292]   795
de los moriscos quando son llegados   fallaron DX cavallos.
Grand alegreya va   entre essos christianos,

---

[287] *segudar*: persecución.
[288] *cofia fronzida*: gorra de tela fruncida sobre la frente, que se ponía debajo de la capucha de malla.
[289] *Almófar*: capucha de malla.
[290] *albergada*: campamento.
[291] Los del Cid han saqueado el campamento moro.
[292] *largos*: abundantes.

más de quinze de los sos   menos non fallaron. [293]
Traen oro e plata   que non saben recabdo,
(f. 17 v) refechos son todos estos christianos   con aquesta
[ganançia.   800
A sos castiellos a los moros   dentro los an tornados;
mandó Mio Çid   aún que les diessen algo.
Gran á el gozo Mio Çid   con todos sos vasallos.
Dio a partir [294] estos dineros   e estos averes largos,
en la su quinta   al Çid caen C cavallos.   805
¡Dios, qué bien pagó   a todos sus vasallos,
a los peones   e a los encavalgados!
Bien lo aguisa   el que en buen ora nasco,
quantos él trae   todos son pagados.
"¡Oíd, Minaya,   sodes mio diestro braço! [295]   810
D'aquesta riqueza   que el Criador nos á dado,
a vuestra guisa   prended con vuestra mano.
Enbiarvos quiero   a Castiella con mandado
d'esta batalla   que avemos arrancada,
al rey Alfonsso   que me á airado   815
quierol' enbiar   en don XXX cavallos,
todos con siellas   e muy bien enfrenados,
señas espadas   de los arzones colgadas."
Dixo Minaya Albar Fáñez: "Esto faré yo de grado."

---

[293] *más de quinze de los sos   menos non fallaron*: sólo echaron de menos
o perdieron a quince de sus hombres.

[294] *Dio a partir*: repartió.

[295] En los vv. 810-818 el Cid envía a Minaya en su primera embajada
a Alfonso tras su destierro. Le manda treinta caballos con sillas, frenos y
espadas, es decir con los elementos que en la documentación medieval se
consideraba el ajuar o atuendo del caballero.

41

"Evades aquí   oro e plata   820
una uesa[296] llena /   que nada nol' minguava;   820b-821
en Sancta María de Burgos   quitedes[297] mill missas;
lo que romançiere[298]   daldo[299] a mi mugier e a mis fijas
(f. 18 r.)que ruegen por mí   las noches e los días;
si yo les visquier,   serán dueñas ricas."   825

42

Minaya Albar Fáñez   d'esto es pagado;
por ir con él   omnes son contados.   826b
Agora davan çevada,   ya la noch era entrada.
Mio Çid Ruy Díaz   con los sos se acordava:

43

"Ídesvos, Minaya,   a Castiella la gentil,
a nuestros amigos   bien les podedes dezir: 830
Dios nos valió,   veçiemos la lid(it).
A la tornada,   si nos falleredes aquí,
si non, dó sopiéredes[300]que somos,   indos[301] conseguir.
Por lanças e por espadas   avemos de guarir,[302]
Si non, en esta tierra angosta[303]   non podriemos bivir."   835

---

[296] *uesa*: bota alta, usada aquí como bolsa para guardar el dinero.
[297] *quitedes*: paguéis.
[298] *romançiere*: sobrase.
[299] *daldo*: dadlo.
[300] *dó sopiéredes*: donde quiera que supierais.
[301] *indos*: idnos.
[302] *guarir*: mantenernos.
[303] *angosta*: estéril.

44

Ya es aguisado,   mañanas' fue Minaya,

e el Campeador   con su mesnada.

La tierra es angosta   e sobejana de mala.

Todos los días   a Mio Çid aguardavan [304]

moros de las fronteras   e unas yentes estrañas.   840

Sanó el rey Fáriz,   con él se consejavan;

entre los de Techa   e los de Ter[er] la casa,

e los de Calatayut,   que es más ondrada,

así lo an asmado   e metudo en carta, [305]

vendido les á Alcoçer   por tres mill marchos de plata.

    845

45

Mio Çid Ruy Díaz   a Alcoçer es venido.

¡Qué bien pagó   a sus vassallos mismos!

A cavalleros e a peones   fechos los ha ricos,

(f. 18 v.)en todos los sos   non fallariedes un mesquino: [306]

qui a buen señor sirve,   siempre bive en deliçio.   850

46

Quando Mio Çid   el castiello quiso quitar,

moros e moras   tornáronse a quexar:

"¿Vaste Mio Çid?   ¡Nuestras oraçiones vayante delante!

Nós pagados fincados,   señor, de la tu part."

Quando quitó Alcoçer   mi Çid el de Bivar,   855

moros e moras   compeçaron [307] de llorar.

---

[304] *aguardavan*: vigilaban.

[305] *metudo en carta*: puesto por escrito en un tratado.

[306] *mesquino*: pobre.

[307] *compeçaron*: empezaron.

Alçó su seña,   el Campeador se va;
pasó Salón[308] ayuso,   aguijó cab'adelant,[309]
al exir de Salón   mucho ovo buenas aves.[310]
Plogó a los de Terer   e a los de Calatayut más;   860
pesó a los de Alcoçer,   ca pro les fazié grant.
Aguijó Mio Çid   ivas' cab'adelant,
í fincó en un poyo   que es sobre Mont Real.[311]
Alto es el poyo,   maravilloso e grant;
non teme g[u]erra,   sabet, a nulla[312] part.   865
Metió en paria   a Doroca[313] enantes,[314]
desí a Molina,[315]   que es del otra part,
la terçera Teruel,   que estava delant,
En su mano tenié   a Çelfa la del Canal·

47
¡Mio Çid Ruy Díaz   de Dios aya su graçia!   870
Ido es a Castiella   Albar Fáñez Minaya,
treinta cavallos   al rey los enpresentava.[316]
(f. 19 r.) Violos el rey,   fermoso sonrisava:
"¿Quín los dio estos,   si vos vala Dios, Minaya?"
"Mio Çid Ruy Díaz,   que en buen ora cinxó espada;   875

---

[308] *Salón*: río Jalón.

[309] *cab'adelant*: hacia adelante.

[310] *buenas aves*: buenos agüeros.

[311] *poyo   que es sobre Mont Real*: colina localizada a 11 km de Mon-real del Campo en la provincia de Teruel.

[312] *nulla*: ninguna.

[313] *Doroca*: Daroca.

[314] *enantes*: primero. En estos versos vemos la importancia estratégica militar y económica que tiene para el Cid la sumisión de estos lugares a través del tributo de las parias.

[315] *Molina*: Molina de Aragón.

[316] *enpresentava*: presentaba, regalaba.

venció dos reyes de moros   en aquesta batalla;
sobejana es, señor,   la su ganançia.
A vós, rey ondrado,   enbía esta presentaja,
bésavos los pies   e las manos amas,
quel' ay[a]des merçed,   si el Criador vos vala."   880
Dixo el rey: "Mucho es mañana[317]
omne airado[318]   que de señor non ha graçia
por acogello   a cabo de tres semanas;
mas después que de moros fue,   prendo esta presentaja;
aun me plaze de Mio Çid   que fizo tal ganançia.   885
Sobr'esto todo,   a vós quito,[319] Minaya,
honores e tierras   avellas condonadas,[320]
hid e venid,   d'aquí vos do mi graçia.[321]
Mas del Çid Campeador   yo non vos digo nada.

48

Sobre aquesto todo   dezir vos quiero, Minaya:[322]   890
De todo mio reino   los que lo quisieren far,
buenos e valientes   pora Mio Çid huyar,[323]
suéltoles los cuerpos   e quítoles las heredades."[324]
Besóle las manos   Minaya, Albar Fáñez:

---

[317] *Mucho es mañana*: es muy pronto.

[318] *omne airado*: desterrado.

[319] *quito*: libero.

[320] *condonadas*: restauradas, devueltas.

[321] El rey perdona a Minaya. Le devuelve sus posesiones y feudos y le permite entrar y salir del reino libremente.

[322] Es significativo que el rey acepte la embajada. Indica su buena disposición hacia Rodrigo y el inicio de los actos que concluirán en el perdón, cuyo procedimiento legal se sigue fielmente en el poema.

[323] *huyar*: ayudar.

[324] *suéltoles los cuerpos   e quítoles las heredades*: les libero de sus obligaciones y no confiscaré sus propiedades.

"Grado e graçias, rey,   como a señor natural,[325]   895
esto feches[326] agora,   ál feredes adelant."

49

"Hid por Castiella   e déxenvos andar, Minaya,
si[n] nulla dubda   id a Mio Çid buscar ganançia."
(f. 19 r.) Quiero vos dezir   del que en buen ora nasco e
                                          [cinxó espada:
aquel poyo   en él priso posada,   900
mientra que sea el pueblo de moros   e de la yente christiana,
el Poyo de Mio Çid,   asíl' dirán por carta.[327]
Estando allí   mucha tierra preava,[328]
el de río Martín   todo lo metió en paria.
A Saragoça[329]   sus nuevas llegavan,   905
non plaze a los moros,   firmemientre les pesava.
Allí sovo[330] Mio Çid   conplidas XV semanas.
Quando vio el caboso   que se tardava Minaya,
con todas sus yentes   fizo una trasnochada;
dexó el Poyo,   todo lo desemparava,   910
alén[331] de Teruel   don Rodrigo passava,
en el pinar de Tévar[332]   don Roy Díaz posava.
Todas estas tierras   todas las preava,
a Saragoça   metuda l'á en paria.

---

[325] *señor natural*: señor por nacimiento no por dependencia de vasallaje.
[326] *feches*: hacéis.
[327] *asíl' dirán por carta*: así será llamado en los documentos.
[328] *preava*: saqueaba.
[329] *Saragoça*: Zaragoza.
[330] *sovo*: permaneció.
[331] *alén*: más allá.
[332] *Tévar*: localización dudosa, a un radio de unos 20 km de Monroyo, en el Maestrazgo turolense.

Quando esto fecho ovo   a cabo de tres semanas,   915
de Castiella   venido es Minaya,
dozientos con él,   que todos çiñen espadas; [333]
non son en cuenta,   sabet, las peonadas.
Quando vio Mio Çid   asomar [334] a Minaya,
el cavallo corriendo,   valo abraçar sin falla;   920
besóle la boca   e los ojos de la cara, [335]
todo ge lo dize   que nol' encubre nada.
El Campeador   fermoso sonrisava:
(f. 20 r.) "¡Grado a Dios   e a las sus vertudes sanctas!
¡Mientras vós visquiéredes   bien me irá a mí, Minaya!"   925

50

¡Dios, cómo fue alegre   todo aquel fonssado,
que Minaya Albar Fáñez   assí era llegado!,
diziéndoles saludes [336]   de primos e de hermanos,
e de sus compañas,   aquellas que avién dexadas.

51

¡Dios, cómo fue alegre   la barba vellida,   930
que Albar Fáñez   pagó las mill misas
e que dixo saludes   de su mugier e de sus fijas!
¡Dios, cómo fue el Çid pagado   e fizo grant alegría!
"¡Ya Albar Fáñez   bivades muchos días!"

---

[333] Minaya vuelve con 200 caballeros porque el rey ha permitido que
sus vasallos vayan a ayudar a Rodrigo, por lo que corresponde con creces a
los 30 caballos con sus atuendos que el Cid le regaló.

[334] *asomar*: aparecer.

[335] Besar en la boca era un gesto de amistad y a veces ceremonial, y besar
en los ojos indicaba una amistad íntima.

[336] *saludes*: saludos.

52

Non lo tardó   el que en buen ora nasco,   935
tierras d'Alcan[i]z [337]   negras las va parando, [338]
e a derredor   todo lo va preando.
Al terçer día   don ixó, í es tornado.

53

Hya va el mandado   por las tierras todas,
pesando va a los de Monçón   e a los de Huesca;   940
porque dan parias   plaze a los de Saragoça,
de Mio Çid Ruy Díaz   que non temién ninguna fonta. [339]

54

Con estas ganançias   a la posada [340] tornando se van,
todos son alegres,   ganançias traen grandes.
Plogó a Mio Çid   e mucho a Albar Fáñez.   945
Sonrisós' el caboso,   que non lo pudo endurar:
"Hya cavalleros,   dezir vos he la verdad:
Qui en un lugar mora siempre,   lo so puede menguar;
(f. 20 v.) cras a la mañana   penssemos de cavalgar,
dexat estas posadas   e iremos adelant."   950
Estonçes se mudó el Çid   al puerto de Alucat, [341]
dent corre Mio Çid   a Huesca e a Montalván;
en aquesta corrida [342]   X días ovieron a morar.

---

[337] *Alcan[i]z*: Alcañiz.

[338] *negras las va parando*: devasta las tierras.

[339] *fonta*: afrenta.

[340] *posada*: campamento.

[341] *Alucat*: topónimo de localización insegura, identificado con Gallocanta, pero también con Olocau del Rey.

[342] *corrida*: incursión.

Fueron los mandados   a todas partes,
que el salido[343] de Castiella   así los trae tan mal.   955
Los mandados   son idos a todas partes.

55

Llegaron las nuevas   al conde de Barçilona,
que a Mio Çid Rui Díaz,   quel' corrié la tierra toda.
Ovo grand pesar   e tovós'lo a grand fonta.

56

El conde es muy follón[344]   e dixo una vanidat: 960
"Grandes tuertos[345] me tiene   Mio Çid el de Bivar,
dentro en mi cort   tuerto me tovo grand,
firióm' el sobrino   e non lo enmendó[346] más;
agora correm' las tierras   que en mi enpara están;[347]
non lo desafié   nil' torné enemistad,   965
mas quando él me lo busca,[348]   ir ge lo he yo demandar."[349]
Grandes son los poderes[350]   e a priessa se van llegando;
gentes se le allegan[351] grandes   entre moros e christianos.
Adeliñan tras Mio Çid,   el bueno de Bivar;
tres días e tres noches   penssaron de andar,   970
alcançaron a Mio Çid   en Tévar e el pinar.

---

[343] *salido*: desterrado.

[344] *follón*: necio, fanfarrón.

[345] *tuertos*: injusticias.

[346] *enmendó*: dio satisfacción.

[347] *agora correm' las tierras   que en mi enpara están*: ahora me saquea las tierras que están bajo mi protección (*enpara*).

[348] *él me lo busca*: me provoca.

[349] *demandar*: reclamar.

[350] *poderes*: fuerzas, huestes.

[351] *allegan*: unen.

Así viene esforçado   que el conde a manos se le cuidó
                                                  [tomar. [352]

Mio Çid don Rodrigo   trae grand ganançia,
(f. 21 r.) diçe [353] de una sierra   e llegava a un val.
Del conde don Remont   venido l'es mensaje;   975
Mio Çid quando lo oyó,   enbió pora allá:
"Digades al conde   non lo tenga a mal,
de lo so non lievo nada,   dexem' ir en paz."
Respuso el conde: "¡Esto non será verdad!;
lo de antes e de agora   todom' lo pechará; [354]   980
sabrá el salido   a quien vino desondrar."
Tornós' el mandadero [355]   quanto pudo más. [356]
Essora lo conosçe   Mio Çid el de Bivar
que a menos [357] de batalla   nos' pueden den [358] quitar.

57
"Ya cavalleros,   part fazed [359] la ganançia,   985
apriessa vos guarnid [360]   e metedos en las armas;
el conde don Remont   dar nos ha grant batalla.
De moros e de christianos   gentes trae sobejanas,
a menos de batalla   non nos dexarié por nada;
pues adelant irán tras nós,   aquí sea la batalla;   990
apretad los cavallos   e bistades las armas;

---

[352] *Así viene esforçado   que el conde a manos se le cuidó tomar*: viene con
tantas tropas que creyó que lo apresaría.
[353] *diçe*: desciende.
[354] *pechará*: pagará.
[355] *mandadero*: mensajero.
[356] *quanto pudo más*: cuanto antes.
[357] *que a menos*: fuera de.
[358] *den*: de allá.
[359] *part fazed*: apartad.
[360] *vos guarnid*: armaos.

ellos vienen cuesta ayuso   e todos trahen[361] calças;
e las siellas coçeras[362]   e las çinchas amojadas[363]
nós cavalgaremos siellas gallegas   e huesas[364] sobre calças;
çiento cavalleros   devemos vençer aquellas mesnadas,   995
antes que ellos llegena[l] llano   presentémosles las lanças;
por uno que firgades[365]   tres siellas irán vazías,
verá don Remont Verengel   tras quien vino en alcança
oy en este pinar de Tévar   por tollerme la ganançia."

58 (f. 21 v.)
Todos son adobados   quando Mio Çid esto ovo fablado;   1000
las armas avién presas   e sedién sobre los cavallos.
Vieron la cuesta yuso   la fuerça de los francos;[366]
al fondón[367] de la cuesta,   çerca es de[l] llano,
mandólos ferir Mio Çid   el que en buen ora nasco;
esto fazen   de voluntad e de grado.   1005
Los pendones e las lanças   tan bien las van enpleando,
a los unos firiendo   e a los otros derrocando.
Vençido á esta batalla   el que en buen ora nasco.
Al conde don Remont   a presón[368] le an tomado.

59
Hí ganó a Colada   que más vale de mill marcos de plata,   1010
y bençió esta batalla   por ó ondró su barba.

---

[361] *trahen*: llevan.
[362] *siellas coçeras*: sillas de carreras.
[363] *amojadas*: flojas.
[364] *huesas*: botas altas.
[365] *firgades*: hiráis.
[366] *francos*: catalanes.
[367] *al fondón*: debajo de.
[368] *presón*: prisión.

Prísolo al conde,   pora su tierra lo llevava,
a sos creenderos [369]   mandar lo guardava,
de fuera de la tienda   un salto dava, [370]
de todas partes   los sos se ajuntaron,   1015
plogó a Mio Çid,   ca grandes son las ganançias.
A Mio Çid don Rodrigo   grant cozinal' adobavan, [371]
el conde don Remont   non se lo preçia nada,
adúzenle los comeres,   delant ge los paravan;
él non lo quiere comer,   a todos los sosañava: [372]   1020
"Non combré [373] un bocado   por quanto ha en toda España;
antes perderé el cuerpo   e dexaré el alma,
pues que tales mal calçados [374]   me vençieron de batalla."

60

Mio Çid Ruy Díaz   odredes lo que dixo:
(f. 22 r.) "Comed, conde, deste pan   e bebed deste vino. 1025
Si lo que digo fiziéredes,   saldredes de cativo;
si non, en todos vuestros días   non veredes christianismo." [375]

61

Dixo el conde don Remont: "Comede, don Rodrigo e
                                    [penssedes de folgar, [376]
que yo dexarm'é morir,   que non quiero comer."

---

[369] *creenderos*: criados personales.
[370] *un salto dava*: salió deprisa.
[371] *grant cozinal' adobavan*: gran banquete le guisaban.
[372] *sosañava*: desdeñaba.
[373] *combré*: comeré.
[374] *mal calçados*: desharrapados.
[375] *non veredes christianismo*: no saldréis de la prisión.
[376] *folgar*: descansar.

Fasta terçer día   nol' pueden acordar.[377]   1030
Ellos partiendo   estas gananças grandes,
nol' pueden fazer comer   un muesso[378] de pan.

62

Dixo Mio Çid: "Comed, conde, algo;   ca si non comedes
                       [non veredes christianos
e si vós comiéredes   d' ón[379] yo sea pagado,
a vós   e dos fijos dalgo   1035
quitar vos he los cuerpos   e darvos é de mano."[380]   1035b
Quando esto oyó el conde,   yas' iva alegrando:
"Si lo fiziéredes, Çid,   lo que avedes fablado,
tanto quanto yo biva,   seré dent maravillado."
"Pues comed, conde,   e quando fuéredes yantado
a vós e a otros dos   darvos he de mano;   1040
mas quanto avedes perdido   e yo gané en canpo,
sabet, non vos daré   a vós un dinero malo,
mas quanto avedes perdido   non vos lo daré
ca huebos me lo hé   e pora estos mios vassallos,
que comigo andan lazrados[381]   e non vos lo daré.   1045
Prendiendo de vós e de otros   ir nos hemos pagando;
abremos esta vida   mientra ploguiere al Padre Sancto,
como que[382] ira á de rey   e de tierra es echado."
Alegre es el conde   e pidió agua a las manos,
e tiénegelo delant   e diérongelo privado.   1050

---

[377] *acordar*: persuadir.

[378] *muesso*: bocado.

[379] *d' ón*: de lo cual.

[380] *quitar vos he los cuerpos   e darvos é de mano*: os dejaré salir y os liberaré.

[381] *lazrados*: necesitados.

[382] *como que*: como quien.

(f. 22 v.) Con los cavalleros   que el Çid les avié dados,
comiendo va el conde.   ¡Dios, que de buen grado!
Sobré'l sedié [383]   el que en buen ora nasco:
"Si bien non comedes, conde,   d' ón yo sea pagado,
aquí feremos la morada,   no nos partiremos amos."   1055
Aquí dixo el conde: "De voluntad e de grado".
Con estos dos cavalleros   a priessa va yantando.
Pagado es Mio Çid,   que lo está aguardando [384]
porque el conde don Remont   tan bien bolvié [385] las

                                     [manos:
"Si vos ploguiere, Mio Çid,   de ir somos aguisados,   1060
mandadnos dar las bestias   e cavalgaremos privado,
del día que fue conde   non yanté tan de buen grado,
el sabor que dende é   non será olvidado."
Danle tres palafrés [386]   muy bien ensellados
e buenas vestiduras   de peliçones [387] e de mantos.   1065
El conde don Remont   entre los dos es entrado,
Fata cabo del albergada   escurriólos [388] el castellano:
"Hya vos ides, conde,   a guisa de muy franco, [389]
en grado vos lo tengo   lo que me avedes dexado;
si vos viniere en mente   que quissiéredes vengalo, [390]   1070
e si viniéredes buscar,   fallar me podredes,
e si non, mandedes buscar   ó me dexaredes,

---

[383] *Sobré'l sedié*: estaba inclinado sobre él.

[384] *aguardando*: mirando.

[385] *bolvié*: movía.

[386] *palafrés*: caballos de camino.

[387] *peliçones*: pellizas.

[388] *escurriólos*: les escoltó.

[389] *franco*: juego de palabras: como los catalanes, y como muy generoso, o libre.

[390] *vengalo*: vengarlo.

de lo vuestro o de lo mio   llevaredes algo."
"Folgedes, ya Mio Çid,   sodes en nuestro salvo,
pagado vós he   por todo aqueste año.   1075
De venirnos buscar   sól non[391] será penssado."

63

Aguijava el conde   e penssava de andar.
(f. 23 r.) Tornando va la cabeça   e catandos' atrás,
miedo iva aviendo   que Mio Çid se repintrá,[392]
lo que non ferié el caboso,   por quanto en el mundo ha,   1080
una desleatança,   ca non la fizo alguandre.
Hido es el conde,   tornós' el de Bivar,
juntós' con sus mesnadas,   conpeçólas de legar,
de la ganançia que an fecha   maravillosa e grand.

---

[391] *sól non*: ni siquiera.
[392] *repintrá*: arrepentirá.

64

Aquís' compieça la gesta[393]   de Mio Çid el de Bivar.   1085
Tan ricos son los sos   que non saben qué se an.[394]
Poblado ha Mio Çid   el puerto de Alucant,[395]
dexado a Saragoça   e a las tierras ducá,[396]
e dexado a Huesca   e las tierras de Montalván.
Contra la mar salada   compeçó de guerrear.   1090
A orient exe el sol   e tornós' a essa part.
Mio Çid ganó a Xérica   e a Onda e Almenar,[397]
tierras de Borriana[398]   todas conquistas las ha.

65

Ayudól' el Criador,   el señor que es en el cielo.
Él con todo esto   priso a Murviedro;[399]   1095

---

[393] *gesta*: hazañas.

[394] *non saben qué se an*: no saben cuánto tienen.

[395] *Alucant*: puede ser Olocau del Rey en Castellón u Olocau en Valencia.

[396] *ducá*: cerca de allí.

[397] *Xérica   e a Onda e Almenar*: Jérica, Onda y Almenara, las tres en Castellón.

[398] *Borriana*: Burriana, también en Castellón.

[399] *Murviedro*: la antigua Sagunto.

ya vié Mio Çid   que Dios le iva valiendo.
Dentro en Valençia   non es poco el miedo.

66

Pesa a los de Valençia,   sabet, non les plaze,
prisieron so consejo   quel' viniessen çercar.
Trasnocharon de noch,   al alba de la man.   1100
Açerca de Murviedro   tornan tiendas a fincar.[400]
Violo Mio Çid,   tomós' a maravillar:
"¡Grado a ti,   padre spiritual!   1102b
En sus tierras somos   e fémosles todo mal,[401]
(f. 23 v.) bebemos so vino   e comemos el so pan;
si nos çercar vienen,   con derecho lo fazen,   1105
a menos de lid   nos' partirá aquesto.[402]
Vayan los mandados   por los que nos deven ayudar;[403]
los unos a Xérica   e los otros a Alucad,
desí a Onda   e los otros a Almenar;
los de Borriana   luego[404] vengan acá,   1110
compeçaremos   aquesta lid campal,
yo fio por Dios   que en nuestro pro enadrán."[405]
Al terçer día   todos juntados son,
el que en buen ora nasco   compeçó de fablar:
"¡Oíd, mesnadas,   si el Criador vos salve!   1115
Después que nos partiemos   de la linpia christiandad,

---

[400] *tornan tiendas a fincar*: acamparon.

[401] *fémosles todo mal*: les hacemos mucho daño, depredamos sus tierras.

[402] *nos' partirá aquesto*: esto no terminará.

[403] En los vv. 1107-1112 el Cid ordena que los moros de los lugares que ha puesto a paria se unan a su ejército para ayudarle en la gran batalla campal que se avecina contra Valencia.

[404] *luego*: en seguida.

[405] *nuestro pro enadrán*: aumentarán nuestro provecho.

non fue a nuestro grado   ni nós non pudiemos más,
grado a Dios,   lo nuestro fue adelant. [406]
Los de Valençia   çercados nos han;
si en estas tierras   quisiéremos durar,   1120
firmemientre son éstos   a escarmentar.

67

Passe la noche   e venga la mañana,
aparejados me sed [407]   a cavallos e armas,
hiremos ver   aquella su almofalla,
como omnes exidos   de tierra estraña, [408]   1125
allí pareçrá   el que mereçe la soldada."

68

Oíd qué dixo   Minaya Albar Fáñez:
"Campeador, fagamos   lo que a vós plaze.
A mí dedes C cavalleros,   que non vos pido más,
vós con los otros   firádeslos delant,   1130
(f. 24 r.) bien los ferredes,   que dubda non í avrá,
yo con los çiento   entraré del otra part,
como fio por Dios,   el campo nuestro será."
Como ge lo á dicho,   al Campeador mucho plaze.
Mañana era   e piénssanse de armar,   1135
quis cada uno d'ellos   bien sabe lo que ha de far.
Con los alvores   Mio Çid ferirlos va:
"¡En el nombre del Criador   e del apóstol Sancti Yagüe,
feridlos, cavalleros,   d'amor e de grado e de grand voluntad,

---

[406] *fue adelant*: progresó.

[407] *aparejados me sed*: estad aparejados.

[408] *como omnes exidos   de tierra estraña*: como desterrados de una tierra lejana.

ca yo só Ruy Díaz,   Mio Çid el de Bivar!"   1140
Tanta cuerda de tienda   í veriedes quebrar,
arrancarse las estacas   e acostarse a todas partes los tendales. [409]
Moros son muchos,   ya quieren reconbrar.
Del otra part   entróles Albar Fáñez,
mager les pesa,   oviéronse a dar e a arrancar. [410]   1145
Grand es el gozo   que va por es' logar.
Dos reyes de moros   mataron en es' alcanz,
fata Valençia   duró el segudar.
Grandes son las ganançias   que Mio Çid fechas ha.
Prisieron Çebolla [411]   e quanto que es í adelant,   1150
de pies de cavallo   los ques' pudieron escapar; [412]
robavan el campo   e piénssanse de tornar.
Entravan a Murviedro   con estas ganançias que traen grandes,
las nuevas [413] de Mio Çid,   sabet, sonando van.
(f. 24 v.) Miedo an en Valençia   que non saben qué se far, 1155
sonando van sus nuevas   alent parte del mar.

69

Alegre era el Çid   e todas sus compañas,
que Dios le ayudava   e fiziera esta arrancada.
Davan sus corredores   e fazién las trasnochadas,
llegan a Gujera [414]   e llegan a Xátiva,   1160

---

[409] *acostarse a todas partes los tendales* : caerse por todas partes los postes.

[410] *mager les pesa,   oviéronse a dar e a arrancar*: tuvieron que retroceder e huir a su pesar.

[411] *Çebolla*: actualmente El Puig, a 18 km de Valencia.

[412] *de pies de cavallo   los ques' pudieron escapar*: los que se pudieron escapar lo hicieron a uña de caballo.

[413] *Las nuevas*: la fama.

[414] *Gujera*: Cullera.

aún más ayusso,   a Deina la casa; [415]

cabo del mar   tierra de moros firme la quebranta,

ganaron Peña Cadiella, [416]   las exidas e las entradas. [417]

70

Quando Mio Çid Campeador   ovo Peña Cadiella,

ma[l] les pesa en Xátiva   e dentro en Gujera,   1165

non es con recabdo [418]   el dolor de Valençia.

71

En tierra de moros   prendiendo e ganando,

e durmiendo los días   e las noches trasnochando,

en ganar aquellas villas   Mio Çid duró III años.

72

A los de Valençia   escarmentados los han,   1170

non osan fueras exir   nin con él se ayuntar;

tajávales [419] las huertas   e fazíales grand mal,

en cada uno d'estos años   Mio Çid les tolió el pan. [420]

Mal se aquexan los de Valençia,   que non sabent ques' far;

de ninguna part que sean   non les vinié pan,   1175

nin da co[n]ssejo [421] padre a fijo,   nin fijo a padre,

nin amigo a amigo   nos' pueden consolar,

---

[415] *Deina la casa*: la villa de Denia.

[416] *Peña Cadiella*: castillo en la sierra de Benicadell.

[417] *las exidas e las entradas*: frase legal que significa que controlan todos los accesos al lugar.

[418] *non es con recabdo*: no es calculable, es extraordinario.

[419] *tajávales*: devástavales.

[420] *tolió el pan*: destruyó el grano. El Cid arrasa los campos y destruye los alimentos de sus enemigos.

[421] *co[n]ssejo*: ayuda.

mala cueta es, señores,   aver mingua de pan,

fijos e mugieres   verlo[s] murir de fanbre.

Delante veyén so duelo,   non se pueden huviar.   1180

(f. 25 r.) Por el rey de Marruecos   ovieron a enbiar;

con el de los Montes Claros [422]   avién guerra tan grand,

non les dixo co[n]sejo [423]   nin los vino huviar.

Sópolo Mio Çid,   de coraçón le plaz;

salió de Murviedro   una noche en trasnochada,   1185

amaneció a Mio Çid   en tierras de Mon Real.

Por Aragón e por Navarra   pregón mandó echar, [424]

a tierras de Castiella   enbió sus menssajes:

"Quien quiere perder cueta [425]   e venir a ritad,

viniesse a Mio Çid,   que a sabor de cavalgar,   1190

çercar quiere a Valençia   pora christianos la dar."

73

"Quien quiere ir comigo   çercar a Valençia,

todos vengan de grado,   ninguno non ha premia, [426]

tres días le speraré   en Canal de Çelfa." [427]

74

Esto dixo Mio Çid,   el que en buen ora nasco.   1195

Tornavas' a Murviedro,   ca él se la á ganada.

---

[422] *Montes Claros*: la cordillera del Atlas, en Marruecos. Parece aludir anacrónicamente a las luchas en esa región entre los almorávides y los almohades entre 1122 y 1145.

[423] *non les dixo co[n]sejo*: no les socorrió.

[424] En los pregones el Cid antepone el objetivo económico al religioso, y la guerra como un medio para obtener riqueza.

[425] *perder cueta*: salir de miseria.

[426] *premia*: coacción.

[427] *Canal de Çelfa*: topónimo inseguro. Quizás Cella.

Andidieron los pregones,   sabet, a todas partes
al sabor de la ganançia   non lo quiere detardar,
grandes yentes se le acojen   de la buena christiandad;
creçiendo va riqueza   a Mio Çid el de Bivar.   1200
Quando vio Mio Çid las gentes juntadas,   compeçós' de
                                              [pagar.

Mio Çid don Rodrigo   non lo quiso detardar,
adelinó pora Valençia   e sobr'ellas' va echar,
bien la çerca Mio Çid,   que non í avía hart; [428]
viédales exir   e viédales entrar.   1205
(f. 25 v.) Sonando van sus nuevas   todas a todas partes;
más le vienen a Mio Çid,   sabet, que nos' le van.
Metióla en plazo,   si les viniessen huviar. [429]
Nueve meses complidos,   sabet, sobr'ella yaz;
quando vino el dezeno,   oviérongela a dar.   1210
Grandes son los gozos   que van por es' logar,
quando Mio Çid ganó a Valençia   e entró en la çibdad.
Los que fueron de pie   cavalleros se fazen; [430]
el oro e la plata,   ¿quién vos lo podrié contar?,
todos eran ricos   quantos que allí ha.   1215
Mio Çid don Rodrigo   la quinta mandó tomar,
en el aver monedado   XXX mill marcos le caen,
e los otros averes,   ¿quién los podrié contar?
Alegre era el Campeador   con todos los que ha,
quando su seña cabdal [431]   sedié en somo del alcáçar. 1220

---

[428] *hart*: escapatoria.
[429] Les da un plazo de nueve meses durante el cual pueden pedir ayuda. Al no conseguir descercarla se rindieron al décimo mes.
[430] *Los que fueron de pie   cavalleros se fazen*: los peones se hicieron caballeros villanos con el gran botín adquirido.
[431] *seña cabdal*: bandera del caudillo.

75

Ya folgava Mio Çid   con todas sus conpañas.
[A] aquel rey de Sevilla   el mandado llegava [432]
que presa es Valençia,   que non ge la enparan.
Vínolos ver [433]   con XXX mill de armas,
aprés [434] de la uerta   ovieron la batalla.   1225
Arrancólos Mio Çid,   el de la luenga barba,
fata dentro en Xátiva   duró el arrancada,
en el passar de Xúcar   í veriedes barata, [435]
moros en aruenço   amidos bever agua. [436]
Aquel rey de Marruecos   con tres colpes escapa.   1230
Tornado es Mio Çid   con toda esta ganançia,
buena fue la de Valençia   quando ganaron la casa, [437]
(f. 26 r.) mas mucho más provechosa,   sabet, esta arrancada;
a todos los menores [438] cayeron   C marcos de plata.
Las nuevas del cavallero   ya vedes dó llegavan.   1235

76

Grand alegría es   entre todos essos christianos
con Mio Çid Ruy Díaz,   el que en buen ora nasco,
yal' creçe la barba   e vale allongando. [439]
Dixo Mio Çid   de la su boca a tanto: [440]

---

[432] En 1094, cuando el Cid conquistó Valencia no había ningún rey de
Sevilla, y todo este episodio es ficticio.

[433] *ver*: atacar.

[434] *aprés*: cerca de.

[435] *barata*: refriega.

[436] *moros en aruenço   amidos bever agua*: los moros luchando contra
corriente se vieron forzados a beber agua, es decir, se ahogaron.

[437] *la casa*: la ciudad.

[438] *menores*: los de a pie.

[439] Véase nota 136.

[440] *a tanto*: así.

"Por amor del rey Alfonsso   que de tierra me á echado, [441] 1240
nin echaré en ella tigera,   nin un pelo non avrié tajado,
e que fablassen d'esto   moros e christianos."
Mio Çid don Rodrigo   en Valençia está folgando,
con él Minaya Albar Fáñez   que nos' le parte de so braço.
Los que exieron de tierra   de ritad [442] son abondados,   1245
a todos les dio en Valençia   casas e heredades / de que son
                                        [pagados,   1246-1247
el amor de Mio Çid   ya lo ivan provando,   1247b
los que fueron con él e los de después,   todos son pagados.
Véelo Mio Çid   que con los averes que avién tomados, [443]
que sis' pudiessen ir,   fer lo ien de grado.   1250
Esto mandó Mio Çid,   Minaya lo ovo conssejado,
que ningún omne de los sos   ques' le non spidiés, o nol'
                                        [besas' la man[o], [444]
sil' pudiessen prender   o fuesse alcançado,
tomássenle el aver   e pusiéssenle en un palo. [445]
Afévos todo questo   puesto en buen recabdo,   1255
con Minaya Albar Fáñez   él se va consegar:
(f. 26 v.) "Si vós quisiéredes, Minaya,   quiero saber recabdo,
de los que son aquí   e comigo ganaron algo;

---

[441] En los vv. 1240-1242 el Cid decide dejarse crecer la barba para mostrar su duelo por el destierro y demostrar su fidelidad al rey y su voluntad de reconciliarse, ya que la barba intonsa era símbolo de duelo.

[442] *ritad*: riqueza.

[443] *tomados*: recibido.

[444] En los vv. l252-1254 el Cid teme que los caballeros que le han ayudado en la conquista de Valencia se marchen con el botín adquirido, disminuyendo así sus fuerzas. Por ello les prohíbe salir sin su permiso (sin que le besen la mano) y bajo la pena de confiscarles los bienes y ahorcarlos.

[445] *tomássenle el aver   e pusiéssenle en un palo*: les confiscaran los bienes y los ahorcaran.

meterlos he en escripto   e todos sean contados,
que si algunos' furtare   o menos le fallaren, [446]   1260
el aver me avrá a tornar /   [a] aquestos mios vassallos 1260b-1261
que curian [447] a Valençia   e andan arobdando." [448]   1261b
Allí dixo Minaya: "Consejo es aguisado."

77

Mandólos venir a la cort(h)   e a todos los ayuntar.
Quando los falló,   por cuenta fízolos nombrar,
tres mill e seisçientos   avié Mio Çid el de Bivar.   1265
Alégras'le el coraçón   e tornós' a sonrisar:
"Grado a Dios, Minaya,   e a Sancta María madre,
con más pocos ixiemos   de la casa de Bivar.
Agora avemos riquiza,   más avremos adelant.
Si a vós ploguiere, Minaya,   e non vos caya en pesar,   1270
enviar vos quiero a Castiella,   dó avemos heredades, [449]
al rey Alfonsso,   mio señor natural.
D'estas mis gananças   que avemos fechas acá,
dar le quiero C cavallos   e vós ídgelos llevar.
Desí [450] por mí besalde la mano   e firme ge lo rogad,   1275
por mi mugier e mis fijas,   si fuere su merçed,
quem' las dexe   sacar.
Enbiaré por ellas   e vós sabed el mensage:
la mugier de Mio Çid   e sus fijas las ifantes

---

[446] *que si algunos' furtare   o menos le fallaren*: que si alguno se escapara o no lo encontraran.

[447] *curian*: guardan.

[448] *andan arobdando*: hacen las rondas.

[449] En este verso el Cid se refiere a los muchos vasallos que se le han unido tras el permiso regio (vv. 886-893).

[450] *Desí*: luego.

de guisa irán por ellas   que a grand ondra vernán   1280
a estas tierras estrañas   que nós pudiemos ganar."
Essora dixo Minaya: "De buena voluntad."
(f. 27 r.) Pues esto an fablado,   piénssanse de adobar.
Çiento omnes le dio Mio Çid a Albar Fáñez   por servirle
                                        [en la carrera,
e mandó mill marcos de plata   a San Pero llevar   1285
e que los diesse   al abbat don Sancho.

78

En estas nuevas   todos se(a) alegrando,
de part de orient [451]   vino un coronado, [452]
el obispo don Ierónimo   so nombre es llamado; [453]
bien entendido es de letras   e mucho acordado, [454]   1290
de pie e de cavallo   mucho era arreziado. [455]
Las provezas [456] de Mio Çid   andávalas demandando,
sospirando el obispo ques' viesse   con moros en el campo,
que sis' fartas' lidiando   e firiendo con sus manos,
a los días del sieglo   non le llorassen christianos.   1295
Quando lo oyó Mio Çid,   de aquesto fue pagado:
"Oíd, Minaya Albar Fáñez,   por Aquel que está en alto,
quando Dios prestar [457] nos quiere,   nós bien ge lo
                                        [gradescamos.

---

[451] *de part de orient*: del este, de Francia.

[452] *coronado*: clérigo.

[453] Se trata de Jerónimo de Périgord, monje cluniacense que llegó a la Península hacia 1096 en el séquito de Bernard de Sédirac, arzobispo de Toledo.

[454] *mucho acordado*: muy cuerdo.

[455] *arreziado*: esforzado.

[456] *provezas*: proezas.

[457] *prestar*: ayudar.

En tierras de Valençia   fer quiero obispado,[458]
e dárgelo   a este buen christiano.   1300
Vós, quando ides a Castiella,   llevaredes buenos mandados."

79

Plogó a Albar Fáñez   de lo que dixo don Rodrigo.
A este don Iherónimo   yal' otorgan por obispo;
diéronle en Valençia   ó bien puede estar rico. [459]
¡Dios, qué alegre era   todo christianismo,   1305
que en tierras de Valençia   señor avié obispo!
Alegre fue Minaya   e spidiós' e vinos'. [460]

80

Tierras de Valençia   remanidas en paz.
(f. 27 v.) Adeliñó pora Castiella   Minaya Albar Fáñez.
Dexarévos las posadas,   non las quiero contar. [461]   1310
Demandó por Alfonsso   dó lo podrié fallar.
Fuera el rey a San Fagunt   aún poco ha,
tornós' a Carrión,   í lo podrié fallar.
Alegre fue de aquesto   Minaya Albar Fáñez
con esta presenteja   adeliñó pora allá.   1315

81

De missa era exido   essora el rey Alfonsso,

---

[458] El Cid restaura el obispado en Valencia. Esta práctica era frecuente durante la Reconquista y era llevada a cabo por los reyes. Al hacerlo el Cid se le atribuye un poder equivalente al poder del rey.

[459] Don Jerónimo es proclamado obispo y dotado económicamente como conviene a su dignidad.

[460] *e spidiós' e vinos'*: se despidió y se marchó.

[461] El autor ahorra al público la enumeración de las paradas (*posadas*) en el camino. Expresión frecuente en las epopeyas francesas.

afé Minaya Albar Fáñez   dó llega tan apuesto,
fincó sos inojos   ante tod' el pueblo, [462]
a los pies del rey Alfonsso   cayó con grand duelo,
besávale las manos   e fabló tan apuesto: 1320

82

"¡Merçed, señor Alfonsso,   por amor del Criador!
Besávavos las manos   mío Çid lidiador,
los pies e las manos   como a tan buen señor,
quel' ayades merçed,   si vos vala el Criador.
Echástele de tierra,   non ha la vuestra amor,   1325
mager en tierra agena,   él bien faze lo so.
Ganada á Xérica   e a Onda por nombre,
priso a Almenar   e a Murviedro que es miyor,
assí, fizo Çebolla   e adelant Castejón,
e Peña Cadiella,   que es una peña fuert,   1330
con aquestas todas   de Valençia es señor,
obispo fizo de su mano   el buen Campeador,
(f. 28 r.) e fizo çinco lides campales   e todas las arrancó. [463]
Grandes son las ganançias   quel' dio el Criador,
févos aquí las señas, [464]   verdad vos digo yo: 1335
çient cavallos   gruessos e corredores,
de siellas e de frenos   todos guarnidos son,

---

[462] En esta segunda embajada Fáñez sigue el procedimiento establecido
para solicitar el perdón (Partida III. XXIV. 3), que obligaba al solicitante
o a su emisario a postrarse ante el rey y besar sus pies y manos en nombre
del penado.

[463] La referencia a las cinco batallas campales, cuando en realidad sólo
ha llevado a cabo dos, fue interpretada como error del autor. Sin embargo, el número cinco parece ser un número convencional que aparece en
otros poemas.

[464] *señas*: pruebas.

bésavos las manos   e que los prendades vós;

razonas' por [465] vuestro vassallo   e a vós tiene por señor.

Alzó la mano diestra,   el rrey se sanctigó: 1340

"De tan fieras [466] gananças   como á fechas el Campeador

¡Si me vala Sant Esidro!   plazme de coraçón, [467]

e plázem' de las nuevas [468]   que faze el Campeador,

reçibo estos cavallos   quem' enbía de don."

Mager plogó al rey,   mucho pesó a Garçi Ordóñez: 1345

"Semeja que que en tierra de moros   non á bivo omne,

quando assí faze a su guisa [469]   el Çid Campeador."

Dixo el rey al conde: "Dexad essa razón,

que en todas guisas [470]   mijor me sirve que vós." [471]

Fablava Minaya í   a guisa de varón: 1350

"Merçed vos pide el Çid,   si vos cayere en sabor,

por su mugier doña Ximena   e sus fijas amas a dos; [472]

---

[465] *razonas' por*: se considera como.

[466] *fieras*: extraordinarias.

[467] San Isidro, que fue obispo de Sevilla de 599 a 636, tuvo un culto importante en la catedral de León a partir de 1063 cuando Fernando I hizo trasladar sus restos. Se ha interpretado que jurar por San isidro revela un rechazo a los castellanos y al Cid. Sin embargo, en boca de Alfonso este juramento es siempre favorable al héroe y subraya la buena disposición del rey hacia él. Compárese con vv. 1867, 3140 y 3509.

[468] Como en la primera embajada el rey recibe el don con alegría y admiración de las hazañas (*nuevas*) del Cid.

[469] *a su guisa*: como quiere.

[470] *en todas guisas*: de todos modos.

[471] La comparación que hace el rey entre García Ordóñez y Rodrigo manifiesta la confianza en el segundo y un cierto rechazo dl primero. Esta situación es absolutamente contraria a la realidad, pues Alfonso VI confió siempre en García Ordóñez, quien murió protegiendo a su heredero en la batalla de Uclés.

[472] *amas a dos*: ambas.

saldrién del monesterio   dó elle las dexó,
e irién pora Valençia   al buen Campeador."
Essora dixo el rrey: "Plazme de coraçón;   1355
hyo les mandaré dar conducho   mientra que por mi tierra
                                                        [fueren,
de fonta e de mal curialdas[473]   e de desonor;[474]
(f. 28 v.) quando en cabo de mi tierra   aquestas dueñas
                                                        [fueren,
catad cómo las sirvades   vós e el Campeador.
¡Oídme, escuelas,[475]   e toda la mi cort!,   1360
non quiero que nada   pierda el Campeador;
a todas las escuelas[476]   que a él dizen señor
porque los deseredé,[477]   todo ge lo suelto yo;
sírvanle sus heredades   dó fuere el Campeador.
Atrégoles[478] los cuerpos   de mal e de ocasión,[479]   1365
por tal fago aquesto   que sirvan a so señor."
Minaya Albar Fáñez   las mano le besó.
Sonrisos' el rey,   tan velido[480] fabló:
"Los que quisieren ir   se[r]vir al Campeador[481]

---

[473] *curialdas*: guardarlas.

[474] *desonor*: deshonra.

[475] *escuelas*: séquito del rey, *schola regis*.

[476] *escuelas*: vasallos.

[477] *deseredé*: les confisqué los bienes.

[478] *Atrégoles*: les garantizo.

[479] *ocasión*: daño. El rey perdona a todos los vasallos que siguieron al
Cid en el destierro.

[480] *velido*: generosamente.

[481] Como en la primera embajada (vv. 890-893), en la segunda el rey
corresponde a su antiguo vasallo, no sólo concediéndole su petición, con
lo que el Cid recobra la patria potestad, sino que además perdona a todos
los vasallos que se fueron con él al destierro y de nuevo permite que los
suyos se unan a las huestes de Rodrigo.

de mí sean quitos [482]   e vayan a la graçia del Criador.   1370

Más ganaremos en esto   que en otra desonor."

Aquí entraron en fabla   los ifantes de Carrión:

"Mucho creçen las nuevas [483]   de Mio Çid el Campeador,

bien casaríemos con sus fijas   pora huebos de pro; [484]

non la osaríemos acometer [485]   nós esta razón,   1375

Mio Çid es de Bivar   e nós de los condes de Carrión." [486]

Non lo dizen a nadi   e fincó esta razón.

Minaya Albar Fáñez   al buen rey se espidió:

"¿Hya vos ides, Minaya?   ¡Id a la graçia del Criador!

Llevedes un portero, [487]   tengo que vos avrá pro; [488]   1380

si lleváredes las dueñas,   sírvanlas a su sabor,

(f. 29 r.) fata dentro en Medina [489]   denles quanto huebos
                                            [les fuer, [490]

desí adelant   piensse d'ellas el Campeador."

Espidios' Minaya   e vasse de la cort.

83

Los ifantes de Carrión   dando ivan conpaña a Minaya Albar
                                            [Fáñez: 1385

"En todo sodes pro,   en esto assí lo fagades:

---

[482] *quitos*: libres para marcharse.

[483] *creçen las nuevas*: crece el renombre.

[484] *pora huebos de pro*: para nuestro provecho.

[485] *acometer*: abordar.

[486] Primera mención de la discrepancia de rango entre el Cid de Vivar, un pequeño pueblo, y el de los los infantes que son de la familia de los condes de Carrión, cabeza de condado donde se reunía con frecuencia la corte real.

[487] *portero*: mensajero real.

[488] *tengo que vos avrá pro*: creo que os será útil.

[489] *Medina*: Medinaceli.

[490] *huebos les fuer*: necesiten.

saludadnos   Mio Çid el de Bivar,
somos en so pro   quanto lo podemos far;
el Çid que bien nos quiera   nada non perderá."
Respuso Minaya: "Esto non me á por qué pesar."   1390
Hido es Minaya,   tórnansse los ifantes.
Adeliñó pora San Pero,   ó las dueñas están,
tan grand fue el gozo   quandol' vieron assomar.
Deçido [491] es Minaya,   a San Pero va rogar,
quando acabó la oración,   a las dueñas se tornó: 1395
"Omílom', [492] doña Ximena,   ¡Dios vos curie de mal! [493]
Assí faga   a vuestras fijas amas.
Salúdavos Mio Çid   allá onde elle está;
sano lo dexé   e con tan grand rictad.
El rey por su merçed,   sueltas me vos ha,   1400
por llevaros a Valençia   que avemos por heredad.
Si vos viesse el Çid   sanas e sin mal,
todo serié alegre,   que non avrié ningún pesar."
Dixo doña Ximena: "¡El Criador lo mande!"
Dio tres cavalleros   Minaya Albar Fáñez,   1405
enviólos a Mio Çid,   a Valençia dó está:
"Dezid al Canpeador,   ¡que Dios le curie de mal!,
(f. 29 v.) que su mugier e sus fijas   el rey sueltas me las ha,
mientra que fuéremos por sus tierras   conducho nos
[mandó dar.
De aquestos XV días,   si Dios nos curiare de mal,   1410
seremos yo e su mugier   e sus fijas que él á
hy todas las dueñas con ellas   quantas buenas ellas han."

---

[491] *Deçido*: se ha apeado.
[492] *Omílom'*: me inclino ante.
[493] *curie de mal*: guarde de daño.

Hidos son los cavalleros   e d'ello penssarán, [494]
remaneçió [495] en San Pero   Minaya Albar Fánez.
Veríedes cavalleros   venir de todas partes,   1415
hirse quiere[n] a Valençia   a Mio Çid el de Bivar.
Que les toviesse pro   rogavan a Albar Fáñez,
diziendo esto Mianaya: "Esto féré de veluntad."
A Minaya LXV cavalleros   acreçidol' han, [496]
e él se tenié C   que aduxiera d'allá,   1420
por ir con estas dueñas,   buena conpaña se faze.
Los quinientos marcos   dio Minaya al abbat,
de los otros quinientos   dezirvos he qué faze:
Minaya a doña Ximina   e a sus fijas que ha,
e a las otras dueñas   que las sirven delant,   1425
el bueno de Minaya   pensólas de adobar [497]
de los mejores guarnimientos [498]   que en Burgos pudo fallar,
palafrés e mulas,   que non parescan mal.
Quando estas dueñas   adobadas las han,
el bueno de Minaya   penssar quiere de cavalgar.   1430
Afévos Rachel e Vidas   a los pies le caen: [499]
(f. 30 r.) "¡Merced, Minaya,   cavallero de prestar!
Desfechos [500] nos ha el Çid,   sabet, si no nos val, [501]

---

[494] *penssarán*: se ocuparán.

[495] *remaneçió*: permaneció.

[496] Debido al permiso que el rey concede a sus caballeros para que se ayude al Cid, hasta 75 se unen a los 100 que trajo Minaya para acompañar a la mujer e hijas del Cid.

[497] *adobar*: equipar.

[498] *guarnimientos*: atavíos.

[499] Esta segunda aparición de los judíos ha dado lugar a numerosos argumentos sobre el posible antisemitismo del autor.

[500] *Desfechos nos ha*: nos ha arruinado.

[501] *val*: ayuda.

soltariemos la ganancia,[502]   que nos diesse el cabdal."[503]

"Hyo lo veré con el Çid,   si Dios me lieva allá,   1435
por lo que avedes fecho   buen cosiment í avrá."[504]

Dixo Rachel e Vidas: "¡El Criador lo mande!
Si non, dexaremos Burgos,   irlo hemos buscar."

Hido es pora San Pero   Minaya Albar Fáñez.

Muchas yentes se le acogen,   penssó de cavalgar,   1440
grand duelo es   al partir del abbat.

"¡Si vos vala el Criador,   Minaya Albar Fáñez!
Por mí al Campeador   las manos le besad,
aqueste monesterio   no lo quiera olbidar,
todos los días del sieglo   en llevarlo adelant,   1445
el Çid   siempre valdrá más."

Respuso Minaya: "Ferlo he de veluntad."

Hyas' espiden   e pienssan de cavalgar,
el portero con ellos   que los ha de aguardar;
por la tierra del rey   mucho conducho les dan.   1450
De San Pero fasta Medina   en V días van.
Félos en Medina   las dueñas e Albar Fáñez.

Direvos de los caballeros   que llevaron el menssaje:
al ora que lo sopo   Mio Çid el de Bivar,
plogo' de coraçón   e tornós' a alegrar,   1455
de la su boca   conpeçó de fablar:

"Qui buen mandadero enbía,   tal deve sperar.
(f. 30 v.) Tú, Muño Gustioz   e Pero Vermúez delant,
e Martín Antolínez,   un burgalés leal,

---

[502] *ganancia*: interés.

[503] *cabdal*: capital.

[504] *buen cosiment i avrá*: buena merced habrá. Esta es una frase ambigua, pues tanto puede ser una promesa de repago (*cosiment*, o merced) como una frase burlona de que tendrán lo que se merecen.

el obispo don Ierónimo,   coronado de prestar,[505]   1460
cavalgedes con çiento   guisados pora huebos de lidiar;[506]
por Sancta María   vos vayades passar,
vayades a Molina,   que yaze más adelant,
tiénela Avegalvón,   mio amigo es de paz,[507]
con otros çiento cavalleros   bien vos conssigrá;[508]   1465
hid pora Medina   quanto lo pudiéredes far,
mi mugier e mis fijas   con Minaya Albar Fáñez,
así commo a mí dixieron,   í los podredes fallar;
con grand ondra   aduzídmelas delant.
E yo fincaré en Valençia,   que mucho costadom' ha;1470
grand locura serié   si la desenparas';[509]
yo fincaré en Valençia,   ca la tengo por heredad."[510]
Esto era dicho   pienssan de cavalgar,
e quanto que pueden   non fincan de[511] andar;
troçieron a Sancta María   e vinieron albergar a Frontael,   1475
e el otro día vinieron   a Molina posar.
El moro Avegalbón,   quando sopo el menssaje,
Saliólos reçebir   con grant gozo que faze:
"¿Venides los vassallos   de mío amigo natural?
A mí non me pesa,   sabet, mucho me plaze!"   1480
Fabló Muño Gustioz,   non speró a nadi:

---

[505] *coronado de prestar*: clérigo excelente.

[506] *guisados pora huebos de lidiar*: listos para combatir.

[507] *mio amigo es de paz*: aliado.

[508] *conssigrá*: escoltará.

[509] *desenparas*': si la dejase sin protección.

[510] El Cid ha conquistado Valencia y la tiene como posesión hereditaria para él y su descendencia. Véanse los vv. 1606-1607, 1630, 1635-1636, 2167, 2175, 3117, 3221 y 3336.

[511] *fincan de*: dejan de.

"Mio Çid vos saludava,   e mandólo recabdar,[512]
co[n] çiento cavalleros   que privadol' acorrades;[513]
su mugier e sus fijas   en Medina están;
(f. 31 r.) que vayades por ellas,   adugádesgelas acá,[514]   1485
e fata en Valençia   d'ellas non vos partades."
Dixo Avegalbón: "Ferlo he de veluntad."
Essa noch   conducho les dio grand,
a la mañana   pienssan de cavalgar;
çientol' pidieron,   mas él con dozientos va.   1490
Passan las montanas,   que son fieras e grandes,
passaron Mata de Toranz   de tal guisa que ningún miedo
                                          [non han,
por el val de Arbuxedo   pienssan a deprunar.[515]
E en Medina   todo el recabdo está;[516]
envió dos cavalleros Minaya Albar Fáñez   que sopiesse la
                                          [verdad;   1495
esto non detarda[n],   ca de coraçón lo han;
el uno fincó con ellos   e el otro tornó a Albar Fáñez:
"Virtos del Campeador   a nós vienen buscar.
Afévos aquí Pero Vermúez e Muño Gustioz   que vos quieren
                                          [sin hart.[517]
e Martín Antolínez,   el burgalés natural,   1500
e el obispo don Iherónimo,   coranado leal,
e el alcayaz[518] Avegalbón   con sus fuerças que trahe,

---

[512] *mandólo recabdar*: lo ordenó disponer.
[513] *privadol' acorrades*: le ayudéis rápidamente.
[514] *adugádesgelas acá*: se las traigáis aquí.
[515] *deprunar*: bajar.
[516] *todo el recabdo está*: se han tomado todas las precauciones.
[517] *sin hart*: fielmente.
[518] *alcayaz*: gobernador.

por sabor de Mio Çid   de grand ondral' dar;
todos vienen en uno,[519]   agora llegarán."
Essora dixo Minaya: "¡Vay[a]mos cavalgar!"   1505
Esso fue apriessa fecho,   que nos' quieren detardar.
Bien salieron dén[520] çiento   que non parecen mal,
en buenos cavallos a petrales[521]   e a cascaveles e a coberturas
[de çendales,[522] 1508-1509
e escudos a los cuellos,   e en las manos lanças que pendones
[traen, 1509b-1510
que sopiessen los otros   de qué seso era Albar Fáñez
(f. 31 v.) o cuémo saliera de Castiella Albar Fáñez   con estas
[dueñas que trahe.
Los que ivan mesurando[523]   e llegando delant
luego toman armas   e tómanse a deportar,[524]
por çerca de Salón   tan grandes gozos van.   1515
Dón llegan los otros,   a Minaya Albar Fáñez se van homillar.
Quando llegó Avegalbón,   dont a ojo ha,[525]
sonrisándose de la boca,   hívalo abraçar,
en el ombro lo saluda,   ca tal es su husaje:[526]
"¡Tan buen día convusco,   Minaya Albar Fáñez!   1520
Traedes estas dueñas   por ó valdremos más,
mugier del Çid lidiador   e sus fijas naturales,

---

[519] *en uno*: juntos.
[520] *Bien salieron dén*: al menos salieron de allí.
[521] *petrales*: petos de caballo.
[522] *coberturas de çendales*: gualdrapas de seda.
[523] *mesurando*: explorando.
[524] *deportar*: ejercitarse en armas de caballería.
[525] *dont a ojo ha*: cuando lo divisó.
[526] *en el ombro lo saluda,   ca tal es su husaje*: lo besa en el hombro según su costumbre.

ondrarvos hemos todos,   ca tal es la su auze, [527]

mager que mal le queramos,   non ge lo podremos fer,

en paz o en guerra   de lo nuestro abrá;   1525

muchol' tengo por torpe   qui non conosçe la verdad."

84

Sorrisós' de la boca   Minaya Alvar Fáñez.

"¡Hy[a] Ave[n]galbón,   amigol' sodes sin falla!

Si Dios me llegare al Çid   e lo vea con el alma,

d'esto que avedes fecho,   vós non perderedes nada.   1530

Vayamos posar,   ca la çena es adobada."

Dixo Avengalbón: "Plazme d'esta presentaja,

entes d'este te[r]çer día   vos la daré doblada."

Entraron en Medina,   sirvíalos Minaya.

Todos fueron alegres   del çerviçio que tomaron. [528]   1535

El portero del rey,   quitarlo mandava; [529]

(f. 32 r.) ondrado es Mio Çid   en Valençia dó estava

de tan grand conducho   como en Medinal' sacaron,

el rey lo pagó todo,   e quito se va Minaya. [530]

Passada es la noche,   venida es la mañana,   1540

oída es la missa,   e luego cavalgavan.

Salieron de Medina,   e Salón passavan,

Arbuxuelo arriba   privado aguijavan,

el campo de Torançio   luegol' atravessavan,

vinieron a Molina,   la que Avegalbón mandava.   1545

El obispo don Iherónimo,   buen christiano sin falla,

---

[527] *auze*: buena suerte.

[528] *del çerviçio que tomaron*: de la hospitalidad que recibieron.

[529] *quitarlo mandava*: mandaba pagarlo.

[530] La generosidad del rey ratifica su autoridad suprema.

las noches e los días   las dueñas aguardando,[531]
e buen cavallo en diestro[532]   que va ante sus armas,[533]
entre él e Albar Fáñez   hivan a una compaña.
Entrados son a Molina,   buena e rica casa;   1550
el moro Avegalbón   bien los sirvié sin falla,
de quanto que quisieron   non ovieron falla,
aun las ferraduras   quitárgelas mandava;[534]
a Minaya e a las dueñas,   ¡Dios cómo las ondrava!
Otro día mañana   luego cavalgavan,   1555
fata en Valençia   sirvíalos sin falla;
los sos despendié el moro,   que de lo so non tomava nada.[535]
Con estas alegrías   e nuevas tan ondradas
aprés son de Valençia   a tres leguas contadas.

85

A Mio Çid,   el que en buen ora nasco,   1560
dentro a Valençia   liévanle el mandado.
Alegre fue Mio Çid,   que nunqua más nin tanto,
ca de lo que más amava   yal' viene el mandado.
Dozi[en]tos cavalleros   mandó exir privado,
que reçiban a Minaya   e a las dueñas fijasdalgo;   1565
él sedié en Valençia   curiando e guardando,
(f. 32 v.) ca bien sabe que Albar Fáñez   trahe todo recabdo.

---

[531] *aguardando*: velando.

[532] *cavallo en diestro*: corcel de combate.

[533] El obispo iba acompañado de un escudero que le tenía el caballo de lidiar y las armas.

[534] *aun las ferraduras   quitárgelas mandava*: incluso mandó cambiar las herraduras.

[535] *los sos despendié el moro,   que de lo so non tomava nada*: el moro gastaba lo suyo, no cogía lo de los otros.

Afévos todos aquestos   reçiben a Minaya
e a las dueñas e a las niñas   e a las otras conpañas.
Mandó Mio Çid   a los que ha en su casa   1570
que guardassen el alcáçar   e las otras torres altas
e todas las puertas   e las exidas e las entradas,
e aduxiéssenle a Bavieca,   poco avié quel' ganara,
aún no sabié Mio Çid,   el que en buen ora çinxó espada,
si serié corredor   o si abrié buena parada.[536]   1575
A la puerta de Valençia,   dó fuesse en so salvo,
delante su muger e de sus fijas   querié tener las armas.[537]
Reçebidas las dueñas   a una grant ondrança,
el obispo don Iherónimo   adelant se entrava,
í dexaba el cavallo,   pora la capiella adeliñava;   1580
con quantos que él puede,   que con oras se acordaron,[538]
sobrepelliças[539] vestidas   e con cruzes de plata,
reçibir salién las dueñas   e al bueno de Minaya.
El que en buen ora nasco   non lo detardava:
ensiéllanle a Bavieca,   cuberturas le echavan,   1585
Mio Çid salió sobr'él   e armas de fuste[540] tomava;
vistiós' el sobregonel,[541]   luenga trahe la barba;
(f. 33 r.) fizo una corrida,   ésta fue tan estraña,

---

[536] *si serié corredor   o si abrié buena parada*: si sería veloz o si sabría parar a una orden.

[537] *tener las armas*: ejercitarse con las armas.

[538] Verso de difícil lectura. Las *oras* parecen referirse a las horas canónicas. Quizás indique que lo acompañaban todos los que rezan horas, es decir, todos los sacerdotes de la catedral.

[539] *sobrepelliças*: sobrepelliz.

[540] *armas de fuste*: armas de madera, o sea, escudo y lanza.

[541] *sobregonel*: sobrevesta.

por nombre el cavallo   Bavieca cabalga; [542]
quando ovo corrido,   todos se maravillavan,   1590
d'es día se preçió Bavieca   quant grant fue España.
En cabo del cosso [543]   Mio Çid descalgava,
adeliñó a su mugier   e a sus fijas amas.
Quando lo vió doña Ximena,   a pies se le echava:
"¡Merçed, Campeador,   en buen ora çinxiestes espada!   1595
Sacada me avedes   de muchas vergüenças malas; [544]
aféme aquí, señor,   yo, [e] vuestras fijas (e) amas,
con Dios e convusco   buenas son e criadas."
A la madre e a las fijas   bien las abraçava,
del gozo que avién   de los sos ojos lloravan.   1600
Todas las sus mesnadas   en grant dele[i]t estavan,
armas teniendo   e tablados quebrantando. [545]
Oíd lo que dixo   el que en buen ora nasco:
"Vós, querida e ondrada mugier,   e mis fijas amas mi
                                     [coraçón e mi alma, 1605
entrad comigo   en Valençia la casa,
en esta heredad   que yo vos he ganada."
Madre e fijas   las manos le besavan,
a tan grand ondra   ellas a Valençia entravan.

87
Adeliñó Mio Çid   con ellas al alcálçar,   1610
allá las subié   en el más alto logar;

---

[542] *por nombre el cavallo   Bavieca cabalga*: el caballo que cabalga se llama Babieca.

[543] *cabo del cosso*: final de la carrera.

[544] Jimena y sus hijas habían sufrido las consecuencias de la pena de la ira regia.

[545] El Cid celebra la vuelta de su familia con juegos de destreza como el de romper *tablados*, que eran castillejos de tablas usados en los torneos.

ojos vellidos   catan a todas partes,
(f. 33v) miran Valençia,   cómo yaze la çibdad,
e del otra parte   a ojo han el mar;
miran la huerta,   espessa[546] es e grand;   1615
alçan las manos   pora Dios rogar,
d'esta ganançia   cómo es buena e grand.
Mio Çid e sus compañas   tan a grand sabor están.
El ivierno es exido,   que el março quiere entrar.
Dezirvos quiero nuevas   de alent partes del mar,   1620
de aquel rey Yúcef[547]   que en Marruecos está.

88

Pesol' al rey de Marruecos   de Mio Çid don Rodrigo:
"Que en mis heredades   fuertemietre es metido,
e él non ge lo gradeçe   sinon a Ihesu Christo."
Aquel rey de Marruecos   ajuntava sus virtos,   1625
con L vezes mill de armas,   todos fueron conplidos,
entraron sobre mar,   en las barcas son metidos,
van buscar a Valençia   a Mio Çid don Rodrigo.
Arrivado an las naves,   fuera eran exidos.

89

Llegaron a Valençia,   la que Mio Çid á conquista,   1630
fincaron las tiendas,   e posan las yentes descreídas.[548]
Estas nuevas   a Mio Çid eran venidas.

---

[546] *espessa*: exuberante.

[547] *Yúcef*: se trata del primer emperador almorávide. Yusuf Ibn Tasufin (1059-1106), quien envió un ejército para recobrar Valencia en 1094, aunque él mismo no lo capitaneara, como aquí se dice.

[548] *yentes descreídas*: infieles.

"¡Grado al Criador   e a[l] padre espirital!
Todo el bien que yo he,   todo lo tengo delant.
Con afán gané a Valençia,   e éla[549] por heredad,   1635
a menos de muert   no la puedo dexar:
"¡Grado al Criador   e a Sancta María madre,
(f. 34 r.) mis fijas e mi mugier   que las tengo acá!
Venidom' es deliçio   de tierras d'alent mar,
entraré en las armas,   non lo podré dexar;   1640
mis fijas e mi mugier   verme an lidiar,
en estas tierras agenas   verán las moradas cómo se fazen,
afarto verán por los ojos   cómo se gana el pan."
Su muger e sus fijas   subiólas al alcaçar,
alçavan los ojos,   tiendas vieron fincadas: 1645
"¿Qués' esto, Çid?   ¡Si el Criador vos salve!"
"¡Ya muger ondrada,   non ayades pesar!
Riqueza es que nos acreçe   maravillosa e grand;
a poco que vinistes,   presend[550] vos quieren dar:
por casar son vuestras fijas,   adúzenvos axuvar."[551]   1650
"¡A vos grado, Çid,   e al padre spiritall!"
"Mugier, sed en este palaçio,   e si quisiéredes en el alcaçar,
non ayades pavor   porque me veades lidiar,
con la merçed de Dios   e de Sancta María madre
créçem' el coraçón   porque estades delant:[552]   1655
con Dios aquesta lid   yo la he de arrancar."

---

[549] *éla*: la tengo.

[550] *presend*: presente.

[551] *axuvar*: ajuar. El Cid confía en su victoria. La lucha es el medio de obtener riquezas, y éstas le proporcionarán buenos matrimonios a sus hijas.

[552] *créçem' el coraçón   porque estades delant*: aumenta mi valor porque estás delante.

91

Fincadas son las tiendas   e pareçen los alvores,
a una grand priessa   tanién los atamores.
alegrávas' Mio Çid e dixo: "¡Tan buen día es oy!"
Miedo á su mugier   e quiérel' quebrar el coraçón,   1660
assí fazié a las dueñas   e a sus fijas amas a dos,
del día que nasquieran   non vieran tal tremor.
Prisos' a la barba   el buen Çid Campeador:
(f. 34 v.) "Non ayades miedo,   ca todo es vuestra pro;
antes destos XV días,   si plogiere a[l] Criador,   1665
aquellos atamores a vós los pondrán delant   e veredes quáles
[son,[553]

desí an a ser   del obispo don Iherónimo,
colgarlos han en Sancta María   madre del Criador."
Vocaçión[554] es que fizo   el Çid Campeador.
Alegre son las dueñas,   perdiendo van el pavor.   1670
Los moros de Marruecos   cavalgan a vigor,
por las huertas adentro   están sines pavor.

92

Viólo el atalaya   e tanxó el esquila;[555]
prestas son las mesnadas   de las yentes christianas,
adóbanse de coraçón   e dan salto de la villa;   1675
dos' fallan con los moros   cometiénlos tan aína,
sácanlos de las huertas   mucho a fea guisa,
quinientos mataron d'ellos   complidos en es' día.

---

[553] El miedo ante el estruendo de los tambores era muy real y se veía como algo horrible. Véase nota 262.

[554] *Vocaçión*: voto.

[555] *tanxó el esquila*: tañó la campana.

Bien fata las tiendas   dura aqueste alcaz,
mucho avién fecho,   piessan de cavalgar.   1680
Albar Salvadórez   preso fincó allá. [556]
Tornados son a Mio Çid   los que comién so pan; [557]
él se lo vió con los ojos   cuéntangelo delant,
alegre es Mio Çid   por quanto fecho han:
"¡Oídme, cavalleros,   non rastará por ál!; [558]   1685
oy es día bueno   e mejor será cras:
por la manana prieta [559]   todos armados seades,
dezirnos ha la missa,   e penssad de cavalgar,
el obispo do[n] Iherónimo   soltura [560] nos dará.
(f. 35 r.) Hirlos hemos férir   en el nombre del Criador e
                            [del Apóstol Santi Yagüe,   1690
más vale que nós los vezcamos, [561]   que ellos cojan el campo."
Essora dixieron todos: "¡D'amor e de voluntad!"
Fablava Minaya,   non lo quiso detardar:
"Pues esso queredes, Çid,   a mí mandades ál; [562]
dadme CXXX caballeros   para huebos de lidiar; [563]   1695
quando vós los fuéredes ferir   entraré yo del otra part;
o de amas o del una   Dios nos valdrá."
Essora dixo el Çid: "¡De buena voluntad!"

---

[556] Alvar Salvadores fue hecho preso por los moros, pero el autor se olvida y lo hace reaparecer sin explicación en el v. 1719.

[557] *los que comién so pan*: los vasallos.

[558] *non rastará por al*: no hay otra manera.

[559] *prieta*: oscura.

[560] *soltura*: absolución.

[561] *vezcamos*: venzamos.

[562] *mandades ál*: dadme otras órdenes.

[563] *para huebos de lidiar*: listos para combatir.

94

Es' día es salido   e la noch entrada es,
nos' detardan de adobasse   essas yentes christianas.   1700
A los mediados gallos,   antes de la mañana,
el obispo don Iherónimo   la missa les cantava;
la missa dicha,   grant sultura les dava: [564]
"El que aquí muriere   lidiando de cara,
préndol' yo los pecados   e Dios le abrá el alma.' [565]   1705
A vós, Çid don Rodrigo,   ¡en buen ora çinxiestes espada!,
hyo vos canté la missa   por aquesta mañana,
pídovos un don   e séam' presentado:
las feridas primeras   que las aya yo otorgadas." [566]
Dixo el Campeador: "Des aquí vos sean mandadas."   1710

95

Salidos son todos armados   por la torres de Va[le]nçia,
Mio Çid a los sos vassallos   tan bien los acordando; [567]
dexan a las puertas   omnes de grant recabdo. [568]
Dio salto Mio Çid   en Bavieca el so cavallo,
de todas guarnizones muy bien es adobado.   1715
(f. 35 v.) La seña sacan fuera,   de Valençia dieron salto,
cuatro mill menos XXX   con Mio Çid van a cabo,
a los çinquaenta mill   vanlos ferir de grado,
Alvar Álvarez e Minaya Albar Fáñez   entráronles del otro
                                               [cabo,   1719-1720

---

[564] *grant sultura les dava*: les dio la absolución general de los pecados.

[565] *préndol' yo los pecados*   *e Dios le abrá el alma*: yo le absuelvo los pecados y Dios acogerá su alma.

[566] Dar los primeros golpes en la batalla era un gran honor.

[567] *acordando*: aconsejando.

[568] *grant recabdo*: prudencia.

plogó al Criador   e oviéronlos de arrancar.

Mio Çid enpleó la lança,   al espada metió mano,
atantos[569] mata de moros   que non fueron contados,
por el cobdo ayuso   la sangre destellando;
al rey Yuçef   tres colpes le ovo dados,   1725
saliós' le de so'l espada,   ca muchol' andido el cavallo,[570]
metiós'le en Gujera, un castiello palaçiano.

Mio Çid el de Bivar   fasta allí llegó en alcaz,
con otros quel' consigen   de sus buenos vassallos.

Desd' allí se tornó   el que en buen ora nasco,   1730
mucho era alegre   de lo que an caçado.[571]

Allí preçió a Bavieca   de la cabeça fasta a cabo.

Toda esta ganançia   en su mano á rastado.[572]

Los L mill por cuenta   fuero[n] notados,
non escaparon   más de çiento e quatro.   1735

Mesnadas de Mio Çid   robado an el canpo;
entre oro e plata   fallaron tres mill marcos,
las otras ganançias   non avía recabdo.[573]

Alegre era Mio Çid   e todos sos vassallos,
que Dios le[s] ovo merçed   que vençieron el campo.   1740

Quando al rey de Marruecos   assí lo an arrancado,
(f. 36 r.) dexó Albar Fáñez   por saber todo recabdo.

Con C cavalleros   a Valençia es entrado,
fronzida[574] trahe la cara,   que era desarmado.

---

[569] *atantos*: tantos.

[570] *saliós' le de so'l espada,   ca muchol' andido el cavallo*: se le escabulló
bajo la espada por tener un caballo muy rápido.

[571] *caçado*: capturado.

[572] *rastado*: quedado.

[573] *non avía recabdo*: eran incalculables.

[574] *fronzida*: fruncida. Véase nota 288.

Assí entró sobre Bavieca,   el espada en la mano.   1745
Reçibienlo las dueñas   que lo están esperando.
Mio Çid fincó ant' ellas,   tovo la rienda al cavallo:
"¡A vós me omillo, dueñas!;   grant prez[575] vos he ganado:
vós teniendo Valençia,[576]   e yo vençí el campo.
Esto Dios se lo quiso   con todos los sos santos   1750
quando en vuestra venida   tal ganançia nos an dada.
Vedes el espada sangrienta   e sudient el cavallo,
con tal cum[577] esto   se vençen moros del campo.
Rogand al Criador   que vos biva algunt año,
entraredes en prez,   e besarán vuestras manos."[578]   1755
Esto dixo Mío Cid,   diçiendo del cavallo.
Quandol' vieron de pie,   que era descavalgado,
las dueñas e las fijas   e la mugier que vale algo[579]
delant el Campeador   los inojos fincaron:
"¡Somos en vuestra merçed,   e bivades muchos años!"   1760
En buelta con él[580]   entraron a palaçio,
e ivan posar con él   en unos preçiosos escaños:[581]
"¡Hya muger doña Ximena!   ¿Nom' lo aviedes rogado?
Estas dueñas que aduxiestes   que vos sirven tanto,
quiérolas casar   con de aquestos mios vassallos;[582]   1765

---

[575] *prez*: renombre.

[576] *teniendo Valençia*: mandando en Valencia. Es un cumplido que hace el Cid a Jimena.

[577] *cum*: como.

[578] *entraredes en prez,   e besarán vuestras manos*: obtendréis gran honor y seréis grandes señoras.

[579] *que vale algo*: noble.

[580] *En buelta con él*: junto con él.

[581] *escaños*: asientos.

[582] El matrimonio era un contrato económico y la dote era necesaria para llevarlo a cabo. El señor tenía la responsabilidad de proporcionar un matrimonio conveniente a sus vasallos como aquí promete el Cid a las dueñas.

a cada una d'ellas   dóles CC marcos de plata,
que lo sepan en Castiella,   a quien sirvieron tanto.
(f. 36 v.) Lo de vuestras fijas   venir sea más por espaçio." [583]
Levantáronse todas   e besáronle las manos,
grant fue el alegría   que fue por el palaçio;   1770
como lo dixo el Çid   assí lo han acabado. [584]
Minaya Albar Fáñez   fuera era en el campo,
con todas estas yentes   escriviendo e contando;
entre tiendas e armas   e vestidos preçiados
tanto fallan d' esto   que es cosa sobejano.   1775
Quiero vos dezir   lo que es más granado: [585]
non pudieron ellos saber la cuenta   de todos los cavallos
que andan arriados [586]   e non ha qui tomallos.
Los moros de las tierras   ganado se an í algo; [587]
mager de todo esto,   el Campeador contado   1780
de los buenos e otorgados   cayéronle mill e D caballos;
quando a Mio Çid cayeron tantos,   los otros bien pueden
                                            [fincar pagados.
Tanta tienda preçiada   e tanto tendal obrado [588]
que á ganado Mio Çid   con todos sus vassallos.
La tienda del rey de Marruecos   que de las otras es cabo,   1785
dos tendales la sufren [589]   con oro son labrados,
mandó Mio Çid Ruy Díaz   que fita soviesse la tienda,

---

[583] *Lo de vuestras fijas*: el matrimonio de vuestras hijas.

[584] *acabado*: ejecutado.

[585] *más granado*: más extraordinario.

[586] *arriados*: sueltos.

[587] *algo*: riqueza. Los moros que ayudan al Cid también han sido pagados. Véase vv. 1107-1110.

[588] *obrado*: labrado.

[589] *sufren*: soportan.

e non la tolliese   d'ent christiano:

"Tal tienda como ésta,   que de Marruecos es passada,

enbiarla quiero   a Alfonsso el Castellano,   1790

que croviesse sos nuevas   de Mio Çid que avié algo." [590]

Con aquestas riquezas tantas   a Valençia son entrados.

El obispo don Iherónimo,   caboso coronado,

quando es farto [591] de lidiar   con amas las sus manos,

(f. 37 r.) non tiene en cuenta   los moros que ha matados;   1795

lo que caye [592] a él   mucho era sobejano;

Mio Çid don Rodrigo,   el que en buen ora nasco,

de toda la su quinta   el diezmo l'á mandado.

96

Alegres son por Valençia   las yentes christianas,

tantos avién de averes,   de cavallos e de armas,   1800

alegre es doña Ximena   e sus fijas amas,

e todas las otras dueñas   que tienen por casadas.

El bueno de Mio Çid   non lo tardó por nada:

"¿Dó sodes, caboso?   ¡Venid acá, Minaya!,

de lo que a vós cayó   vós non gradeçedes nada;   1805

desta mi quinta,   dígovos sin falla,

prended lo que quisiéredes,   lo otro remanga. [593]

E cras ha la mañana   irvos hedes sin falla

con cavallos d'esta quinta   que yo he ganada,

con siellas e con frenos   e con señas espadas;   1810

por amor de mi mugier   e de mis fijas amas,

porque assí las enbió   dond'ellas son pagadas,

---

[590] Para que creyese (*croviesse*) las noticias de las ganancias del Cid.

[591] *farto*: satisfecho.

[592] *caye*: toca.

[593] *remanga*: quede.

estos dozientos caballos   irán en presentajas,
que non diga mal el rey Alfonsso   del que Valençia manda."
Mandó a Pero Vermúez   que fuesse con Minaya.   1815
Otro día mañana   privado cavalgavan,
e dozientos omnes   lievan en su conpaña,
con saludes del Çid   que las manos le besava,
d'esta lid que ha arrancada   CC cavallos le enbiava en
                                                [presentaja:
"E servirlo he sienpre   mientra que ovisse el alma." 1820

97 (f. 37 v.)

Salidos son de Valençia   e pienssan de andar,
tales ganançias traen   que son a aguardar. [594]
Andan los días   e las noches
e pasada han la sierra, /   que las otras tierras parte.   1823b-1824
Por el rey don Alfonso   tómansse a preguntar.   1825

98

Passando van las sierras   e los montes e las aguas,
llegan a Valladolid   dó el rey Alfonsso estava,
enviávanle mandado   Pero Vermúez e Minaya,
que mandasse reçebir   a esta conpaña.
Mio Çid el de Valençia   enbía su presentaja.   1830

99

Alegre fue el rey,   non viestes atanto, [595]
mandó cavalgar apriessa   todos sos fijosdalgo,
hi en los primeros   el rey fuera dio salto,
a ver estos mensajes   del que en buen ora nasco.

_____

[594] _a aguardar_: para guardar.
[595] _non viestes atanto_: nunca vistéis igual.

Los ifantes de Carrión,   sabet, í s'açertaron,[596]   1835
[e] el conde don Garçía,   so enemigo malo.
A los unos plaze   e a los otros va pesando.
A ojo lo avién   los del que en buen ora nasco,
cuédanse que es almofalla,   ca non vienen con mandado,[597]
el rey don Alfonsso   seíse sanctiguando.[598]   1840
Minaya e Per Vermúez   adelante son llegados,[599]
firiéronse a tierra,   deçendieron de los cavallos,
antel' rey Alfonsso   los inojos fincados,
besan la tierra   e los pies amos:
"¡Merçed, rey Alfonsso,   sodes tan ondrado!   1845
Por Mio Çid el Campeador   todo esto vos besamos
(f. 38 r.) a vós llama por señor,   e tiénes' por vuestro vassallo,
mucho preçia la ondra el Çid   quel' avedes dado.
Pocos días ha, rey,   que una lid á arrancado:
a aquel rrey de Marruecos,   Yuçef por nombrado,   1850
con çinquaenta mill   arrancólos del campo;
las ganançias que fizo   mucho son sobejanas,
ricos son venidos   todos los sos vassallos,
e embíavos dozientos cavallos   e bésavos las manos."
Dixo el rey don Alfonsso: "Reçíbolos de grado;   1855
gradéscole a Mio Çid   que tal don me ha enbiado;
aún vea ora   que de mí sea pagado."

---

[596] *í s'açertaron*: allí estaban.

[597] *cuédanse que es almofalla,   ca non vienen con mandado*: creen que es una hueste enemiga porque no la ha anunciado un mensajero.

[598] *seíse sanctiguando*: se santigua admirado.

[599] En la tercera embajada de Rodrigo a Alfonso (vv. 1841-1844) sus emisarios se arrodillan a los pies del rey, besan la tierra y los pies del monarca antes de solicitar el perdón de su señor, siguiendo punto por punto la legislación concerniente al perdón. Véase nota 462.

Esto plogó a muchos   e besáronle las manos,
pesó al conde don Garçía,   e mal era irado.
Con X de sus parientes   aparte davan salto: [600]   1860
"¡Maravilla es del Çid,   que su ondra creçe tanto! [601]
En la ondra que él ha   nos seremos abiltados; [602]
por tan biltadamientre [603]   vençer reyes del campo,
como si los fallasse muertos   aducirse los cavallos,
por esto que él faze   nós abremos enbargo." [604]   1865

100

Fabló el rrey don Alfonso   e dixo esta razón:
"¡Grado al Criador   e al señor sant Esidro el de León!
Estos dozientos cavallos   quem' enbía Mio Çid,
mio reino adelant   mejor me podrá servir.
A vós, Minaya Albar Fáñez,   e a Pero Vermúez aquí, [605]   1870
(f. 38 v.) mandó vos los cuerpos   ondradamientre servir e
                                                        [vestir
e guarnirvos de todas armas   como vós dixiéredes aquí, [606]
que bien parescades   ante Ruy Díaz Mio Çid;
dóvos III cavallos   e prendedlos aquí.
Assí como semeja   e la veluntad me lo diz,   1875
todas estas nuevas   a bien abrán de venir."

---

[600] *aparte davan salto*: se apartaron.

[601] García Ordóñez y sus parientes, que forman claramente el bando hostil al Cid, temen que el favor hacia el desterrado les perjudique.

[602] *abiltados*: afrentados.

[603] *biltadamientre*: vilmente.

[604] *enbargo*: daño.

[605] El rey en agradecimiento a los regalos del Cid da a Minaya y a Vermúdez atavíos y armas.

[606] *como vos dixiéredes aquí*: como mandéis ahora.

101

Besáronle las manos   e entraron a posar;
bien los mandó servir   de quanto huebos han.
De los ifantes de Carrión   yo vos quiero contar,
fablando en su conssejo,   aviendo su poridad: [607]   1880
"Las nuevas del Çid   mucho van adelant,
demandemos sus fijas   pora con ellas casar;
creçremos en nuestra ondra   e iremos adelant." [608]
Vinién al rey Affonsso   con esta poridad:

102

"Merçed vos pidimos   como a rey e señor natural;   1885
con vuestro conssejo   lo queremos fer nós,
que nos demandedes   fijas del Campeador;
casar queremos con ellas   a su ondra e a nuestra pro."
Una grant ora   el rey penssó e comidió: [609]
"Hyo eché de tierra   al buen Campeador   1890
e fáziendo yo ha él mal,   e él a mí grand pro,
del casamiento   non sé sis' abrá sabor;
mas pues bós lo queredes,   entremos en la razón." [610]
A Minaya Albar Fáñez   e a Pero Vermúez
el rey don Alfonsso   essora los llamó,   1895

---

[607] *fablando en su conssejo,   aviendo su poridad*: aconsejándose y hablando en secreto.

[608] El objetivo de los infantes al querer casarse con las hijas del Cid es aumentar su honra y posesiones, motivación perfectamente normal en la época y compartida por el rey (vv. 1905, 2077), Minaya (v. 1929), y las mismas hijas del Cid (v. 2195).

[609] *Una grant ora   el rey penssó e comidió*: durante un buen rato el rey pensó y meditó.

[610] *entremos en la razón*: iniciemos las negociaciones.

(f. 39 r.) a una quadra[611]   ele los apartó:

"Oídme, Minaya,   e vós, Per Vermúez,

sírvem' mío Çid   el Campeador,

él lo merece/   e de mí abrá perdón;   1898b-1899

viniéssem' a vistas[612]   si oviesse dent sabor.   1899b

Otros mandados   ha en esta mi cort: 1900

Diego e Ferrando,   los ifantes de Carrión

sabor han de casar   con sus fijas amas a dos.

Sed buenos menssageros,   e ruégovoslo yo

que ge los digades   al buen Campeador,

abrá í ondra   e creçrá en onor,[613]   1905

por conssagrar[614]   con los ifantes de Carrión."

Fabló Minaya   e plogó a Per Vermúez:

"Rogárgelo emos   lo que dezides vós;

después faga el Çid   lo que oviere sabor."

"Dezid a Ruy Díaz,   el que en buen ora nasco,   1910

quel' iré a vistas   dó fuere aguisado;

dó él dixiere,   í sea el mojón,[615]

andarle quiero   a Mio Çid en toda pro."[616]

Espidíensse al rey,   con esto tornados son,

van pora Valençia   ellos e todos los sos.   1915

Quando lo sopo   el buen Campeador,

apriessa cavalga,   a reçebirlos salió,

sonrisós' Mio Çid   e bien los abraçó:

---

[611] *quadra*: cuarto.

[612] *vistas*: reuniones para tratar de un asunto, aquí del rey con sus nobles.

[613] *abrá í ondra   e creçrá en onor*: tendrá honra y aumentará su hacienda.

[614] *conssagrar*: emparentar.

[615] *mojón*: lugar prefijado para una entrevista.

[616] *andarle quiero   a Mio Çid en toda pro*: Quiero hacer todo lo que sea bueno para él.

"¿Venides, Minaya,   e vos, Pero Vermúez?
En pocas tierras   á tales dos varones.   1920
¿Cómo son las saludes   de Alfonsso mio señor?
(f. 39 v.) ¿Si es pagado   o reçibió el don?"
Dixo Minaya: "D'alma e de coraçón,
es pagado   e davos su amor." [617]
Dixo Mio Çid: "¡Grado al Criador!"   1925
Esto diziendo,   conpieçan la razón,
lo quel' rogava   Alfonsso el de León
de dar sus fijas   a los ifantes de Carrión,
quel' conosçié í ondra   e creçié en onor,
que ge lo conssejava   d'alma e de coraçón.   1930
Quando lo oyó Mio Çid   el buen Campeador,
una grand ora   penssó e comidió:
"Esto gradesco a Christus   el mio señor.
Echado fu de tierra   e tollida la onor, [618]
con grand afán gané   lo que he yo.   1935
A Dios la gradesco   que del rey he su graçia,
e pídenme mis fijas   pora los ifantes de Carrión.
Ellos son mucho urgullosos   e an part en la cort, [619]
d'este casamiento   non avría sabor, [620]
mas pues lo conseja   él que más vale que nós, [621]   1940
fablemos en ello,   en la poridad seamos nós.
Afé Dios del çielo   que nos acuerde en lo mijor."
"Con todo esto,   a vós dixo Alfonsso

---

[617] *es pagado   e davos su amor*: os agradece y os restaura su favor.

[618] *Echado fu de tierra   e tollida la onor*: fui desterrado y confiscado mi patrimonio.

[619] *an part en la cort*: forman parte de la corte.

[620] *non avría sabor*: no sería de mi agrado.

[621] *él que más vale que nós*: el que es más noble y honrado que yo.

que nos vernié a vistas   dó oviéssedes sabor;
querervos ie ver   e darvos su amor,   1945
acordarvos íedes después   a todo lo mejor."
(f. 40 r.) Essora dixo el Çid: "Plazme de coraçón."
"Estas vistas   ¿ó las ayades vós?"
Dixo Minaya: "Vós sed sabidor."
"Non era maravilla   si quissiese el rey Alfonsso,   1950
fasta dó lo fallássemos   buscar lo iremos nós,
por darle grand ondra   como a rey de tierra;
mas lo que él quisiere,   esso queramos nós.
Sobre Tajo,   que es una agua cabdal,
ayamos vistas   quando lo quiere mío señor."   1955
Escribién cartas,   bien las selló,
con dos cavalleros   luego las enbió:
lo que el rey quisiere,   esso ferá el Campeador.

103

Al rey ondrado   delant le echaron [622] las cartas;
quando las vió   de coraçón se paga: 1960
"Saludadme a Mio Çid,   el que en buen ora çinxó espada;
sean las vistas   d'estas III semanas;
s' yo bivo só,   allí seré sin falla."
Non lo detardan,   a Mio Çid se tornavan.
D'ella part e d'ella [623]   pora las vistas se adobavan. 1965
¡Quién vio por Castiella   tanta mula preçiada,
e tanto palafré   que bien anda,
cavallos gruessos   e corredores sin falla,
tanto buen pendón   meter en buenas astas,

---

[622] *echaron*: presentaron.
[623] *D'ella part e d'ella*: de todas partes.

escudos blocados [624]   con oro e con plata,   1970
mantos e pieles   e buenos çendales d'A[n]dria!
(f. 40 v.) Conduchos largos   el rey enbiar mandava
a las aguas de Tajo   ó las vistas son aparejadas. [625]
Con el rey   atantas buenas compañas.
Los ifantes de Carrió[n]   mucho alegres andan,   1975
lo uno adebdan   e lo otro pagavan;
como ellos tenién,   creçerles ía la gana[n]çía,
quantos quisiessen   averes d'oro o de plata.
El rey don Alfonso   apriessa cavalgava,
cuendes e podestades   e muy grandes mesnadas.   1980
Los ifantes de Carrión   lievan grandes conpañas.
Con el rey van leoneses   e mesnadas galizianas,
non son en cuenta,   sabet, las castellanas.
Sueltan las riendas,   a las vistas se van adeliñadas.

104

Dentro en Valençia   Mio Çid el Campeador   1985
non lo detarda,   pora las vistas se adobó;
¡tanta gruessa mula   e tanto palafré de sazón, [626]
tanta buena arma   e tanto buen cavallo corredor,
tanta buena capa,   e mantos e pelliçones!;
chicos e grandes [627]   vestidos son de colores.   1990
Minaya Albar Fáñez   e aquel Pero Vermúez,
Martín Muñoz e Martín Antolínez,   el burgalés de pro,
el obispo don Jerónimo,   coranado mejor,

---

[624] *blocados*: con bloca, que era una guarnición de metal situada en el centro del escudo.
[625] *aparejadas*: preparadas.
[626] *sazón*: excelente.
[627] *chicos e grandes*: todos.

Alvar Álvarez   e Alvar Savádorez,
Muño Gustioz,   el cavallero de pro,   1995
Galínd Garçíaz,   el que fue de Aragón,
éstos se adovan   por ir con el Campeador,
(f. 41 r.) e todos los otros   que í son
Alvar Salvadórez   e Galind Garçíaz el de Aragón,
a aquestos dos   mandó el Campeador   2000
que curien a Valençia /   d'alma e de coraçón,   2000b-2001
e todos los que en poder   d'éssos fossen;   2001b
las puertas del alcáçar   que non se abriessen de día nin de noch,
dentro es su mugier   e sus fijas amas a dos,
en que tiene su alma   e su coraçón,
e otras dueñas   que las sirven a su sabor;   2005
recabdado ha,[628]   como tan buen varón,
que del alcáçar   una salir non puede,
fata ques' torne   el que en buen ora nasco.
Salién de Valençia,   aguijan e espolonavan,
tantos cavallos en diestro,[629]   gruessos e corredores,   2010
Mio Çid se los ganara,   que non ge los dieran en don.
Hyas' va pora las vistas   que con el rey paró.
De un día es llegado antes   el rey don Alfonsso.
Quando vieron que vinié   el buen Campeador,
reçebirlo salen   con tan grand onor.   2015
Dón lo ovo a ojo   el que en buen ora nasco,
a todos los sos   estar[630] los mandó,
si non[631] a estos cavalleros   que querié de coraçón;
con unos XV   a tierras' firió,

---

[628] *recabdado ha*: el Cid lo ha arreglado.

[629] *cavallos en diestro*: corceles.

[630] *estar*: parar.

[631] *si non*: excepto.

como lo comidía [632]   el que en buen ora naçió,   2020
los inojos e las manos   en tierra los fincó, [633]
las yerbas del campo   a dientes las tomó,
(f. 41 v.) llorando de los ojos,   tanto avié el gozo mayor;
así sabe dar omildança   a Alfonsso so señor.
De aquesta guisa   a los pies le cayó.   2025
Tan grand pesar ovo   el rey don Alfonsso:
"¡Levantados en pie,   ya Çid Campeador!,
besad las manos,   ca los pies no;
si esto no feches,   non avredes mi amor!"
Hinojos fitos   sedié el Campeador: [634]   2030
"¡Merçed vos pido a vós,   mio natural señor,
assí estando,   dédesme vuestra amor,
que lo oyan   quantos aquí son!"   2032b
Dixo el rey: "Esto féré d'alma e de coraçón!
Aquí vos perdono   e dovos mi amor,
en todo mío reino   parte desde oy."   2035
Fabló Mío Çid   e dixo merçed:
"Yo lo reçibo,   don Alfonsso mio señor;   2036b
gradéscolo a Dios del çielo   e después a vós,
e a estas mesnadas   que están a derredor."
Hinojos fitos   las manos le besó,
levós' en pie   e en la bocal' saludó. [635]   2040

---

[632] *como lo comidía*: como lo había planeado.

[633] Como antes sus vasallos en su nombre, Rodrigo se arrodilla ante su rey y besa la tierra siguiendo el procedimiento ya comentado y que aquí se visualiza al tomar la hierba entre los dientes. Véanse vv. 1318-1320 y 1841-1844.

[634] *Hinojos fitos   sedié el Campeador:* El Campeador permanecía arrodillado.

[635] *Levós' en pie   e en la bocal' saludó*: se levantó y le besó en la boca. El Cid recibe el honor y procede a besarle la mano en señal de vasallaje y la boca en señal de paz.

Todos los demás   d'esto avíen sabor;
pesó a Alvar Díaz   e a Garci Ordóñez.
Fabló Mio Çid   e dixo esta razón:
"Esto gradesco   al Criador   2043b
quando he la graçia   de don Alfonsso mio señor;
valerme á Dios   de día e de noch.   2045
Fuéssedes mi huésped,   si vos plogiesse, señor."
Dixo el rey: "Non es aguisado oy:
(f. 42 r.) vós agora llegastes,   e nós viniemos anoch;
mio huésped seredes,   Çid Campeador,
e cras feremos   lo que plogiere a vós."   2050
Besóle la mano,   Mio Çid lo otorgó.
Essora se le omillan   los ifantes de Carrión:
"Omillámosnos, Çid,   ¡en buen ora nasquiestes vós!
En quanto podemos,   andamos en vuestro pro."
Respuso Mio Çid: "¡Assí lo mande el Criador!" 2055
Mio Çid Ruy Díaz,   que en buen ora nasco,
en aquel día   del rey so huésped fue;
non se puede fartar d'él,[636]   tantol' querié de coraçón;
catándol' sedié la barba,   que tan ainal' creçiera.
Maravíllanse de Mio Çid   quantos que í son. 2060
Es' día es passado,   e entrada es la noch;
otro día mañana,   claro salié el sol,
el Campeador   a los sos lo mandó
que adobassen cozina[637]   para quantos que í son;
de tal guisa los paga[638]   Mio Çid el Campeador, 2065
todos eran alegres   e acuerdan en una razón,
passado avié III años   non comieran mejor.

---

[636] *non se puede fartar d'él*: no puede dejar de mirarlo.
[637] *cozina*: comida.
[638] *de tal guisa los paga*: de ese modo los agasaja.

Al otro día mañana,   assí como salió el sol,
el obispo don Iherónimo   la missa cantó.
Al salir de la missa   todos juntados son,   2070
non lo tardó el rey,   la razón compeçó:
"Oídme, las escuellas,   cuendes e ifançones,
(f. 42 v.) cometer [639] quiero un ruego   a Mio Çid el
                                                    [Campeador;
así lo mande Christus   que sea a so pro.
Vuestras fijas vos pido,   don Elvira e doña Sol, [640]   2075
que las dedes [641] por mugieres   a los ifantes de Carrión.
Seméjam' el casamiento   ondrado e con grant pro,
ellos vos las piden   e mándovoslo yo.
D'ella e d'ella parte, [642]   quantos que aquí son,
los mios e los vuestros   que sean rogadores; [643]   2080
¡dándoslas, Mio Çid,   si vos vala el Criador!"
"Non abría fijas de casar",   respuso el Campeador,
"ca non han grant hedand [644]   e de días pequeñas son.
De grandes nuevas [645] son   los ifantes de Carrión,
perteneçen pora mis fijas   e aun pora mejores.   2085
Hyo las engendré amas   e criásteslas vós,
entre yo y ellas   en vuestra merçed somos nós,
aféllas en vuestra mano [646]   don Elvira e doña Sol,

---

[639] *Cometer*: proponer.

[640] La petición era el primer trámite del matrimonio y estaba a cargo del novio o de sus padres. En este caso la hace el rey porque cumple con la obligación feudal que tiene el señor de casar a sus vasallos. Véase nota 582.

[641] *dedes*: deis.

[642] *D'ella e d'ella parte*: de los dos bandos.

[643] *rogadores*: intermediarios, casamenteros.

[644] *hedand*: edad.

[645] *De grandes nuevas*: de gran linaje.

[646] *aféllas en vuestra mano*: las tenéis en vuestro poder. El Cid pone simbólicamente a sus hijas en poder del rey para que las case con quien quiera.

dadlas a qui quisiéredes vós,   ca yo pagado só." [647]

"Graçias", dixo el rey,   "a vós e a tod esta cort."   2090

Luego se levantaron   los ifantes de Carrión,

ban besar las manos   al que en ora buena naçió;

camearon [648] las espadas   ante'l rey don Alfonsso. [649]

Fabló el rey don Alfonso   como tan buen señor:

"Grado e graçias, Çid,   como tan bueno, e primero al

[Criador 2095

(f. 43 r.) quem' dades vuestras fijas   pora los ifantes de Carrión.

D'aquí las prendo por mis manos [650]   don Elvira e doña Sol,

e dólas por veladas [651]   a los ifantes de Carrión.

Hyo las caso a vuestras fijas   con vuestro amor, [652]

al Criador plega   que ayades ende sabor.   2100

Aféllos en vuestras manos   los ifantes de Carrión, [653]

ellos vayan convusco,   ca d'aquén me torno yo.

Trezientos marcos de plata   en ayuda les dó yo,

---

[647] *ca yo pagado só*: que yo estoy de acuerdo.

[648] *camearon*: cambiaron.

[649] Los infantes al besar la mano del Cid y cambiar las espadas cierran la alianza con él y se convierten en sus vasallos. Las espadas son el objeto que simboliza el vínculo de fidelidad contraído.

[650] *D'aquí las prendo por mis manos*: el rey acepta simbólicamente a las hijas para desposarlas con los infantes, porque la entrega o *traditio*. La *traditio* era el segundo trámite del matrimonio. No requería la presencia de los desposados, en cuyo caso era simbólica como ocurre aquí.

[651] *veladas*: mujeres legítimas. Alude a la ceremonia religiosa. Los fueros municipales diferencian entre matrimonios de bendiciones, que eran los sancionados por Iglesia, y matrimonios de barraganía, que eran una legitimación del concubinato sin sanción eclesiástica.

[652] *amor*: consentimiento.

[653] El rey pone a los infantes en poder del Cid, es decir, ratifica vínculo de vasallaje. Lo repite en vv. 2105 y 2122.

que metan[654] en sus bodas   o dó quisiéredes vós;
pues fueren[655] en vuestro poder   en Valençia la mayor,   2105
los yernos e las fijas   todos vuestros fijos son;
lo que vos plogiere,   d'ellos fer Campeador."
Mio Çid ge los reçibe,   las manos le besó.
"¡Mucho vos lo gradesco,   como a rey e a señor!
Vós casades mis fijas,   ca non ge las dó yo."   2110
Las palabras son puestas que otro día mañana /   quando
                                               [salié el sol,   2111-2112
ques' tornasse cada uno   dón salidos son.   2112b
Aquís' metió en nuevas[656]   Mio Çid el Campeador;
tanta gruessa mula   e tanto palafré de sazón,
compeçó Mio Çid a dar   a quien quiere prender so don,   2115
tantas buenas vestiduras   que d' alfaya[657] son,
cada uno lo que pide,   nadi nol' dize de no.
Mio Çid de los cavallos   LX dio en don.
(f. 43 v.) Todos son pagados de las vistas   quantos que í son,
partir se quieren,   que entrada era la noch.   2120
El rey a los ifantes   a las manos les tomó,
metiólos en poder   de Mio Çid el Campeador:
"Evad aquí vuestros fijos,   quando vuestros yernos son;
oy de más sabed   qué fer d'ellos, Campeador."
"Gradéscolo, rey,   e prendo vuestro don,   2125
Dios que está en çielo   dem' dent buen galardón."
Sobr'el so cavallo Bavieca   Mio Çid salto dava:

---

[654] *metan*: gasten.

[655] *pues fueren*: después estén.

[656] *Aquís metió en nuevas*: con esto se hizo famoso. Se refiere a que su generosidad dio mucho que hablar.

[657] *d'alfaya*: preciadas.

"Aquí lo digo   ante mio señor el rey Alfonsso:
qui quiere ir comigo a las bodas,   o reçebir mi don,
d'aquend vaya comigo;   cuedo [658] quel' avrá pro.   2130

105

Yo vos pido merçed   a vós, rey natural:
pues que casades mis fijas,   así como a vós plaz,
dad manero [659] a qui las dé,   quando vós las tomades,
non ge las daré yo con mi mano,   nin de[n]d non se
                                        [alabarán." [660]
Respondió el rey: "Afé aquí Albar Fáñez,   2135
préndellas con vuestras manos [661]   e daldas a los ifantes,
assí como yo las prendo d'aquent,   commo si fosse delant,
sed padrino d'ellos   a tod el velar,
quando vos juntáredes comigo,   quem' digades la verdat."
Dixo Albar Fáñez: "Señor, afé que me plaz."   2140

106

Tod esto es puesto,   sabed, en grant recabdo.
"Hya rey don Alfonsso,   señor tan ondrado,
(f. 44 r.) d'estas vistas que oviemos,   de mí tomedes algo.
Tráyovos XX palafrés,   éstos bien adobados,
e XXX cavallos corredores,   éstos bien enssellados;   2145
tomad aquesto,   e beso vuestras manos."
Dixo el rey don Alfonsso: "Mucho me avedes embargado. [662]

---

[658] *cuedo*: pienso.

[659] *manero*: representante del rey.

[660] El Cid se niega a casar a sus hijas dejando la responsabilidad al rey.
También en v. 2204. Esto es ya un indicio de que las cosas irán mal, pues
el Cid había prometido a su mujer que las casaría con sus manos en v. 282b.

[661] *préndellas con vuestras manos*: tomadlas en vuestro poder.

[662] *embargado*: abrumado.

Reçibo este don   que me avedes mandado;
plega al Criador   con todos los sos sanctos,
este plazer / quem' feches   que bien sea galardonado.

[2149b-2150

Mio Çid Ruy Díaz,   mucho me avedes ondrado,
De vos bien só servido,   e tengo[m]' por pagado;
aún bivo seyendo, [663]   de mí ayades algo.
A Dios vos acomiendo,   d'estas vistas me parto.
¡Afé Dios del çielo,   que lo ponga en buen logar!"   2155

107

Hyas' espidió Mio Çid   de so señor Alfonsso,
non quiere quel' escur[r]a, [664]   quitol' dessí luego. [665]
Veriedes cavalleros   que bien andantes son,
besar las manos,   espedirse del rey Alfonsso:
"Merçed vos sea   e fazednos este perdón: [666]   2160
hiremos en poder de Mio Çid   a Valençia la mayor;
seremos a las bodas   de los ifantes de Carrión
he de las fijas de Mio Çid,   de don Elvira e doña Sol."
Esto plogó al rey,   e a todos los soltó; [667]
la conpaña del Çid creçe,   e la del rey meng[u]ó.   2165
(f. 44 v.) Grandes son las yentes   que van con el Campeador,
adeliñan pora Valençia,   la que en buen punto ganó.
E a don Fernando e a don Diego   aguardarlos mandó

---

[663] *aún bivo seyendo*: si vivo.

[664] *escur[r]a*: escolte.

[665] *quitol' dessí luego*: se fue de allí en seguida.

[666] *perdón*: licencia. Los vasallos tenían la obligación de despedirse del señor formalmente para no recaer en su ira. Compárese con v. 1252.

[667] *los soltó*: les dio permiso. El rey da la venia a sus caballeros para que se vayan sin infringir la relación vasallática.

a Pero Vermúez   e Muño Gustioz;
en casa de Mio Çid   non á dos mejores,   2170
que sopiessen sos mañas⁶⁶⁸   de los ifantes de Carrión.
E va í Asur Gonçález,   que era bullidor,⁶⁶⁹
que es largo de lengua,⁶⁷⁰   mas en lo ál non es tan pro.
Grant ondra les dan   a los ifantes de Carrión.
Afélos en Valençia,   la que Mio Çid ganó.   2175
Quando a ella assomaron   los gozos son mayores.
 Dixo Mio Çid a don Pero   e a Muño Gustioz:
"Dadles un reyal⁶⁷¹   a los ifantes de Carrión,
vós con ellos sed,   que assí vos lo mando yo.
Quando viniere la mañana,   que apuntare el sol,   2180
verán a sus esposas,   a don Elvira e a doña Sol."

108

Todos essa noch   fueron a sus posadas,
Mio Çid el Campeador   al alcáçar entrava;
reçibiólo donna Ximena   e sus fijas amas:
"¿Venides, Campeador?   ¡En buena ora çinxiestes espada! 2185
Muchos días vos veamos   con los ojos de las caras."
"¡Grado al Criador,   vengo, mugier ondrada!
Hyernos vos adugo   de que avremos ondrança;⁶⁷²
¡gradídmelo, mis fijas,   ca bien vos he casadas!"

---

⁶⁶⁸ *que sopiessen sos mañas*: que se enteresasen de sus costumbres.

⁶⁶⁹ *bullidor*: bullanguero, insolente.

⁶⁷⁰ *largo de lengua*: hablador.

⁶⁷¹ *reyal*: alojamiento.

⁶⁷² El Cid anuncia los matrimonios sin haber antes obtenido el consentimiento de su mujer y el de sus hijas, que debía haber sido requerido previamente según la ley.

(f. 45 r.) Besáronle las manos   la mugier e las fijas amas,   2190
e todas las dueñas   que las sirven:
"¡Grado al Criador   e a vós, Çid, barba vellida!
Todo lo que vós feches   es de buena guisa; [673]
non serán menguadas   en todos vuestros días." [674]
"Quando vós nos casáredes   bien seremos ricas."   2195

"Mugier doña Ximena,   grado al Criador,
a vós digo mis fijas,   don Elvira e doña Sol,
d'este vu[e]stro casamiento   creçremos en onor,
mas bien saber verdat   que non lo levanté yo: [675]
pedidas vos ha e rogadas   el mio señor Alfonsso,   2200
a tan firmemientre   e de todo coraçón
que yo nulla cosa   nol' sope dezir de no. [676]
Metivos en sus manos, [677]   fijas, amas a dos;
bien me lo creades,   que él vos casa, ca non yo."

III

Penssaron de adobar   essora el palaçio,   2205
por el suelo e suso   tan bien encortinado,
tanta pórpola [678] e tanto xámed [679]   e tanto paño preciado.

---

[673] *es de buena guisa*: está bien hecho.

[674] *non serán menguadas   en todos vuestros días*: no les faltará nada mientras vivas.

[675] *mas bien saber verdat   que non lo levanté yo*: pero sabed la verdad, que yo no lo propuse.

[676] *que yo nulla cosa   nol' sope dezir de no*: que yo no se lo supe negar.

[677] *Metivos en sus manos*: os puse bajo su poder.

[678] *pórpola*: tela de seda púrpura.

[679] *xámed*: tela de satén.

Sabor abriedes de ser   e de comer en el palaçio.

Todos sus cavalleros   apriessa son juntados;

por los ifantes de Carrión   essora enbiaron,   2210

cavalgan los ifantes,   adelant adeliñavan al palaçio,

con buenas vestiduras   e fuertemientre adobados, [680]

de pie e a sabor, [681]   ¡Dios, qué quedos [682] entraron!

(f. 45 v.) Reçibiólos Mio Çid   con todos sus vasallos,

a él e a su mugier   delant se le omillaron   2215

e ivan posar   en un preçioso escaño.

Todos los de Mio Çid   tan bien son acordados,

están parando mientes [683]   al que en buen ora nasco.

El Campeador   en pie es levantado:

"Pues que a fazer lo avemos,   ¿por qué lo imos tardando?   2220

¡Venit acá, Albar Fáñez,   el que yo quiero e amo!

Afé amas mis fijas,   métolas en vuestra mano;

sabedes que al rey   assí ge lo he mandado,

no lo quiero fallir por nada   de quanto a í parado;

a los ifantes de Carrión   dadlas con vuestra mano,   2225

e prendan bendiçiones   e vayamos recabdando." [684]

Esto dixo Minaya: "Esto faré yo de grado."

Levántanse derechas   e metiógelas en mano.

A los ifantes de Carrión   Minaya va fablando:

"Afévos delant Minaya,   amos sodes hermanos.   2230

Por mano del rey Alfonsso,   que a mí lo ovo mandado, [685]

---

[680] *fuertemientre adobados*: ricamente ataviados.

[681] *a sabor*: debidamente.

[682] *quedos*: contentos.

[683] *parando mientes*: mirando con atención.

[684] *recabdando*: acabando.

[685] Ritual de las bodas que consiste en la *traditu in mano* (entrega), llevada a cabo por Alvar Fáñez, por la que las novias son dadas a los esposos. A esto sigue la ceremonia religiosa.

dovos estas dueñas,   amas son fijasdalgo,
que las tomássedes por mugieres   a ondra e a recabdo." [686]
Amos las reçiben   d'amor e de grado, [687]
a Mio Çid e a su mugier   van besar la mano.   2235
Quando ovieron aquesto fecho   salieron del palaçio,
pora Sancta María   apriessa adeliñando.
(f. 46 r.) El obispo don Iherónimo   vistios' tan privado, [688]
a la puerta de la eclegia   sedíellos sperando, [689]
dióles bendictiones,   la missa á cantado.   2240
Al salir de la ecclegia   cavalgaron tan privado,
a la glera de Valençia   fuera dieron salto;
¡Dios, que bien tovieron armas   el Çid e sus vassallos!
Tres cavallos cameó   el que en buen ora nasco.
Mio Cid de lo que veié   mucho era pagado.   2245
Los ifantes de Carrión   bien an cavalgado.
Tórnanse con las dueñas,   a Valençia an entrado;
ricas fueron las bodas   en el alcáçar ondrado
e al otro día fizo Mio Çid   fincar VII tablados;
antes que entrassen a yantar   todos los quebrantaron. 2250
Quinze días complidos   duraron en las bodas,
hya çerca de los XV días   yas' van los fijosdalgo.
Mio Çid don Rodrigo,   el que en buen ora nasco,
entre palafrés e mulas   e corredores cavallos,
en bestias sines ál [690]   C son mandados;   2255
mantos e pelliçones   e otros vestidos largos; [691]

---

[686] *a ondra e a recabdo*: honradas y legítimas.

[687] *d'amor e de grado*: de libre voluntad.

[688] *vistios' tan privado*: se puso las vestiduras en seguida.

[689] Desde fines del s. XII la ceremonia de las bendiciones se celebraba a la puerta de la iglesia (*in faccie ecclesiae*) en el rito hispano.

[690] *bestias sines ál*: otros animales para montar o de carga.

[691] *largos*: numerosos.

non fueron en cuenta[692]   los averes monedados.

Los vassallos de Mio Çid,   assí son acordados,

cada uno por sí   sos dones avién dados.

Qui aver quiere prender   bien era abastado.   2260

(f. 46 v.) Ricos tornan a Castiella   los que a las bodas llegaron.

Hyas' ivan partiendo   aquestos ospedados,

spidiéndos' de Ruy Díaz,   el que en buen ora nasco,

e a todas las dueñas   e a los fijosdalgo;

por pagados se parten   de Mio Çid e de sus vassallos.   2265

Grant bien dizen d'ellos,   ca será aguisado.

Mucho eran alegres   Diego e Ferrando;

estos fueron fijos   del conde don Gonçalo.[693]

Venidos son a Castiella   aquestos ospedados,

el Çid e sos hyernos   en Valençia son rastados.   2270

Hí moran los ifantes   bien cerca de dos años,

los amores que les fazen   mucho eran sobejanos.

Alegre era el Cid   e todos sus vassallos.

¡Plega a Sancta María   e al Padre Sancto

ques' pag[u]e des' casamiento Mio Çid   o el que lo

                                        [[ovo] algo!   2275

Las coplas d'este cantar   aquís' van acabando.

¡El Criador vos valla   con todos los sos sanctos!

---

[692] *non fueron en cuenta*: fueron innumerables.

[693] *estos fueron fijos   del conde don Gonçalo:* se ha identificado tradicionalmente a este Gonzalo con Gonzalo Ansúrez, hermano de Pedro Ansúrez. Sin embargo, Gonzalo no tuvo ningún hijo con esos nombres. Hay que recordar, de todos modos, que nada de lo relacionado con los infantes de Carrión responde a la realidad histórica.

CANTAR TERCERO

112

En Valençia seyé [694] Mio Çid   con todos sus vassallos,
con él amos sus yernos   los ifantes de Carrión.
Yaziés' en un escaño,   durmié el Campeador,   2280
mala sobrevienta, [695]   sabet, que les cuntió: [696]
salios' de la red   e desatós' el león.
En grant miedo se vieron   por medio de la cort;
enbraçan los mantos   los del Campeador,
e çercan el escaño   e fincan sobre so señor.   2285
(f. 47 r.) Ferrán Gonçález non vio allí dós'alçasse, [697]   nin
                        [camara abierta nin torre,
metios' so'l escaño,   tanto ovo el pavor.
Diego Gonçález   por la puerta salió,
diziendo de la boca: "¡Non veré Carrión!"
Tras una viga lagar   metios' con grant pavor,   2290
el manto e el brial [698]   todo suzio lo sacó.
En esto despertó   el que en buen ora nació;

---

[694] *seyé*: estaba.

[695] *sobrevienta*: susto.

[696] *cuntió*: ocurrió.

[697] *dós'alçasse*: dónde esconderse.

[698] *brial*: túnica.

vio çercado el escaño   de sus buenos varones:
"¿Qué's esto, mesnadas,   o qué queredes vós?"
"¡Hya señor ondrado,   rebata[699] nos dio el león!"   2295
Mío Çid fincó el cobdo,   en pie se levantó,
el manto trae al cuello,   e adeliñó pora[l] león;
el león cuando lo vió,   assí envergonçó,
ante Mio Çid la cabeza premió   e el rostro fincó.
Mio Çid don Rodrigo   al cuello lo tomó,   2300
e liévalo adestrando,[700]   en la red le metió.
A maravilla lo han   quantos que í son,
e tornáronse al palaçio   pora la cort.
Mio Çid por sos yernos   demandó e no los falló;
mager los están llamando,   ninguno non responde.   2305
Quando los fallaron e ellos vinieron,   assí vinieron sin color;
non viestes tal guego[701]   como iva por la cort;
mandólo vedar   Mio Çid el Campeador.
Muchos' tovieron por enbaídos[702]   los ifantes de Carrión;
fiera cosa les pesa   d'esto que les cuntió.   2310

113

Ellos en esto estando,   dón avién grant pesar,
(f. 47 v.) fuerças de Marruecos   Valençia vienen çercar,
cinquaenta mill tiendas   fincadas ha de las cabdales;
aqueste era el rey Búcar,[703]   sil' oviestes contar.

_____

[699] _rebata_: sobresalto.

[700] _adestrando_: llevando con la mano derecha.

[701] _guego_: burla. Estas burlas podían considerarse un delito de injuria verbal. Si las víctimas no exigían reparación por medio del duelo quedaban deshonradas.

[702] _enbaídos_: injuriados.

[703] _Búcar_: puede aludir al rey Abu Bakr Ibn Ibahim al-Latmuni.

Alegrávas' el Çid   e todos sus varones,   2315
que les creçe la ganançia,   grado al Criador,
mas, sabed, de cuer les pesa   a los ifantes de Carrión
ca veién tantas tiendas de moros   de que non avié[n] sabor.
Amos hermanos   apart salidos son:
"Catamos la ganançia   e la pérdida no,   2320
ya en esta batalla   a entrar abremos nós;
esto es aguisado   por non ver Carrión.
Bibdas [704] remandrán   fijas del Campeador."
Oyó la poridad   aquel Muño Gustioz,
vino con estas nuevas   a Mio Çid Ruy Díaz el Campeador: 2325
"Evades qué pavor han   vuestros yernos tan osados,
por entrar en batalla   desean Carrión.
Hidlos conortar, [705]   ¡si vos vala el Criador!,
que sean en paz   e non ayan í raçión. [706]
Nós convusco la vencremos,   e valernos ha el Criador." 2330
Mio Çid don Rodrigo   sonrivando salió:
"¡Dios vos salve, yernos,   ifantes de Carrión!,
en braços tenedes mis fijas, [707]   tan blancas como el sol.
Hyo desseo lides,   e vos a Carrión;
en Valençia folgad   a todo vuestro sabor,   2335
ca d'aquellos moros   yo só sabidor;
arrancármelos trevo [708]   con la merçed del Criador." [709]

---

[704] *Bibdas*: viudas.

[705] *conortar*: confortar.

[706] *e non ayan í raçión*: y no tengan parte en ella.

[707] *en braços tenedes mis fijas*: alude a las recientes bodas.

[708] *trevo*: atrevo.

[709] Tras este verso falta un folio que M. Pidal reconstruye a partir de las crónicas. Los infantes, avergonzados dicen querer luchar y Fernando pide los primeros golpes. En cuanto se enfrenta con un moro escapa preso del pánico, Vermúdez lo mata y le da el caballo para que parezca que lo ha matado él.

(f. 48 r.) "...aún vea el ora   que vos meresca dos tanto." [710]

En una conpaña   tornados son amos.

Assí lo otorga don Pero   cuemo se alaba Ferrando.   2340

Plogó a Mio Çid   e a todos sos vassallos:

"Aún si Dios quisiere   e el padre que está en alto,

amos los míos yernos   buenos serán en ca[m]po."

Esto van diziendo   e las yentes se allegando,

en la ueste de los moros   los atamores sonando;   2345

a marav[i]lla lo avién muchos   d' essos christianos,

ca nunqua lo vieran,   ca nuevos son llegados.

Más se maravillan   entre Diego e Ferrando,

por la su voluntad   non serién allí llegados.

Oíd lo que fabló   el que en buen ora nasco: 2350

"Alá, Pero Vermúez,   el mío sobrino caro,

cúriesme a Diego   e cúriesme a don Fernando,

mios yernos amos a dos,   la cosa que mucho amo,

ca los moros, con Dios,   non fincarán en canpo."

"Hyo vos digo, Çid,   por toda caridad,   2355

que oy los ifantes   a mí por amo non abrán;

cúrielos quiquier,   ca d'ellos poco m'incal. [711]

Hyo con los mios   ferir quiero delant,

vós con los vuestros   firmemientre a la çaga tengades,

si cueta [712] fuere   bien me podredes huviar."   2360

---

[710] *dos tanto*: doblado.

[711] *cúrielos quiquier,   ca d'ellos poco m'incal*: que los cuide quien quiera, que a mí poco me importan.

[712] *cueta*: peligro.

Aquí llegó Minaya Albar Fáñez: "¡Oíd, ya Çid, Campeador
                                                          [leal!
Esta batalla   el Criador la ferá,
e vós tan diño   que con él avedes part.
Mandádno' los ferir   de quál part vos semejar,
(f. 48 v.) el debdo que á cada uno   a complir será.   2365
Verlo hemos con Dios   e con la vuestra auze."
Dixo Mio Çid: "Ayamos más de vagar."⁷¹³
Afévos el obispo don Iherónimo   muy bien armado,
parávas' delant al Campeador,   siempre con la buen auze.
"Oy vos dix' la missa   de Sancta Trinidade;   2370
por esso salí de mi tierra   e vin vos buscar,
por sabor que avía   de algún moro matar;
mi orden e mis manos   querríalas ondrar,
e a estas feridas⁷¹⁴   yo quiero ir delant;
pendón trayo a corças   e armas de señal,   2375
si plogiesse a Dios   querríalas ensayar,
mío coraçón   que pudiesse folgar,
e vós, Mio Çid,   de mí más vos pagar.
Si este amor non feches,   yo de vós me quiero quitar."
Essora dixo Mio Çid: "Lo que vos queredes plazme.   2380
Afé, los moros a ojo,   idlos ensayar.
Nós d'aquent veremos   como lidia el abbat!"

117

El obispo don Iherónimo   priso a espolonada⁷¹⁵
e ívalos ferir   a cabo del albergada.⁷¹⁶

---

⁷¹³ *Ayamos más de vagar*: hagamos las cosas con calma.
⁷¹⁴ *feridas*: los primeros golpes.
⁷¹⁵ *priso a espolonada*: lanzó la carga.
⁷¹⁶ *albergada*: campamento moro.

Por la su ventura   e Dios quel' amava   2385
a los primeros colpes   dos moros matava de la lança;
el astil á quebrado   e metió mano al espada.
Ensayávas' el obispo,   ¡Dios, qué bien lidiava!
Dos mató con lança   e V con el espada.
(f. 49 r.) Los moros son muchos,   derredor le çercavan, 2390
dávanle grandes colpes,   mas nol' falssan las armas.
El que en buen ora nasco   los ojos le fincava,
enbraçó el escudo   e abaxó el asta,
aguijó a Bavieca,   el cavallo que bien anda,
hívalos férir   de coraçón e de alma.   2395
En las azes primeras   el Campeador entrava,
abatió a VII   e a IIII matava.
Plogó a Dios,   aquesta fue el arrancada.
Mio Çid con los suyos   cae en alcança;
veriedes quebrar ta[n]tas cuerdas   e arrancarse las estacas 2400
e acostarse los tendales,   con huebras eran tantas.
Los de Mio Çid a los de Búcar   de las tiendas los sacan.

118
Sácanlos de las tiendas,   cáenlos en alcaz,
tanto braço con loriga   veríedes caer apart,
tantas cabeças con yelmos   que por el campo caen, 2405
cavallos sin dueños   salir a todas partes,
VII migeros[717] conplidos   duró el segudar.
Mio Çid al rey Búcar   cayól' en alcaz:
"¡Acá torna, Búcar!   Venist d'alent mar,
verte as con el Çid,   el de la barba grant,   2410
saludarnos hemos amos,   e tajaremos amista[d]."[718]

---

[717] *migeros*: millas.
[718] *tajaremos amista[d]*: entablaremos amistad.

Respuso Búcar al Çid: "¡Confonda Dios tal amistad!"
El espada tienes desnuda   en la mano e véot' aguijar;
así como semeja,   en mí la quieres ensayar.
(f. 49 v.) Mas si el cavallo non estropieça   o comigo non
[caye,   2415
non te juntarás comigo   fata dentro en la mar."
Aquí respuso Mio Çid: "Esto non será verdad."
Buen cavallo tiene Búcar   e grandes saltos faz,
mas Bavieca el de Mio Çid   alcançándolo va.
Alcançólo el Çid a Búcar   a tres braças[719] del mar,   2420
arriba alçó Colada,   un grant colpe dadol' ha,
las carbonclas del yelmo   tollidas ge la[s] ha.
Cortól' el yelmo   e librado todo lo hal,
fata la çintura   el espada llegado ha.
Mató a Búcar,   al rey de alén mar,   2425
e ganó a Tizón   que mil marcos d'oro val.
Vençió la batalla   maravillosa e grant.
Aquís' ondró mio Cid   e quantos con él son.

119

Con estas gananças   yas' ivan tornando;
sabet, todos de firme   robavan el campo.   2430
A las tiendas   eran llegados,
dó estava /   el que en buen ora nasco.   2431b-2432
Mio Çid Ruy Díaz,   el Campeador contado,
con dos espadas   que él preçiaba algo,
por la matança[720]   vinía tan privado,   2435

---

[719] *braças*: brazas. Una braza tenía 2 metros y medía la distancia entre los extremos de los brazos extendidos.

[720] *por la matança*: por el campo sembrado de muertos.

la cara fronzida   el almófar soltado,
cofia sobre los pelos   fronzida d'ella yaquanto.
Algo vie Mio Çid   de lo que era pagado,
alçó sos ojos,   esteva adelant catando,
e vio venir   a Diego e a Fernando;   2440
(f. 50 r.) amos son fijos   del conde don Gonçalo.
Alegrós' Mio Çid   fermoso sonrisando:
"Venides mios yernos,   mios fijos sodes amos;
sé que de lidiar   bien sodes pagados,
a Carrión de vós   irán buenos mandados,   2445
cómo al rey Búcar   avemos arrancado.
Como yo fio por Dios   e en todos los sos sanctos,
d'esta arrancada   nos iremos pagados."
Minaya Albar Fáñez   essora es llegado,
el escudo trae al cuello   e todo espad[ad]o [721]   2450
de los colpes de las lanças   non avié recabdo;
aquellos que ge los dieran   non ge lo avién logrado.
Por el cobdo ayuso   la sangre destellando;
de XX arriba   ha moros matado.
De todas partes   sos vassallos van llegando: 2455
"¡Grado a Dios   al padre que está en alto,
e a vós, Çid,   que en buen ora fuestes nado!
Matastes a Búcar   e arrancamos el canpo,
todos estos bienes   de vós son e de vuestros vasallos,
e vuestros yernos   aquí son ensayados,   2460
fartos de lidiar   con moros en el campo."
Dixo Mio Çid: "Yo d'esto so pagado;
quando agora son buenos,   adelant serán preçiados."
Por bien lo dixo el Çid,   mas ellos lo tovieron a mal.

_____

[721] *todo espad[ad]o*: trae el escudo todo lleno de tajos de espada.

(f. 50 v.) Todas las ganançias   a Valençia son llegadas.   2465
Alegre es Mio Çid   con todas sus conpañas,
que a la raçión caye   seisçientos marcos de plata.
Los yernos de Mio Çid   quando este aver tomaron
d'esta arrancada,   que lo tenién en so salvo [722]
cuidaron que en sus días   nunqua serién minguados.   2470
Fueron en Valençia   muy bien arreados,
conduchos a sazones, [723]   buenas pieles e buenos mantos.
Mucho son alegres   Mio Çid e sus vasallos.

120

Grant fue el día   [en] la cort del Campeador,
después que esta batalla vençieron   e al rey Búcar mató,   2475
alçó la mano,   a la barba se tomó:
"Grado a Christus,   que del mundo es señor,
quando veo   lo que avía sabor,
que lidiaran comigo en campo   mios yernos amos a dos;
mandados buenos   irán d'ellos a Carrión,   2480
cómo son ondrados   e avervos grant pro.

121

Sobejanas son las ganançias   que todos an ganadas,
lo uno es nuestro   e lo otro han en salvo." [724]
Mandó Mio Çid,   el que en buen ora nasco,
d'esta batalla   que han arrancado,   2485
que todos prisiessen   so derecho contado,
e la su quinta   non fuesse olbidado.

---

[722] *en so salvo*: en su poder.

[723] *conduchos a sazones*: alimentos excelentes.

[724] *lo uno es nuestro   e lo otro han en salvo*: una parte del botín me pertenece a mí y a mis vasallos, otra está en manos de los infantes.

Assí lo fazen todos,   ca eran acordados.
Cayéronle en quinta al Çid   seixçientos cavallos,
(f. 51 r.) e otras azemillas   e camellos largos, [725]   2490
tantos son de muchos   que non serién contados. [726]

122

Todas estas gananças   fizo el Campeador.
"Grado a Dios   que del mundo es señor,
antes fu minguado,   agora rico só,
que he aver e tierra   e oro e onor,   2495
e son mios yernos   ifantes de Carrión;
arrancó las lides   como plaze al Criador,
moros e christianos   de mí han grant pavor;
allá dentro en Marruecos,   ó las mezquitas son,
que abrá[n] de mí salto [727]   quiçab alguna noch,   2500
ellos lo temen,   ca non lo pie[n]sso yo,
no los iré buscar,   en Valençia seré yo,
ellos me darán parias   con ayuda del Criador,
que paguen a mí   o a qui yo ovier sabor." [728]
Grandes son los gozos en Valençia   con Mio Çid el
    [Campeador   2505
de todas sus conpañas   e de todos sus vassallos;
grandes son los gozos   de sus yernos amos a dos;
d'aquesta arrancada   que lidiaron de coraçón,
valía de çinco mill marcos   ganaron amos a dos;

---

[725] *largos*: numerosos.

[726] *tantos son de muchos   que non serién contados*: eran tantos que no se podían contar.

[727] *salto*: ataque.

[728] *que paguen a mí   o a qui yo ovier sabor*: que me paguen a mí o a quien yo quiera.

muchos' tienen por ricos   los ifantes de Carrión.   2510
Ellos con los otros   vinieron a la cort;
aquí está con Mio Çid   el obispo do[n] Iherónimo,
el bueno de Albar Fáñez,   cavallero lidiador,
e otros muchos   que crió el Campeador.
Quando entraron   los ifantes de Carrión,   2515
(f. 51 v.) reçibiólos Minaya   por Mio Çid el Campeador:
"¡Acá venid, cuñados,   que más valemos por vós!" [729]
Assí commo llegaron,   pagós' el Campeador:
"Evades aquí, yernos,   la mi mugier de pro,
e amas la[s] mis fijas,   don Elvira e doña Sol;   2520
bien vos abraçen   e sírvanvos de coraçón.
Vençiemos moros en campo   e matamos
a aquel rey Búcar,   traidor provado.
¡Grado a Sancta María,   madre del nuestro señor Dios.
D'estos nuestros casamientos   vós abredes honor.   2525
Buenos mandados irán   a tierras de Carrión."

123

A estas palabras   fabló Fer[r]án Gonçález:
"Grado al Criador   e a vos Çid ondrado,
tantos avemos de averes   que non son contados;
por vós avemos ondra   e avemos lidiado.   2530
Pensad de lo otro,   que lo nuestro tenémoslo en salvo."
Vassallos de Mio Çid   seyense sonrisando,
quién lidiara mejor   o quién fuera en alcanço,
mas non fallavan í   a Diego ni a Ferrando.
Por aquestos guegos   que ivan levantando,   2535

---

[729] *que más valemos por vós*: frase de cortesía que no se debe tomar literalmente. Véase nota 846.

e las noches e los días   tan mal los escarmentando,[730]
tan mal se conssejaron   estos ifantes amos.

Amos salieron apart,   veramientre[731] son hermanos;
d'esto que ellos fablaron   nós parte non ayamos:[732]
"Vayamos pora Carrión,   aquí mucho detardamos.   2540
Los averes que tenemos   grandes son e sobejanos,
mientra que visquiéremos   despender no lo podremos.

124

Pidamos nuestras mugieres   al Çid Campeador,[733]
(f. 52 r.) digamos que las llevaremos   a tierras de Carrión,
enseñar las hemos   dó las heredades son,[734]   2545
sacarlas hemos de Valençia   de poder del Campeador;
después en la carrera[735]   feremos nuestro sabor,
ante que nos retrayan[736]   lo que cuntió del león.[737]
¡Nós de natura[738] somos   de condes de Carrión!
Averes llevaremos grandes   que valen grant valor,   2550
escarniremos las fijas   del Canpeador.
D'aquestos averes   siempre seremos ricos omnes,
podremos casar con fíjas de reyes   o de emperadores,

---

[730] *escarmentando*: escarneciendo.

[731] *veramientre*: verdaderamente.

[732] *nós parte non ayamos*: no participamos, no somos cómplices.

[733] Desde este verso hasta el 2556 aparecen todos los elementos que constituyen según la ley el delito premeditado, con el *animus injuriandi*, es decir realizado con soberbia y con la intención de injuriar.

[734] *enseñar las hemos   dó las heredades son*: les mostraremos las arras. Se trata de la excusa para sacar a sus mujeres de Valencia sin que nadie sospeche de sus intenciones. Esto se repite en los vv. 2564-2567, 2570 y 2605.

[735] *carrera*: camino.

[736] *retrayan*: acusen públicamente. Se trata de un término jurídico.

[737] Los infantes temen ser legalmente acusados de deshonra al no haberse resarcido de la injuria de que fueron objeto.

[738] *natura*: linaje.

ca de natura somos   de condes de Carrión.

Assí las escarniremos   a las fijas del Campeador,   2555
antes que nos retrayan   lo que fue del león."[739]

Con aqueste conssejo   amos tornados son,
fabló Fer[r]án Gonçález   e fizo callar la cort:
"¡Si vos vala el Criador,   Çid Campeador!,
que plega a doña Ximena   e primero a vós   2560
e a Minaya Albar Fáñez   e quantos aquí son.

Dadnos nuestras mugieres   que avemos a bendiçiones;
llevarlas hemos   a nuestras tierras de Carrión,
meterlas hemos   en las villas
que les diemos por arras   e por onores;   2565
verán vuestras fijas   lo que avemos nós;
los fijos que oviéremos   en qué avrán partición."[740]

Dixo el Campeador: "Darvos he mis fijas e algo de lo mío",
el Çid que nos' curiava   de assí ser afontado,
"vós les diestes villas e tierras por arras   en tierras de
                                          [Carrión,   2570
hyo quiéroles dar axuvar[741]   III mil marcos de plata:
darvos he mulas e palafrés,   muy gruessos de sazón,
(f. 52 v.) cavallos pora en diestro   fuertes e corredores,
e muchas vestiduras   de paños e de çiclatones,[742]
darvos he dos espadas,   a Colada e a Tizón,   2575

---

[739] *antes que nos retrayan   lo que fue del león*: antes de que nos acusen
por lo que ocurrió con el león. Indica el temor de los infantes a ser acusados por no haber acudido en ayuda del Cid, como era preceptivo, y porque se puede descubrir su cobardía.

[740] *los fijos que oviéremos   en qué avrán partición*: los hijos que tengamos heredarán nuestras posesiones. Esto subraya la legitimidad del matrimonio, puesto que sólo los hijos legítimos heredaban de sus padres.

[741] *axuvar*: ajuar.

[742] *çiclatones*: tela de seda.

bien lo sabedes vós   que las gané a guisa de varón,
míos fijos sodes amos,   quando mis fijas vos do,
allá me llevades   las telas del coraçón.
Que lo sepan en Galliçia   e en Castiella e en León,
con qué riqueza enbío   míos yernos amos a dos.   2580
A mis fijas sirvades,   que vuestras mugieres son,
si bien las servides,   yo vos rendré buen galardón."
Atorgado lo han esto   los ifantes de Carrión.
Aquí reçiben   las fijas del Campeador;
compieçan a reçebir   lo que el Çid mandó.   2585
Quando son pagados   a todo so sabor,
hya mandavan cargar   ifantes de Carrión.
Grandes son las nuevas   por Valençia la mayor,
todos prenden armas   e cavalgan a vigor,
porque escurren [743] sus fijas del Campeador   a tierras de
                                                    [Carrión.   2590
Hya quieren cavalgar,   en espidimiento son.
Amas hermanas,   don Elvira e doña Sol,
fincaron los inojos   antel' Çid Campeador:
"Merçed vos pedimos, padre,   si vos vala el Criador,
vós nos engendrastes,   nuestra madre nos parió,   2595
delant sodes amos,   señora e señor,
agora nos enviades   a tierras de Carrión,
(f. 53 r.) debdo nos es a cunplir [744]   lo que mandáredes vos,
assí vos pedimos merçed   nós amas a dos,
que ayades vuestros menssajes   en tierras de Carrión."   2600
Abraçólas mío Çid   e saludólas amas a dos.

---

[743] *escurren*: escoltan.
[744] *debdo nos es a cumplir*: tenemos la obligación de cumplir.

El fizo aquesto,   la madre lo doblava:
"Andad, fijas, d'aquí   el Criador vos vala,
de mí e de vuestro padre   bien avedes nuestra graçia.
Hid a Carrión   dó sodes heredadas,   2605
assí como yo tengo,   bien vos he casadas."
Al padre e a la madre   las manos les besavan.
Amos las bendixieron   e diéronles su graçia.
Mio Çid e los otros   de cavalgar penssavan,
a grandes guarnimientos,   a cavallos e armas.   2610
Hya salién los ifantes   de Valençia la clara,
espiéndos' de las dueñas   e de todas sus compañas,
por la huerta de Valençia   teniendo salién armas.
Alegre va Mio Çid   con todas sus compañas.
Violo en los avueros,[745]   el que en buen ora çinxó espada,   2615
que estos casamientos   non serién sin alguna tacha.
Nos' puede repentir,[746]   que casadas las ha amas.

126

"¿Ó, heres mio sobrino,   tú, Félez Muñoz?
Primo eres de mis fijas amas   d'alma e de coraçón,
mándot' que vayas con ellas   fata dentro en Carrión;   2620
verás las heredes   que a mis fijas dadas son,
con aquestas nuevas   vernás al Campeador."
Dixo Félez Muñoz: "Plazme d'alma e de coraçón."
(f. 53 v.) Minaya Albar Fáñez   ante Mio Çid se paró:
"Tornémosnos, Çid,   a Valençia la mayor;   2625
que si a Dios ploguiere   e al padre Criador,

---

[745] *avueros*: agüeros.
[746] *repentir*: arrepentir.

hir las hemos ver   a tierras de Carrión."

"A Dios vos hacomendamos,[747]   don Elvira e doña Sol,
a tales cosas fed   que en plazer caya a nós."[748]

Respondién los yernos: "¡Assí lo mande Dios!"   2630
Grandes fueron los duelos   a la departición.[749]
El padre con las fijas   lloran de coraçón,
assí fazían los cavalleros   del Campeador.

"Oyas, sobrino,   tú, Félez Muñoz:
por Molina iredes,   una noch í yazredes;[750]   2635
saludad a mío amigo   el moro Avengalbón,
reçiba a míos yernos   como él pudier mejor;
dil' que enbío mis fijas   a tierras de Carrión,
de lo que ovieren huebos   sírvanlas a so sabor,[751]
desí escúrralas fasta Medina   por la mi amor;   2640
de quanto él fiziere   yol' dar[é] por ello buen galardón."
Cuemo la uña de la carne   ellos partidos son;
hyas' torna para Valençia   el que en buen ora nasçió.
Piénssanse de ir   los ifantes de Carrión,
por Sancta María d'Alvarrazín   fazían la posada,   2645
aguijan quanto pueden   ifantes de Carrión;
félos en Molina   con el moro Avengalbón.
El moro quando lo sopo,   plogól' de coraçón;
saliólos recebir   con grandes avorozes;[752]
(f. 54 r.) ¡Dios, qué bien los sirvió   a todo so sabor!   2650

---

[747] *hacomendamos*: encomendamos.

[748] *a tales cosas fed   que en plazer caya a nós*: haced cosas de modo que nos alegremos.

[749] *departición*: despedida.

[750] *una noch í yazredes*: pernoctaréis una noche allí.

[751] *de lo que ovieren huebos   sírvanlas a so sabor*: que les dé todo lo que ellas quieran y necesiten.

[752] *avorozes*: alborozo.

Otro día mañana   con ellos cavalgó,
con dozientos cavalleros   escurrirlos mandó.
Hivan troçir los montes,   los que dizen de Luzón.[753]
A las fijas del Çid   el moro sus donas[754] dio,
buenos seños cavallos   a los ifantes de Carrión.   2655
Troçieron Arbuxuelo   e llegaron a Salón,
ó dizen el Anssarera[755]   ellos pasados son.
Tod esto les fizo el moro   por el amor del Çid Campe[ador].
Ellos veién la riqueza   que el moro sacó,
entramos hermanos   consejaron tra[i]çión: 2660
"Hya pues que a dexar avemos   fijas del Campeador,
si pudiessemos matar   el moro Avengalvón,
quanta riquiza tiene   averla yemos nós.
Tan en salvo lo abremos   como lo de Carrión;
nunqua avrié derecho de nós   el Çid Campeador."[756]   2665
Quando esta falssedad   dizién los de Carrión,
un moro latinado   bien ge lo entendió;
non tiene poridad,   díxolo Avengalvón:
"Acayaz, cúriate d' estos,   ca eres mío señor.
tu muert oí co[n]ssejar   a los ifantes de Carrión".   2670

127

El moro Avengalvón   mucho era buen barragán,[757]
co[n] dozientos que tiene   iva cavalgar,
armas iva teniendo,   parós' ante los ifantes,

---

[753] *Luzón*: está a 38 km al NO de Molina.

[754] *donas*: regalos.

[755] *Anssarera*: topónimo que no ha sido identificado.

[756] *nunqua avrié derecho de nós   el Çid Campeador*: el Cid Campeador nunca nos podrá reclamar legalmente.

[757] *barragán*: mozo valiente.

de lo que el moro dixo   a los ifantes non plaze:
"Dezidme: ¿qué vos fiz,   ifantes de Carrión?   2675
Hyo sirviéndovos sin art   e vos conssejastes pora mi muert.
Si no lo dexás'   por Mío Çid el de Bivar,
(f. 54 v.) tal cosa vos faría   que por el mundo sonás',
e luego llevaría sus fijas   al Campeador leal,
vós nu[n]qua en Carrión   entraríades jamás.   2680

128

Aquím' parto de vós   como de malos e de traidores;[758]
hiré con vuestra graçia,   don Elvira e doña Sol,
poco preçio las nuevas   de los de Carrión.
Dios lo quiera e lo mande,   que de tod el mundo es señor,
d'aqueste casamiento   que grade el Campeador."   2685
Esto les ha dicho,   e el moro se tornó,
teniendo ivan armas   al troçir del Salón;
cuemo de buen seso   a Molina se tornó.
Ya movieron del Anssarera   los ifantes de Carrión,
acójense a andar   de día e de noch,   2690
a siniestro dexan Ati[en]za,   una peña muy fuert,
la sierra de Miedes   pasáronla esto[n]z
por los Montes Claros[759]   aguijan a espolón,
a siniestro dexan a Griza   que Álamos[760] pobló,

---

[758] *Aquím' parto de vós   como de malos e de traidores*: se trata de la fórmula legal de desafío que precedía al duelo, como vemos en vv. 3343 y 3383. Abengalvón manifiesta la vileza de los infantes, pero decide no castigarlos en deferencia a su parentesco con el Cid.

[759] *los Montes Claros*: montañas a unos 45 km al O de Atienza y al S de Riaza. Quedan demasiado lejos del itinerario por lo que es un error geográfico.

[760] *Griza*: personaje desconocido. *Álamos*: topónimo desconocido.

allí son caños [761] dó   a Elpha [762] ençerró,   2695
a diestro dexan a Sant Estevan,   mas cae alvén. [763]

Entrados son los ifantes   al robredo de Corpes, [764]
los montes son altos,   las ramas pujan con las nu[v]es,
e las bestias fieras   que andan aderredor.

Fallaron un vergel   con una linpia fuent, [765]   2700
mandan fincar la tienda   ifantes de Carrión,
con quantos que ellos traen   í yazen essa noch,
con sus mugieres en braços   demuéstranles amor; [766]
mal ge lo cumplieron [767]   quando salié el sol.

Mandaron cargar las azémilas   con grandes averes,   2705
(f. 55 r.) cogida han la tienda   dó albergaron de noch,
adelant eran idos   los de criazón,
assí lo mandaron   los ifantes de Carrión,
que non í fincas' ninguno,   mugier nin varón,
si non amas sus mugieres   doña Elvira e doña Sol: 2710
deportarse [768] quieren con ellas   a todo su sabor.

Todos eran idos,   ellos IIII solos son,
tanto mal comidieron   los ifantes de Carrión.

---

[761] *caños*: cuevas.

[762] *Elpha*: personaje desconocido.

[763] *mas cae alvén*: que queda más allá.

[764] *robredo de Corpes*: topónimo de identificación insegura. El actual Robledo de Corpes está lejos del itinerario. Quizás se refiera a un paraje cercano a Castillejo del Robledo sito a 20 km de San Esteban de Gormaz.

[765] Este claro en el bosque con la cristalina fuente responde al tópico literario del *locus amoenus*.

[766] *demuéstranles amor*: tienen relaciones sexuales. El matrimonio se consuma aquí.

[767] *mal ge lo cumplieron*: se lo cumplieron mal. El amor mostrado por la noche se revela a la luz del día como un engaño.

[768] *deportarse*: solazarse. Tiene generalmente un sentido amoroso, pero aquí se manifiesta que el verdadero placer de los infantes es ejecutar la venganza en sus mujeres.

"Bien lo creades,   don Elvira e doña Sol,
aquí seredes escarnidas   en estos fieros montes;   2715
oy nos partiremos   e dexadas seredes de nós;
non abredes part   en tierras de Carrión.
Hirán aquestos mandados   al Çid Campeador;
nós vengaremos aquesta   por la del león."
Allí les tuellen los mantos   e los pelliçones,[769]   2720
páranlas en cuerpos[770]   e en camisas e en çiclatones.
Espuelas tienen calçadas   los malos traidores,
en mano prenden las çinchas   fuertes e duradores.[771]
Quando esto vieron las dueñas,   fablava doña Sol:
"¡Por Dios vos rogamos,   don Diego e don Fer[r]ando!   2725
Dos espadas tenedes   fuertes e tajadores,
al una dizen Colada   e al otra Tizón,
cortandos las cabeças,   mártires seremos nós,[772]
moros e christianos   depararán d'esta razón,[773]
que por lo que nós mereçemos   no lo prendemos nós;   2730
atán malos enssienplos   non fagades sobre nós,
si nós fuéremos majadas,[774]   abiltáresdes a vós,
retraer vos lo an[775]   en vistas o en cortes."
(f. 55 v.) Lo que ruegan las dueñas   non les ha ningún pro.
Essora les conpieçan a dar   los ifantes de Carrión,   2735

---

[769] A partir de este verso y hasta el v. 2760 los infantes cometen una serie de delitos de injuria enumerados en el *Fuero de Cuenca* (Lib. 11, tit. I, 20-28), agravados por el uso de objetos vedados, como eran las cinchas y las espuelas (Lib. 11, tit. II, 18).

[770] *Páranlas en cuerpos*: las dejan en ropa interor.

[771] *duradores*: fuertes, resistentes.

[772] Piden ser decapitadas, que era una muerte honrosa, para evitar la afrenta que sus maridos les anuncian.

[773] *moros e christianos   depararán d'esta razón*: todo el mundo hablará de esto.

[774] *majadas*: golpeadas.

[775] *retraer vos lo an*: os acusarán de ello.

con las çinchas corredizas   májanlas tan sin sabor;
con las espuelas agudas,   dón ellas an mal sabor,
rompién las camisas e las carnes   a ellas amas a dos;
linpia salié la sangre [776]   sobre los çiclatones,
ya lo sienten ellas   en los sos coraçones.   2740
¡Quál ventura serié ésta,   si ploguiese al Criador,
que assomase essora   el Çid Campeador!
Tanto las majaron,   que sin cosimente son. [777]
Sangrientas en las camisas   e todos los ciclatones.
Canssados son de ferir   ellos amos a dos,   2745
ensayándos' amos   quál dará mejores colpes. [778]
Hya non pueden fablar   don Elvira e doña Sol;
por muertas las dexaron [779]   en el robredo de Corpes.

129

Lleváronles los mantos   e las pieles armiñas, [780]
mas déxanlas marridas [781]   en briales e en camisas,   2750
e a las aves del monte   e a las bestias de la fiera guisa.
Por muertas la[s] dexaron,   sabed, que non por bivas.
¡Quál ventura serié si assomas'   essora el Çid Campeador!

---

[776] *linpia salié la sangre*: el derramamiento de sangre agrava la injuria al delito de lesión.

[777] *sin cosimente son*: están desfallecidas, quizás sin conocimiento.

[778] *ensayándos' amos   quál dará mejores colpes*: esforzándose ambos para ver quién les dará mayores golpes.

[779] *por muertas las dexaron*: creyeron que estaban muertas. El parricidio o el intento de parricidio de la propia mujer era un crimen gravísimo que constituía en sí causa suficiente para la disolución del matrimonio.

[780] Se llevan la ropa lujosa y las dejan en ropa interior (v. 2750), lo que constituía una nueva afrenta, esta vez sexual, pues llevarse la ropa de las mujeres honestas era un delito, sólo impune si se la quitaban a las prostitutas.

[781] *marridas*: afligidas.

130

Los ifantes de Carrión en el robredo de Corpes /   por muertas
                   [las dexaron, 2754-2755
que el una al otra   nol' torna recabdo. [782]
Por los montes dó ivan   ellos ívanse alabando:
"De nuestros casamientos   agora somos vengados;
(f. 56 r.) non las deviemos tomar por varraganas, [783] /   si non
                   [fuéssemos rogados, 2759-2760
pues nuestras pararejas   non eran pora en braços. [784]
La desondra del león   assís' irá vengando." [785]

131

Alabándos' ivan   los ifantes de Carrión.
Mas yo vos diré   d'aquel Félez Muñoz,
sobrino era   del Çid Campeador.   2765
Mandáronle ir adelante,   más de su grado non fue.
En la carrera dó iva   dolió·l' el coraçón;
de todos los otros   aparte se salió,
en un monte espesso   Félez Muñoz se metió,
fasta que viesse venir   sus primas amas a dos   2770
o qué an fecho   los ifantes de Carrión.

---

[782] *nol' torna recabdo*: no le presta ayuda.

[783] *varraganas*: concubinas. El derecho reconocía las uniones de barraganía, pero los nobles no podían tomar como barragana a una mujer que fuera sierva o de condición vil, como juglaresa, tabernera, prostituta o alcahueta. Esto implica que los infantes pretenden deshonrar a sus mujeres como a personas viles al rechazarlas incluso como barraganas. Véase v. 3276.

[784] *pues nuestras parejas   non eran pora en braços*: no eran nuestras iguales para ser mujeres legítimas.

[785] Este verso ratifica que los infantes pretenden reparar su deshonra vilmente, pues se atreven a pegar a sus mujeres y no a desafiar a los hombres.

Violos venir   e oyó una razón, [786]

ellos nol' vien   ni dend sabién ración; [787]

sabet bien que si ellos le viessen,   non escapara de muert.

Vansse los ifantes,   aguijan a espolón.   2775

Por el rastro tornós'   Félez Muñoz,

falló sus primas   amorteçidas amas a dos.

Llamando: "¡Primas, primas!",   luego descavalgó,

arrendó el cavallo,   a ellas adeliñó.

"¡Ya primas, las mis primas,   don Elvira e doña Sol!   2780

Mal se ensayaron   los ifantes de Carrión,

a Dios plega e a Sancta María   que dent prendan ellos mal

[galardón."

Valas tornando   a ellas amas a dos, [788]

tanto son de traspuestas   que non pueden dezir nada.

Partiéronsele las tellas   de dentro de los coraçones,   2785

llamando: "¡Primas, primas,   don Elvira e don Sol!

¡Despertedes, primas,   por amor del Criador!

(f. 56 v.)] Mie[n]tra es el día,   ante que entre la noch,

los ganados fieros   non nos coman en aqueste mont."

Van recordando [789]   don Elvira e doña Sol,   2790

abrieron los ojos   e vieron a Félez Muñoz.

"Esforçadvos, primas,   por amor del Criador,

de que non me fallaren [790]   los ifantes de Carrión,

a grant priessa   seré buscado yo;

si Dios, non nos vale,   aquí morremos nós." [791]   2795

---

[786] *una razón*: unas palabras.

[787] *ellos nol' vien   ni dend sabién ración*: ellos no lo veían ni sabían que estuviera allí.

[788] *Valas tornando   a ellas amas a dos*: les da la vuelta a ambas.

[789] *Van recordando*: van volviendo en sí.

[790] *de que non me fallaren*: en cuanto me echen de menos.

[791] *morremos nós*: nosotros moriremos.

Tan a grant duelo   fablava doña Sol:
"Si vos lo merezca, mío primo,   nuestro padre el Campeador.
Dandos del agua,   si vos vala el Criador."
Con un sonbrero   que tiene Félez Muñoz,
nuevo era e fresco,   que de Valençial', sacó   2800
cogió del agua en él   e a sus primas dio,
mucho son lazradas[792]   e amas las fartó.[793]
Tanto las rogó   fata que las assentó.
Valas conortando   e metiendo coraçón
fata que esfuerçan   e amas las tomó   2805
e privado   en el cavallo las cavalgó.
Con el so manto   a amas las cubrió,
el cavallo priso por la rienda   e luego dent las part[ió].
Todos tres señeros[794]   por los robredos de Corpes,
entre noch e día[795]   salieron de los montes,   2810
a las aguas de Duero   ellos arribados son,
a la torre don Urraca,   elle las dexó.
A Sant Estevan   vino Félez Muñoz ,
falló a Diego Téllez,   el que de Albar Fáñez fue.[796]
(f. 57 r.) Quando él lo oyó   pesol' de coraçón,   2815
priso bestias   vestidos de pro,
hyva reçebir   a don Elvira·e a doña Sol.
En Sant Estevan   dentro las metió,
quanto él mejor puede   allí las ondró.
Los de Sant Estevan   siempre mesurados son,   2820

---

[792] *lazradas*: laceradas.

[793] *fartó*: sació.

[794] *señeros*: solos.

[795] *entre noch e día*: al anochecer.

[796] *Diego Téllez*: personaje no identificado como supuesto vasallo de Alvar Fáñez.

quando sabién esto,   pesóles de coraçón,
a llas fijas del Çid   danles esfuerço.
Allí sovieron [797] ellas   fata que sanas son.
Alabándos' seían   los ifantes de Carrión.
De cuer pesó esto   al buen rey don Alfonsso.   2825
Van aquestos mandados   a Valençia la mayor,
quando ge lo dizen   a Mio Çid el Campeador,
una grand ora   penssó e comidió.
Alçó la su mano,   a la barba se tomó:
"Grado a Christus   que del mundo es señor,   2830
quando tal ondra me an dada   los ifantes de Carrión.
Par aquesta barba   que nadi non messó,
non la lograrán   los ifantes de Carrión,
que a mis fijas   bien las casaré yo.
Pesó a Mio Çid e a toda su cort   e [a] Albar Fáñez d'alma
                                   [e de coraçón.   2835
Cavalgó Minaya   con Pero Vermúez
e Martín Antolínez,   el burgalés de pro,
con CC cavalleros,   quales Mio Çid mandó;
díxoles fuertemientre   que andidiessen de día e de noch,
aduxiessen a sus fijas   a Valençia la mayor.   2840
(f. 57 v.) Non lo detardan   el mandado de su señor,
apriessa cavalgan   los días e las noches andan;
vinieron a Sant Estevan de Gormaz,   un castiello tan fuert.
Hi albergaron   por verdad una noch.
A Sant Estevan   el mandado llegó   2845
que vinié Minaya   por sus primas amas a dos.
Varones de Sant Estevan,   a guisa de muy pros,
reçiben a Minaya   e a todos sus varones,

---

[797] *sovieron*: permanecieron.

presentan a Minaya   essa noch grant enfurçión, [798]
non ge lo quiso tomar,   mas mucho ge lo gradió: 2850
"Graçias, varones de Sant Estevan,   que sodes coñosçedores
por aquesta ondra que vos diestes   a esto que nos cuntió;
mucho vos lo gradeçe, allá do está,   Mio Çid el Campeador,
assí lo fago yo   que aquí estó.
A fé Dios de los çielos   que vos dé dent buen galardón"   2855
Todos ge lo gradeçen   e sos pagados son,
adeliñan a posar   pora folgar essa noch.
Minaya va ver   sus primas dó son,
en él fincan los ojos   don Elvira e doña Sol:
"Atanto vos lo gradimos   como si viéssemos al Criador.   2860
E vós a Él lo gradid,   quando bivas somos nós.

132

En los días de vagar   toda nuestra rencura sabremos contar." [799]
Lloravan de los ojos   las dueñas e Albar Fáñez,
Pero Vermúez   otro tanto las ha:
"Don Elvira e doña Sol,   cuidado non ayades,   2865
quando vós sodes sanas   e bivas e sin otro mal.
Buen casamiento perdiestes,   mejor podredes ganar.
(f. 58 r.) ¡Aún veamos el día   que vos podamos vengar!"
Hi yazen essa noche   e tan grand gozo que fazen.
Otro día mañana   pienssan de cavalgar,   2870
los de Sant Estevan   escurriéndolos van,
fata Río d'Amor,   dándoles solaz;
d'allent se expidieron d'ellos,   piénssanse de tornar,

---

[798] *enfurçión*: tributo en especie que el pechero pagaba al señor por el derecho a trabajar sus tierras en usufructo.

[799] *En los días de vagar   toda nuestra rencura sabremos contar*: en días de más calma expondremos nuestra querella.

e Minaya con las dueñas   iva cab'adelant.
Troçieron Alcoçeva,[800]   a diestro de Sant Estevan de Gormaz,
ó dizen Bado de Rey,[801]   allá ivan posar,
a la casa de Berlanga[802]   posada presa han.
Otro día mañana   métense a andar,
a qual dizen Medina   ivan albergar,
e de Medina a Molina   en otro día van.   2880
Al moro Avengalbón   de coraçón le plaz,
saliólos a reçebir   de buena voluntad,
por amor de mio Cid   rica cena les da.
Dent pora Valençia   adelinechos van.
Al que en buen ora nasco   llegava el menssaje,   2885
privado cavalga,   a reçebirlos sale,
armas iva teniendo   e grant gozo que faze;
Mio Çid a sus fijas   ívalas a abraçar,
besándolas a amas   tornos' de sonrisar:
"¡Venides, mis fijas!   ¡Dios vos curie de mal!   2890
Hyo tomé el casamiento,   más non osé dezir ál.
¡Plega al Criador,   que en Cielo está,
que vos vea mejor casadas   d'aquí en adelant!
¡De mios yernos de Carrión   Dios me faga vengar!"
Besaron las manos   las fijas al padre.   2895
(f. 58 v.) Teniendo ivan armas,   entráronse a la çibdad;
grand gozo fizo con ellas   doña Ximena su madre.
El que en buen ora nasco   non quiso tardar,
fablós' con los sos   en su poridad,
al rey Alfonsso de Castiella   penssó de enviar: 2900

---

[800] *Alcoçeva*: nombre de un barranco unos 15 km al SE de San Esteban de Gormaz.
[801] *Bado de Rey*: Vadorrey, a unos 10 km de Alcoceva.
[802] *Berlanga*: localidad a 8 km de Vadorrey.

"¿Ó eres, Muño Gustioz,   mio vassallo de pro?
¡En buen ora te crié   a tí en la mi cort!
Lieves el mandado   a Castiella al rey Alfonsso;
por mí bésale la mano   d'alma e de coraçón,
cuemo yo só su vassallo   e él es mio señor,   2905
d'esta desondra que me an fecha   los ifantes de Carrión
quel' pese al buen rey   d'alma e de coraçón.
Él casó mis fijas,   ca non ge las di yo;
quando las han dexadas   a grant desonor,
si desondra í cabe   alguna contra nós,   2910
la poca e la grant   toda es de mio señor.
Mios averes se me an llevado,   que soberanos son;
esso me puede pesar   con la otra desonor.
Adúgamelos a vistas   o a juntas o a cortes,
como aya derecho   de ifantes de Carrión,   2915
ca tan grant es la rencura   dentro de mi coraçón."
Muño Gustioz   privado cavalgó,
con él dos cavalleros   quel' sirvan a so sabor,
e con él escuderos   que son de criazón.
Salién de Valençia   e andan quanto pueden,   2920
nos' dan vagar   los días e las noches.
(f. 59 r.) Al rey   en San Fagunt [803] lo falló.
Rey es de Castiella   e rey es de León
e de las Asturias   bien a San Çalvador, [804]
fasta dentro en Sancti Yaguo [805]   de todo es señor,   2925

---

[803] *San Fagunt*: Sahagún.

[804] *San Çalvador*: San Salvador a quien estaba dedicada la catedral de Oviedo.

[805] *Sancti Yaguo*: Santiago de Compostela.

e llos condes gallizanos[806]   a él tienen por señor.
Assí como descavalga   aquel Muño Gustioz
omillos' a los santos   e rogó a Criador;
adeliñó pora'l palaçio   dó estava la cort,
con él dos cavalleros   quel' aguardan cum a señor.   2930
Assí como entraron   por medio de la cort,
violos el rey   e coñosçió a Muño Gustioz,
levantós' el rey,   tan bien los reçibió.
Delant el rey fincó los inojos   aquel Muño Gustioz:
besábale los pies   aquel Muño Gustioz: 2935
"¡Merçed, rey Alfonso,   de largos[807] reinos a vós dizen señor!
Los pies e las manos   vos besa el Campeador;
ele es vuestro vassallo   e vós sodes so señor.
Casastes sus fijas   con ifantes de Carrión,
alto fue el casamient[t]o   ca lo quisiestes vós.   2940
Hya, vós sabedes la ondra   que es cuntida a nós,
cuémo nos han abiltados   ifantes de Carrión,
mal majaron sus fijas   del Çid Campeador,
majadas e desnudas   a grande desonor,
desemparadas las dexaron   en el robredo de Corpes,   2945
a las bestias fieras   e a las aves del mont.
Afélas sus fijas   en Valençia dó son.
(f. 59 v.) Por esto vos besa las manos,   como vassallo a señor,
que ge los llevedes a vistas,   o a juntas, o a cortes ;
tiénes' por desondrado,   mas la vuestra es mayor,   2950
e que vos pese, rey,   como sodes sabidor;[808]
que aya Mio Çid derecho   de ifantes de Carrión."
El rey una grand ora   calló e comidió:

---

[806] *gallizanos*: gallegos.
[807] *largos*: muchos.
[808] *sabidor*: prudente, entendido.

"Verdad te digo yo,   que me pesa de coraçón,
e verdad dizes en esto,   tú, Muño Gustioz,   2955
ca yo casé sus fijas   con ifantes de Carrión,
fizlo por bien,   que fuesse a su pro.
¡Si quier el casamiento   fecho non fuesse oy!
Entre yo e mio Çid   pésanos de coraçón;
ayudar l'é a derecho   ¡sin'[809] salve el Criador!,   2960
lo que non cuidava fer   de toda esta sazón.[810]
Andarán mios porteros[811]   por todo mio reino,
pregonarán mi cort[812]   pora dentro en Toledo,
que allá me vayan   cuendes e ifançones,
mandaré como í vayan   ifantes de Carrión,   2965
e cómo den derecho   a Mio Çid el Campeador,
e que non aya rencura   podiendo yo vedallo.

134

Dezidle al Campeador,   que en buen ora nasco,
que d'estas VII semanas   adobes' con sus vassallos,
véngam' a Toledo,   estol' do de plazo.   2970
Por amor de Mio Çid   esta cort yo fago.
Saludádmelos a todos,   entr'ellos aya espacio,[813]
(f. 60 r.) d'esto que les abino   aún bien serán ondrados."
Espidios' Muño Gustioz,   a Mio Çid es tornado.
Assí como lo dixo,   suyo era el cuidado: 2975
non lo detiene por nada   Alfonsso el Castellano,

---

[809] *sin'*: así me, si me.

[810] *sazón*: tiempo.

[811] *porteros*: oficiales reales encargados de ejecutar sus órdenes.

[812] *pregonarán mi cort*: Alfonso muestra su favor hacia el Cid al convocar cortes pregonadas que eran cortes extraordinarias a las que debían acu-
dir todos los nobles del reino. Véase también v. 2971.

[813] *entr'ellos aya espacio*: haya consuelo entre ellos.

enbía sus cartas   pora León e a Sancti Yaguo,
a los portogaleses   e a galizianos,
e a los de Carrión   e a varones castellanos,
que cort fazié en Toledo   aquel rey ondrado,   2980
a cabo de VII semanas   que í fuessen juntados;
qui non viniesse a la cort   non se toviesse por su vassallo. [814]
Por todas sus tierras   assí lo ivan penssando,
que non faliessen   de lo que el rey avié mandado.

135

Hya les va pesando   a los ifantes de Carrión,   2985
porque el rey fazié   en Toledo cort
miedo han que í verná   Mio Çid el Campeador;
prenden so conssejo   assí parientes como son, [815]
ruegan al rey   que los quite d'esta cort. [816]
Dixo el rey: "Non lo feré, sin' salve Dios,   2990
ca í verná   Mio Çid el Campeador;
dar l'edes derecho,   ca rencura ha de vós.
Qui lo fer non quisiesse,   o no irá [a] mi cort,
quite mio reyno,   ca d'él non he sabor."
Hya lo vieron que es a fer   los ifantes de Carrión,   2995
prenden conssejo   parientes como son.
El conde don Garçía   en estas nuevas fue, [817]

_____

[814] *qui non viniesse a la cort   non se toviesse por su vassallo*: los vasallos del rey tenían la obligación de asistir a las cortes. El rey amenaza a quienes no asistan con la ruptura del vínculo vasallático y el destierro. Véanse los vv. 2993-2994.

[815] *assí parientes como son*: con todos sus parientes.

[816] *que los quite d'esta cort*: que los exima de asistir a la corte.

[817] Los vv. 2997-2999 muestran que García Ordóñez cuando se entera de lo que ocurre decide unirse al bando de los infantes, dada su anterior y profunda enemistad con el Cid.

enemigo de Mio Çid,   que siemprel' buscó mal,
(f. 60 v.) aqueste conssejó   los ifantes de Carrión.
Llegava el plazo,   querién ir a la cort.   3000
En los primeros va   el buen rey don Afonsso,
el conde don Anrrich   e el conde don Remond, [818]
aqueste fue padre   del buen enperador, [819]
el conde don Fruella   e el conde don Beltrán. [820]
Fueron í de su reino   otros muchos sabidores, [821]   3005
de toda Castiella   todos los mejores;
el conde don Garçía   con ifantes de Carrión,
e Asur Gonçález   e Gonçalo Assúrez,
e Diego e Ferrando   í son amos a dos,
e con ellos grant bando   que aduxieron a la cort: 3010
e[n]bairle cuidan [822]   a Mio Çid el Campeador.
De todas partes   allí juntados son.
Aún non era llegado   el que en buen ora naçió,
porque se tarda   el rey non ha sabor.
Al quinto día   venido es Mio Çid el Campeador;   3015
Alvar Fáñez   adelantel' enbió,
que besasse las manos   al rey so señor,

---

[818] *don Anrich*: Enrique de Borgoña (m. 1114), sobrino de la reina
Constanza, mujer de Alfonso VI, estaba casado con una hija bastarda de
éste y era conde de Portugal y de Coimbra; *don Remond*: Raimundo de
Borgoña (m. 1107), conde de Galicia, primo de Anrich y marido de Urraca, la hija y heredera de Alfonso y el padre de Alfonso VII.

[819] *buen enperador*: se refiere a Alfonso VII (1126-1157), nieto de
Alfonso VI.

[820] *don Fruella*: don Froila Díaz (m. 1119), conde de León, fue sobrino
del Cid y primo de su mujer Jimena; *don Beltrán*: puede ser un anacronis-
mo de don Beltrán de Risnel, primo de Alfonso I, el Batallador.

[821] *sabidores*: peritos en derecho que desde fines del siglo XII actuaban
como asesores de la curia regia.

[822] *e[n]bairle cuidan*: piensan afrentarlo.

bien lo sopiesse   que í serié essa noch.

Quando lo oyó el rey   plógol' de coraçón;
con grandes yentes   el rey cavalgó   3020
e iva reçebir   al que en buen ora naçió.
Bien aguisado viene el Çid   con todos los sos,
buenas compañas   que assí an tal señor.
Quando lo ovo a ojo [823]   el buen rey don Alfonsso,
(f. 61 r.) firios' a tierra [824]   Mio Çid el Campeador;   3025
biltar se quiere [825]   e ondrar a so señor.
Quando lo oyó el rey   por nada non tardó:
"¡Par Sant Esidro,   verdad non será oy!
Cavalgad, Çid, si non,   non avría de[n]d sabor;
saludarnos hemos   d'alma e de coraçón,   3030
de lo que a vós pesa   a mí duele el coraçón.
¡Dios lo mande que por vós   se ondre oy la cort!"
"¡Amen!" dixo   Mio Çid el Campeador;
besóle la mano   e después le saludó:
"¡Grado a Dios,   quando vos veo, señor!   3035
Omíllom' a vós   e al conde do[n] Remond
e al conde don A[n]rich   e a quantos que í son;
¡Dios salve a nuestros amigos   e a vós más, señor!
Mi mugier doña Ximena,   dueña es de pro,
bésavos las manos,   e mis fijas amas a dos,   3040
d'esto que nos abino   que vos pese, señor."
Respondió el rey: "¡Si fago, [826] sin' salve Dios!"

---

[823] *lo ovo a ojo*: lo tuvo a la vista.
[824] *firios' a tierra*: se echó a tierra.
[825] *biltar se quiere*: se quiere humillar.
[826] *Si fago*: si me pesa.

136

Pora Toledo   el rey tornada da,
essa noch Mio Çid   Tajo non quivo passar:
"¡Merçed, ya rey,   si el Criador vos salve!   3045
Penssad, señor,   de entrar a la çibdad,
e yo con los mios   posaré a San Serván. [827]
Las mis compañas   esta noche llegarán;
terné vigilia   en aqueste sancto lugar.
Cras mañana   entraré a la çibdad,   3050
e iré a la cort   en antes de yantar."
Dixo el rey: "Plazme de veluntad."
(f. 61 v.) El rey don Afonsso   a Toledo es entrado,
Mio Çid Ruy Díaz   en San Serván posado,
mandó fazer candelas   e poner en el altar,   3055
sabor á de velar   en essa santidad,
al Criador rogando   e fablando en poridad.
Entre Minaya   e los buenos que í ha
acordados fueron   quando vino la man.
Matines e prima   dixieron fazal' alba.   3060

137

Suelta [828] fue la missa   antes que saliesse el sol,
e su ofrenda han fecha   muy buena e complida.
"Vós, Minaya Albar Fáñez,   el mio braço mejor,
vós iredes comigo   e el obispo don Iherónimo
e Pero Vermúez   e aqueste Muño Gustioz   3065

---

[827] *San Serván*: San Servando, convento fortaleza a extramuros de Toledo. El Cid decide hacer vigilia toda la noche mientras espera que el resto
de sus tropas llegue de Valencia. Esta es una medida de precaución para
evitar la traición del bando de los de Carrión aludida en v. 3011.

[828] *Suelta*: dicha.

e Martín Antolínez,　　el burgalés de pro,
e Albar Álbarez　　e Albar Salvadórez
e Martín Muñoz,　　que en buen punto naçió,
e mio sobrino　　Félez Muñoz;
comigo irá Mal Anda,　　que es bien sabidor, [829]　　　　3070
e Galind Garçíez,　　el bueno d'Aragón;
con estos cúmplansse çiento　　de los buenos que í son.
Velmezes [830] vestidos　　por sufrir las guanizones,
de suso las lorigas　　tan blancas como el sol;
sobre las lorigas　　armiños e pelliçones,　　　　3075
e que no parezcan las armas, [831]　　bien presos [832] los cordones,
so los mantos las espadas　　dulçes e tajadores,
d'aquesta guisa　　quiero ir a la cort,
(f. 62 r.) por demandar mios derechos　　e dezir mi razón.
Si desobra [833] buscaren　　ifantes de Carrión,　　　　3080
dó tales çiento tovier,　　bien seré sin pavor."
Respondieron todos:　　"Nós esso queremos, señor."
Assí como lo á dicho,　　todos adobados son.
Nos' detiene por nada　　el que en buen ora naçió.
Calças de buen paño　　en sus camas [834] metió,　　　　3085
sobr' ellas unos çapatos　　que a grant huebra son, [835]
vistió camisa de rançal　　tan blanca como el sol,

---

[829] *sabidor*: experto en derecho.

[830] *Velmezes*: túnica acolchada que se ponía sobre la camisa para proteger el cuerpo del roce de la loriga.

[831] *no parezcan las armas*: no se vean las armas. El Cid ordena a sus hombres llevar las lorigas para estar preparados en caso de un ataque del bando de los infantes.

[832] *presos*: atados.

[833] *desobra*: palabra desconocida; quizá demasía, o error por deshonra.

[834] *camas*: piernas.

[835] *que a grant huebra son*: que están muy bien repujados.

con oro e con plata   todas las presas [836] son,
al puño bien están,   ca él se lo mandó;
sobr'ella un brial   primo [837] de çiclatón,   3090
obrado es con oro,   pareçen por ó son, [838]
sobr'esto una piel vermeja,   las bandas d'oro son,
siempre la viste   Mio Çid el Campeador;
una cofia [839] sobre los pelos   d'un escarín [840] de pro,
con oro es obrada,   fecha por razón,   3095
que non le contalassen los pelos   al buen Çid Canpeador;
la barba avié luenga   e prísola con el cordón, [841]
por tal lo faze esto   que recabdar [842] quiere todo lo suyo;
de suso cubrió un manto   que es de grant valor,
en él abrién que ver   quantos que í son. [843]   3100
Con aquestos çiento   que adobar mandó,
apriessa cavalga,   de San Serván salió;
assí iva mio Cid   adobado a la cort.
A la puerta de fuera   descavalga a sabor.
Cuerdamientr[e] entra Mio Çid   con todos los sos. 3105
(f. 62 v.) El va en medio,   e los çiento aderredor.
Quando lo vieron entrar   al que en buen ora nació,

---

[836] *presas*: presillas.

[837] *primo*: primoroso.

[838] *obrado es con oro,*   *pareçen por ó son*: está bordado con oro y los bordados relumbran allí donde están.

[839] *cofia*: capucha de tela para recoger el pelo, sobre la que se ponía el almófar de malla. El Cid se la pone aquí para evitar que le infamaran mesándole los cabellos.

[840] *escarín*: tela de hilo muy fina.

[841] *prísola con el cordón*: se trenza y ata la barba para prevenir que se la mesen. Véase nota 136.

[842] *recabdar*: proteger.

[843] *en él abrién que ver*   *quantos que í son*: todos los que estaban allí lo admirarían.

levantós' en pie   el buen rey don Alfonsso
e el conde don Anrrich   e el conde don Remont
e desí adelant,   sabet, todos los otros;   3110
a grant ondra lo reçiben   al que en buen ora naçió.
Nos' quiso levantar   el Crespo de Grañón, [844]
nin todos los del bando   de ifantes de Carrión.
El rey dixo al Çid: "Venid acá ser, [845] Campeador,
en aqueste escaño   quem' diestes vós en don;   3115
mager que algunos pesa,   mejor sodes que nós." [846]
Essora dixo muchas merçedes   el que Valençia gañó:
"Sed en vuestro escaño   como rey e señor;
acá posaré   con todos aquestos mios."
Lo que dixo el Çid   al rey plogó de coraçón.   3120
En un escaño torniño [847]   essora Mio Çid posó,
los çiento que'l aguardan   posan aderredor.
Catando están a Mio Çid   quantos ha en la cort,
a la barba que avié luenga   e presa con el cordón;
en sos aguisamientos   bien semeja varón.   3125
Nol' pueden catar de vergüença   ifantes de Carrión.
Essora se levó en pie   el buen rey don Alfonsso:
"¡Oíd, mesnadas,   si vos vala el Criador!
Hyo, de que fu rey [848]   non fiz más de dos cortes,
la una fue en Burgos   e la otra en Carrión;   3130
esta terçera a Toledo   la vin fer oy,

---

[844] *el Crespo de Grañón*: se refiere a García Ordóñez a quien se le llama así en varios documentos; *crespo* aludía al pelo rizado.

[845] *Venid acá ser*: venid aquí a sentaros.

[846] *mejor sodes que nós*: frase de cortesía que subraya el aprecio del rey, pero que no se debe tomar literalmente.

[847] *torniño*: torneado.

[848] *de que fu rey*: desde que fui rey.

por el amor de Mio Çid,   el que en buen ora naçió,
(f. 63 r.) que reçiba derecho   de ifantes de Carrión.
Grande tuerto [849] le han tenido,   sabémoslo todos nós;
alcaldes [850] sean d'esto   el conde don Anrrich e el conde
                                           [don Remond   3135
e estos otros condes   que del vando [851] non sodes.
Todos meted í mientes,   ca sodes coñosçedores, [852]
por escoger el derecho,   ca tuerto non mando yo.
D'ella e d'ella part   en paz seamos oy.
Juro par Sant Esidro,   el que volviere [853] mi cort,   3140
quitarme á el reyno,   perderá mi amor. [854]
Con el que toviere derecho   yo d'essa parte me só.
Agora demande   Mio Çid el Campeador,
sabremos qué responden   ifantes de Carrión."
Mio Çid la mano besó al rey   e en pie se levantó.   3145
"Mucho vos lo gradesco   como a rey e a señor,
por quanto esta cort   fiziestes por mi amor.
Esto les demando   a ifantes de Carrión:
por mis fijas quem' dexaron   yo non he desonor, [855]
ca vós las casastes, rey,   sabredes qué fer oy;   3150

---

[849] *Grande tuerto*: gran injusticia. El rey admite la acusación levantada
contra los infantes como verdad sabida ya por todos.

[850] *alcaldes*: jueces.

[851] *vando*: bando; se refiere al bando de los de Carrión.

[852] En este verso y en el siguiente el rey ordena a los jueces que juzguen
de acuerdo al derecho del que todos son expertos y rechacen la injusticia.

[853] *volviere*: provocase disturbios.

[854] *quitarme á el reyno,   perderá mi amor*: lo desterraré y perderá mi
favor. El rey amenaza descargar la ira regia sobre quien quebrante las cortes extraordinarias.

[855] En este verso y en los siguientes el Cid responsabiliza al rey del repu-
dio por ser él quien casó a sus hijas. Su demanda se limita aquí a recobrar
su hacienda, es decir, su honor en el sentido limitado de propiedad.

mas quando sacaron mis fijas   de Valençia la mayor,
hyo bien las quería   d'alma e de coraçón,
diles dos espadas,   a Colada e a Tizón,
estas yo las gané   a guisa de varón
ques' ondrassen con ellas   e sirviessen a vós;   3155
quando dexaron mis fijas   en el robredo de Corpes,
comigo non quisieron aver nada   e perdieron mi amor;
denme mis espadas   quando mios yernos non son."
(f. 63 v.) Atorgan los alcaldes: "Tod esto es razón."
Dixo el conde don Garçía: "A esto fablemos nós."   3160
Essora salién aparte   ifantes de Carrión,
con todos sus parientes   e el vando que í son;
apriessa lo ivan trayendo   e acuerdan la razón: [856]
"Aún grand amor nos faze   el Çid Campeador,
quando desondra de sus fijas   no nos demanda oy,   3165
bien nos abendremos   con el rey don Alfonsso.
Démosle sus espadas,   quando assí finca la boz, [857]
e quando las toviere,   partirse a la cort;
hya más non avrá derecho de nós   el Çid Campeador."
Con aquesta fabla   tornaron a la cort: 3170
"¡Merçed, ya rey don Afonsso,   sodes nuestro señor!
No lo podemos negar,   ca dos espadas nos dio;
quando las demanda   e d'ellas ha sabor.
Dárgelas queremos   dellant estando vós."
Sacaron las espadas   Colada e Tizón,   3175
pusiéronlas en mano   del rey so señor,

---

[856] *apriessa lo ivan trayendo   e acuerdan la razón*: lo discuten rápidamente y llegan a un acuerdo.

[857] *finca la voz*: termina la demanda. Era costumbre enumerar todas las demandas de una vez. Por ello los de Carrión creen que pueden en este momento zanjar el litigio.

saca las espadas   e relumbra toda la cort,

las maçanas e los arriazes[858]   todos d'oro son.

Maravíllanse d'ellas   todos los omnes buenos[859] de la cort.

Reçibió las espadas,   las manos le besó,   3180

tornós' al escaño   dón se levantó;

en las manos las tiene   e amas las cató;

nos' le pueden camear,[860]   ca el Çid bien las coñosçe,

alegrós'le tod el cuerpo,   sonrisos' de coraçón,

alçava la mano,   a la barba se tomó.   3185

"¡Par aquesta barba   que nadi non messó,

(f. 64 r.) assí s' irán vengando   don Elvira e doña Sol!"

A so sobrino   por nombrel' llamó,

tendió el braço,   la espada Tizón le dió:

"Prendetla, sobrino,   ca mejora en señor."   3190

A Martín Antolínez,   el burgalés de pro,

tendió el braço,   el espada Coladal' dió:

"Martín Antolínez,   mio vassallo de pro,

prended a Colada;   ganéla de buen señor,

del conde de Remont Verengel   de Barçilona la mayor.   3195

Por esso vos la do   que la bien curiedes vós.

Sé que si vos acaeçiere,   con ella ganaredes grand prez e

[grand valor."[861]

Besóle la mano,   el espada tomó e reçibió.

Luego se levantó   Mio Çid el Campeador.

"¡Grado al Criador   e a vós, rey señor,   3200

---

[858] *maçanas e los arriazes*: pomos y gavilanes de las espadas.

[859] *omnes buenos*: esta expresión podía aludir a los representantes de las ciudades en las cortes extraordinarias o a los nobles, pero creo que aquí se refiere a los nobles.

[860] *nos' le pueden camear*: no se las pueden cambiar.

[861] *grand prez e grand valor*: gran renombre y valía.

212

hya pagado só de mis espadas,   de Colada e de Tizón!
Otra rencura he   de ifantes de Carrión:
quando sacaron de Valençia   mis fijas amas a dos,
en oro e en plata   tres mill marcos de plata les di [y]o;
hyo faziendo esto,   ellos acabaron lo so; [862]   3205
denme mis averes,   quando mios yernos non son."
¡Aquí veriedes quexarse   ifantes de Carrión!
Dize el conde don Remond: "Dezid de sí o de no."
Essora responden   ifantes de Carrión:
"Por essol' diemos sus espadas   al Çid Campeador,   3210
que ál no nos demandasse,   que aquí fincó la boz." [863]
"Si ploguiere al rey,   assí dezimos nos,
a lo que demanda el Çid   quel' recudades [864] vós."
(f. 64 v.) Dixo el buen rey: "Assí lo otorgo yo." [865]
Dixo levantados' en pie   el Çid Campeador: 3215
"D'estos averes que vos di yo,   si me los dades o dedes d'ello
                                            [razón." 3216b
Essora salién aparte   ifantes de Carrión,
non acuerdan en conssejo,   ca los haveres grandes son:
espesos los han [866]   ifantes de Carrión.
Tornan con el conssejo   e fablavan a so sabor.   3220
"Mucho nos afinca [867]   el que Valençia gañó,
quando de nuestros averes   assíl' prende sabor,
pagarle hemos de heredades   en tierras de Carrión."

---

[862] *ellos acabaron lo so*: ellos llevaron a cabo su plan.

[863] Los infantes alegan defecto de forma porque era costumbre que la demanda se planteara de una sola vez.

[864] *recudades*: respondáis.

[865] El rey otorga la petición de los jueces que desestiman la alegación de los infantes.

[866] *espesos los han*: los han gastado.

[867] *afinca*: apremia.

Dixieron los alcaldes   quando man[i]festados son: [868]
"Si esso plogiere al Çid,   non ge lo vedamos nós;   3225
mas en nuestro juvicio   assí lo mandamos nós,
que aquí lo entergedes [869]   dentro en la cort."
A estas palabras   fabló el rey don Alfonsso:
"Nos bien la sabemos   aquesta razón,
que derecho demanda   el Çid Campeador.   3230
D'estos III mill marcos   los CC tengo yo; [870]
entramos me los dieron   los ifantes de Carrión;
tornárgelos quiero   ca t[an] d[e]sfechos son,
enterguen a Mio Çid,   el que en buen ora nació
quando ellos los an a pechar, [871]   non ge los quiero yo."   3235
Fabló Ferrán Gonçález: "Averes monedados non tenemos
[nós."

Luego respondió   el conde don Remond:
"El oro e la plata   espendiéstelo vós;
por juvizio lo damos   ant' el rey don Alfonsso.
Pág[u]enle en apreçiadura [872]   e préndalo el Campeador."   3240
Hya vieron que es a fer   los ifantes de Carrión.
(f. 65 r.) Veriedes aduzir   tanto cavallo corredor,
tanta gruessa mula,   tanto palafré de sazón,
tanta buena espada   con toda guarnizón;
recibiólo Mio Çid   como apreçiaron [873] en la cort.   3245

---

[868] *man[i]festados son*: lo han confesado. Es una fórmula jurídica que significa que han reconocido la veracidad de la acusación.

[869] *entergedes*: entreguéis.

[870] *los CC tengo yo*: estos 200 marcos parecen referirse a la multa de 100 monedas de oro que la ley prescribía al esposo que repudiaba a la esposa después de conocerla carnalmente y que cada infante habría pagado al rey.

[871] *pechar*: pagar.

[872] *apreçiadura*: especie.

[873] *como apreçiaron*: como tasaron.

Sobre los dozientos marcos   que teníe el rrey Alfonsso
pagaron los ifantes   al que en buen ora nasco;
enpréstanles de lo ageno,   que non les cumple lo suyo. [874]
Mal escapan jogados, [875]   sabed, d'esta razón.

138

Estas apreçiaduras   Mio Çid presas las ha,   3250
sos omnes las tienen   e d'ellas penssarán.
Mas quando esto ovo acabado,   penssaron luego d'ál.
"¡Merçed, ay rey señor,   por amor de caridad!
La rencura mayor [876]   non se me puede olbidar.
Oídme toda la cort   e pésevos de mio mal;   3255
de los ifantes de Carrión   quem' desondraron tan mal, [877]
a menos de riebtos   no los puedo dexar.

139

Dezid, ¿qué vos mereçí,   ifantes [de Carrión],
en juego o en vero /   o en alguna razón?   3258b-3259
Aquí lo mejoraré   a juvizio de la cort.   3259 b
¿A quem' descubriestes   las telas del coraçón?   3260
A la salida de Valençia   mis fijas vos di yo,
con muy grand ondra   e averes a nombre; [878]
quando las non queriedes,   ya canes traidores,

---

[874] *enpréstanles de lo ageno,   que non les cumple lo suyo*: les prestan porque no les llega con lo suyo.

[875] *Mal escapan jogados*: salen mal parados.

[876] *rencura mayor*: la demanda principal.

[877] Este verso parece contradecir el 3149. Sin embargo, el Cid no demanda por el abandono, sino por la ruptura de la paz con engaño e injuria, es decir, por la falta de fidelidad. La ley prescribía el duelo en estos casos.

[878] *a nombre*: abundantes.

¿porqué las sacávades   de Valençia sus honores?,
¿a qué las firiestes   a çinchas e a espolones?   3265
Solas las dexastes   en el robredo de Corpes,
a las bestias fieras   e a las aves del mont.
¡Por quanto les fiziestes   menos valedes vos! [879]
(f. 65 v.) Si non recudedes,   véalo esta cort." [880]

140

El conde don García   en pie se levantava.   3270
"¡Merçed, ya rey,   el mejor de toda España!
Vezós' [881] Mio Çid   a llas cortes pregonadas;
dexóla creçer   e luenga trae la barba;
los unos le han miedo   e los otros espanta.
Los de Carrión   son de natura tal,   3275
non ge las debién querer   sus fijas por varraganas, [882]
¡o quién ge las diera   por parejas o por veladas! [883]
Derecho fizieron   porque las han dexadas, [884]
quanto él dize   non ge lo preciamos nada."
Essora el Campeador   prisos' a la barba: 3280
"Grado a Dios,   que çielo e tierra manda.
Por esso es lue[n]ga,   que a deliçio fue criada.

---

[879] *menos valedes vos*: valéis menos. Se trata de una fórmula jurídica que implica la acusación de infamia y que conllevaba la pérdida de privilegios nobiliarios. Véase nota 996.

[880] *Si non recudedes,   véalo esta cort*: si no respondéis que lo juzgue esta corte.

[881] *Vezós'*: avezado.

[882] Véase la nota 783.

[883] Mujeres veladas eran las que se habían casado con bendiciones.

[884] *Derecho fizieron   porque las han dexadas*: actuaron legalmente al abandonarlas. Como vemos García actúa como vocero o representante de los infantes; no niega la acusación de abandono sino que la defiende como legal.

¿Qué avedes vos, conde,   por retraer[885] la mi barba?

Ca de quando nasco   a deliçio fue criada,

ca non me priso a ella   fijo de muger nada,[886]   3285

nimbla[887] messó   fijo de moro nin de christiana,

como yo a vós, conde,   en el castiello de Cabra;

quando pris a Cabra,   e a vós por la barba,[888]

non í ovo rapaz   que non messó su pulgada,

la que yo messé   aun non es eguada."[889]   3290

141

Ferrán Go[n]çález   en pie se levantó

a altas vozes[890]   odredes qué fabló:

"Dexássedes vós, Çid,   de aquesta razón;

de vuestros averes   de todos pagados sodes,

non creçiés varaja[891]   entre nós e vós.   3295

(f. 66 r.) De natura[892] somos   de condes de Carrión,

deviemos casar   con fijas de reyes o de emperadores,

ca non perteneçién   fijas de ifançones.

Porque las dexamos   derecho fiziemos nós;[893]

---

[885] *retraer*: reprochar.

[886] *fijo de muger nada*: hijo nacido de mujer, es decir, nadie.

[887] *nimbla*: ni me la.

[888] La acción de mesar la barba era una grave injuria que algunos fueros castigaban con la misma pena que la castración. Si la víctima no exigía reparación quedaba deshonrada, como parece ser el caso de García Ordóñez, quien a partir de aquí ya no interviene en la corte.

[889] *la que yo messé   aun non es eguada*: la parte que yo arranqué todavía no se ha igualado con el resto de la barba.

[890] *a altas vozes*: grandes gritos.

[891] *varaja*: pelea, querella.

[892] *natura*: linaje.

[893] En este y el verso siguiente Fernando repite el argumento de García, afirmando que abandonaron a sus mujeres legalmente por pertenecer a la nobleza baja.

142

Mio Çid Ruy Díaz   a Pero Vermúez cata:
"¡Fabla, Pero Mudo,   varón que tanto callas!
Hyo las he fijas,   e tu primas cormanas; [894]
a mí lo dizen,   a ti dan las orejadas. [895]
Si yo rrespondier,   tú non entrarás en armas."   3305

143

Pero Vermúez   compeçó de fablar;
detiénes'le la lengua,   non puede delibrar, [896]
mas quando empieça,   sabed, nol' da vagar. [897]
"Direvos, Çid,   costu[m]bres avedes tales,
siempre en las cortes   Pero Mudo me llamades,   3310
bien lo sabedes   que yo non puedo más;
por lo que yo oviera fer   por mí non mancará. [898]
¡Mientes Ferrando,   de quanto dicho has!
Por el Campeador   mucho valiestes más.
Las tus mañas   yo te las sabré contar: 3315
¿Miémbrat' [899] quando lidiamos   çerca Valençia la grand?
Pedist' las feridas primeras   al Campeador leal,
vist' un moro,   fustel' ensayar; [900]

---

[894] *primas cormanas*: primas carnales.

[895] *dan las orejadas*: a mí me lo dicen directamente y a ti te lo previenen, te tiran de las orejas.

[896] *delibrar*: soltar la lengua, comenzar a hablar porque es tartamudo.

[897] *nol' da vagar*: no para.

[898] *mancará*: faltará.

[899] *Miémbrat'*: acuérdate.

[900] *ensayar*: acometer.

antes fuxiste   que a [é]l te allegasses. [901]   3318b

Si yo non uvias',   el moro te jugara mal, [902]

passé por ti,   con el moro me of [903] de ayuntar,   3320

de los primeros colpes   ofle [904] de arrancar;

did' el cavallo,   tóveldo en poridad, [905]

fasta este día   no lo descubrí a nadi,

(f. 66 v.) delant Mio Çid e delante todos   ovístete de alabar

que mataras el moro   e que fizieras barnax; [906]   3325

croviérontelo todos,   mas non saben la verdad.

E eres fermoso,   mas mal Varragán. [907]

Lengua sin manos,   ¿cuémo osas fablar?

144

Di, Ferrando,   otorga esta razón:

¿Non te viene en miente   en Valençia lo del león,   3330

quando durmié Mio Çid   e el león se desató?

E tú, Ferrando,   ¿qué fizist con el pavor?

Metístet' tras el escaño   de Mio Çid el Campeador,

me[n]tístet', Ferrando,   por ó menos vales oy. [908]

Nós çercamos el escaño   por curiar nuestro señor,   3335

fasta dó despertó Mio Çid,   el que Valençia gañó;

---

[901] *antes fuxiste   que a [é]l te allegasses*: huiste antes de llegar a él. Quien huía del campo de batalla cometía un delito de alevosía o traición.

[902] *Si yo non uvias',   el moro te jugara mal*: si yo no te hubiese ayudado el moro te habría jugado una mala partida.

[903] *of*: hube.

[904] *ofle*: húbele.

[905] *did' el cavallo,   tóveldo en poridad*: te di el caballo y te guardé el secreto.

[906] *barnax*: proeza.

[907] *mal varragán*: cobarde.

[908] *me[n]tístet', Ferrando,   por ó menos vales oy*: es la fórmula jurídica de desafío por menos valer que se completa en los vv. 3343 y 3349.

levantós' del escaño   e fues' pora'l león,
el león premió la cabeça,   a Mio Çid esperó,
dexós'le prender al cuello,   e a la red le metió.
Quando se tornó   el buen Campeador,   3340
a sos vassallos   viólos a derredor;
demandó por sus yernos,   ninguno non falló.
Riébtot' el cuerpo   por malo e por traidor. [909]
Estot' lidiaré aquí   ant'el rey don Alfonsso,
por fijas del Çid,   don Elvira e doña Sol,   3345
por quanto las dexastes   menos valedes vos,
ellas son mugieres   e vós sodes varones,
en todas guisas   más valen que vós.
Quando fuere la lid,   si ploguiere al Criador,
(f. 67 r.) tú lo otorgarás   a guisa de traidor; [910]   3350
de quanto he dicho   verdadero seré yo."
D' aquestos amos   aquí quedo la razón.

145

Diego Gonçález   odredes lo que dixo:
"De natura somos   de los condes más li[m]pios.
¡Estos casamientos   non fuessen aparecidos! [911]   3355
por consagrar   con Mio Çid don Rodrigo;
porque dexamos sus fijas   aún no nos repentimos,
mientra que bivan   pueden aver sospiros,
lo que les fiziemos   serles ha retraído. [912]

---

[909] *Riébtot' el cuerpo   por malo e por traidor:* te desafío a muerte por malo
y traidor. Sigue la formulación jurídica de la acusación de minusvalía.

[910] *tú lo otorgarás   a guisa de traidor:* tú lo confesarás porque eres traidor.

[911] *Estos casamientos   non fuessen aparecidos:* ojalá no se hubiesen celebrado estos matrimonios.

[912] *lo que les fiziemos   serles ha retraído:* serán acusadas de lo que les
hicimos. Con esta frase Diego subraya que no podrán recuperar la honra,
e indirectamente que no podrán volver a casarse.

Esto lidiaré   a tod el más ardido,[913]   3359b
que porque las dexamos   ondrados somos nós."   3360

146

Martín Antolínez   en pie se levantava:
"¡Calla, alevoso,   boca sin verdad!,[914]
lo del león   non se te deve olbidar;
saliste por la puerta,   metístet' al corral,
fústed' meter   tras la viga lagar,   3365
mas non vesti[s]d   el manto nin el brial.
Hyo lo lidiaré,   non passará por ál.
Fijas del Çid,   porque las vós dexastes,
en todas guisas, sabet,   que más valen que vós.
Al partir de la lid   por tu boca lo dirás,[915]   3370
que eres traidor   e mentist' de quanto dicho has."
D'estos amos   la razón fincó.

147

Asur Gonçález   entrava por el palaçio,
manto armiño   e un brial rastrando,[916]
vermejo[917] viene,   ca era almorzado,   3375
(f. 67 v.) en lo que fabló   avié poco recabdo:[918]

---

[913] *ardido*: atrevido, valiente.
[914] *Calla, alevoso,   boca sin verdad*: inicio de la fórmula jurídica de desafío.
[915] *Al partir de la lid   por tu boca lo dirás*: al acabar el duelo lo confesarás. Este y el verso siguiente dan fin a la fórmula jurídica del desafío.
[916] *rastrando*: arrastrando.
[917] *vermejo*: rojo.
[918] *poco recabdo*: imprudentemente.

148

"Hya varones,   ¿quién vio nunca tal mal?
¿Quién vos darié nuevas   de Mio Çid el de Bivar?
Fuesse a Río d'Ovirna   los molinos picar, [919]
e prender maquilas,   como lo suele far. [920]   3380
¿Quil' darié   con los de Carrión a casar?"

149

Essora Muño Gustioz   en pie se levantó:
"¡Calla alevoso,   malo e traidor! [921]
Antes almuerzas   que vayas a oración,
a los que das paz,   fártaslos aderredor. [922]   3385
Non dizes verdad   [a] amigo ni ha señor,
falsso a todos   e más al Criador.
En tu amistad   non quiero aver ración.
Fazértelo [é]dezir   que tal eres qual digo yo." [923]
Dixo el rey Alfonsso: "Calle ya esta razón. [924]   3390
Los que an rebtado   lidiarán, sin salve Dios".

---

[919] *molinos picar*: reparar las muelas de los molinos.

[920] *E prender maquilas,   como lo suele far*: recaudar el pago de la molienda; *maquila* significa la parte de grano o cibera que se paga al molinero en razón de la molienda. Asur González, como sus hermanos antes, alega que el abandono es legal debido a la baja condición social del Cid. Algunos ven una velada acusación al legendario nacimiento ilegítimo del Cid, aunque esta leyenda es posterior al poema.

[921] Primera parte de la fórmula de desafío.

[922] *a los que das paz,   fártaslos aderredor*: hartas con tus eructos a quienes das la paz. Se refiere al beso de paz que se daba en la misa y a que Asur es un glotón.

[923] Termina la fórmula de desafío.

[924] En este verso y en el siguiente el rey dispone que quienes se han desafiado lleven a cabo los duelos, que aquí no se presentan como ordalía sino como un procedimiento judicial público.

Assí como acaban   esta razón,
afé dos cavalleros   entraron por la cort.
Al uno dizen Ojarra   e al otro Yénego Siménez,[925]
el uno es [del] ifante[926] de Navarra   e el otro [del] ifante
                                        [de Aragón;   3395-3396
besan las manos   al rey don Alfonsso,
piden sus fijas   a Mio Çid el Campeador
por ser reinas   de Navarra e de Aragón,
e que ge las diessen   a ondra e a bendición.[927]   3400
(f. 68 r.) A esto callaron   e ascuchó toda la cort.
Levantós' en pié   Mio Çid el Campeador:
"Merçed, rey Alfonsso,   vós sodes mio señor.
Esto gradesco yo   al Criador,
quando me las demandan   de Navarra e de Aragón.   3405
Vós las casastes antes,   ca yo non,
afé mis fijas,   en vuestras manos son,[928]
sin vuestro mandado   nada non feré yo."
Levantós' el rey,   fizo callar la cort:
"Ruegovós, Çid,   caboso Campeador,   3410
que plega a vós   e atórgarlo he yo,
este casamiento   oy se otorge en esta cort,
ca créçevos í ondra   e tierra e onor."

_____

[925] Estos dos personajes podrían referirse a personajes históricos, aunque la identificación es insegura. El apellido Oxarra era un antropónimo navarro que proviene del término vascuence *otsar*, que tiene la acepción de lobo macho. Se han identificado al menos cuatro posibles Íñigo Jiménez aragoneses.

[926] *ifante*: príncipe. Ambos son los emisarios de los herederos de los reinos de Navarra y de Aragón.

[927] *a ondra e a bendiçion*: como mujeres legítimas.

[928] *en vuestras manos son*: Rodrigo insiste en que sus hijas continúan bajo la potestad del rey.

Levantós' Mio Çid,   al rey las manos le besó:
"Quando a vós plaze,   otórgolo yo, señor."   3415
Essora dixo el rey: "Dios vós dé den buen galardón.
A vós, Ojarra,   e a vós, Yénego Ximénez,
este casamiento   otórgovosle yo
de fijas de Mio Çid,   don Elvira e doña Sol,
pora los ifantes   de Navarra e de Aragón,   3420
que vos las dé   a ondra e a bendición."
Levantós' en pie Ojarra   e Ynego Ximénez,
besaron las manos   del rey don Alfonsso,
e después de Mio Çid   el Campeador,
metieron las fes   e los omenajes dados son, [929]   3425
que cuemo es dicho,   assí sea o mejor.
(f. 68 v.) A muchos plaze   de tod esta cort,
mas non plaze ,   a los ifantes de Carrión.
Minaya Alba[r] Fáñez   en pie se levantó:
"Merçed vos pido   como a rey e a señor,   3430
e que non pese esto   al Çid Campeador;
bien vos di vagar [930]   en toda esta cort;
dezir querría   yaquanto de lo mio."
Dixo el rey: "Plazme de coraçón.
Dezid, Minaya,   lo que oviéredes sabor."   3435
"Hyo vos ruego   que me oyades toda la cort,
en grand rencura he   de ifantes de Carrión.
Hyo les dí mis primas   por mandado del rey Alfonsso,

---

[929] *metieron las fes   e los omenajes dados son*: se dieron los juramen-
tos y los homenajes. Con este acto se confirma el vínculo feudal entre
ambos. Es semejante al acto que antes hubo entre el Cid y los infantes
(vv. 2092-2093).

[930] *bien vos di vagar*: hasta ahora he esperado sin intervenir.

ellos las prisieron   a ondra e a bendición;
grandes averes les dió   Mio Çid el Campeador,   3440
ellos las han dexadas   a pesar de nós.
Riébtoles los cuerpos   por malos e por traidores. [931]
De natura sodes   de los de Vanigómez, [932]
onde salién condes   de prez e de valor;
mas bien sabemos   las mañas que ellos han.   3445
Esto gradesco yo   al Criador,
quando piden mis primas,   don Elvira e doña Sol,
los ifantes   de Navarra e de Aragón;
antes las aviedes parejas   pora en braços las tener, [933]
agora besaredes sus manos   e llamarlas hedes señoras,   3450
averlas hedes a servir,   mal que vos pese a vós.
Grado a Dios del çielo   e aquel rey don Alfonsso,
(f. 69 r.) asíl' creçe la ondra   a Mio Çid el Campeador,
en todas guisas   tales sodes quales digo yo;
si ay qui responda   o dize de no,   3455
hyo so Albar Fáñez   pora tod el mejor."
Gómez Peláyet [934]   en pie se levantó:
"¿Qué val, Minaya,   toda essa razón?

---

[931] Vemos de nuevo la fórmula de desafío, aunque en este caso no se formula de manera concreta.

[932] *De natura sodes   de los de Vanigómez*: sois del linaje de los Benigómez. El patronímico proviene del árabe *báni*, hijo de Gómez, linaje que se inició con Diego Múñoz (m. h. 951), conde de Saldaña. A fines del s. XI Pedro Ansúrez, su descendiente más señalado, era suegro de Alvar Fáñez, lo que pone de manifiesto lo peregrino de ser Fáñez quien repruebe el comportamiento de este linaje.

[933] *antes las aviedes parejas   pora en braços las tener*: antes las teníais como mujeres iguales y legítimas.

[934] *Gómez Peláyet*: Gómez Pélaez (m. 1118) era primo de Pedro Ansúrez, nieto de Gómez Díaz de Carrión, y estaba casado con una hija de García Ordóñez.

Ca en esta cort   a farto ha pora vos,[935]
e qui ál quisiesse   serié su ocasión.   3460
Si Dios quisiere   que d'ésta bien salgamos nós,
después veredes   qué dixiestes o qué no."
Dixo el rey: "Fine esta razón;
non diga ninguno   d'ella más una entención.
Cras sea la lid,   quando saliere el sol,   3465
d'estos III por tres   que rebtaron en la cort."
Luego fablaron   ifantes de Carrión:
"Dandos, rey, plazo,   ca cras ser non puede.
Armas e cavallos   tienen los del Campeador,
nós antes abremos a ir   a tierras de Carrión."   3470
Fabló el rey   contral'[936] Campeador:
"Sea esta lid   ó mandáredes vos."
En essora dixo Mio Çid: "No lo faré, señor,
más quiero a Valençia   que tierras de Carrión."
En essora dixo el rey: "A osadas,[937] Campeador,   3475
dadme vuestros cavalleros   con todas vuestras guarnizones,
vayan comigo,   yo seré el curiador,[938]
hyo vos lo sobrelievo,[939]   como [a] buen vassallo faze a señor,
que non prendan fuerça   de conde nin de ifançón.[940]
(f. 69 v.) Aquí les pongo plazo   de dentro en mi cort,[941]   3480

---

[935] *farto ha pora vos*: hay muchos que pueden lidiar contigo.

[936] *contral'*: al.

[937] *A osadas*: por supuesto.

[938] *curiador*: fiador.

[939] *sobrelievo*: garantizo.

[940] *que non prendan fuerça   de conde nin de ifançón*: de que no sean atacados por ningún noble.

[941] En este verso y los siguientes vemos que el desafío se presenta como un procedimiento judicial público presidido por el rey que es quien seña-la el lugar y fecha de los duelos, manda acotar los contornos del campo donde se efectuará el combate y designa los jueces del campo.

a cabo de tres semanas,   en begas de Carrión,
que fagan esta lid   delant estando yo;
quien no viniere al plazo   pierda la razón,
desí sea vençido   e escape por traidor."
Prisieron el juizio[942]   ifantes de Carrión.   3485
Mio Çid al rey la manos le besó   e dixo: "Plazme, señor,
estos mis tres cavalleros   en vuestra mano son,
d'aquí vos los acomiendo   como a rey e a señor.
Ellos son adobados   pora cumpllir todo lo so.
Ondrados me los enbiad a Valençia,   por amor del
                                              [Criador." 3490
Essora respuso el rey: "Assí lo mande Dios."
Allí se tollió el capiello   el Çid Campeador,
la cofia de rançal   que blanca era como el sol,
e soltava la barba   e sacóla del cordón.[943]
Nos' fartan de catarle   quantos ha en la cort.   3495
Adeliñó a él el conde don Anrich   e el conde don Remond;
abraçólos tan bien   e ruégalos de coraçón
que prendan de su averes   quanto ovieren sabor.
A essos e a los otros   que de buena parte son,
a todos los rogava   assí como han sabor;   3500
tales í á que prenden,   tales í á que non.
Los CC marcos   al rey los soltó.[944]
De lo ál tanto priso   quant ovo sabor.
"Merçed vos pido, rey,   por amor del Criador,
quando todas estas nuevas   assí puestas son,   3505
beso vuestras manos   con vuestra graçia, señor,

_____

[942] *Prisieron el juizio*: aceptaron la sentencia.

[943] El Cid se suelta la barba porque confía en la garantía del rey y ya no teme ser ultrajado.

[944] *soltó*: libró, perdonó.

e irme quiero pora Valençia,   con afán la gané yo." [945]

[...]

150

(f. 70 r.) El rey alçó la mano,   la cara se sanctigó:
"Hyo lo juro   par Sant Esidro el de León
que en todas nuestras tierras   non ha tan buen varón."   3510
Mio Çid en el cavallo   adelant se llegó,
fue besar la mano   a so señor Alfonsso:
"Mandástesme mover   a Bavieca el corredor,
en moros ni en christianos   otro tal non ha oy,
hi[o] vos le do en don,   mandédesle tomar, señor."   3515
Essora dixo el rrey: "D'esto non he sabor;
si a vós le tollies' el cavallo   non havrié tan buen señor.
Mas a tal cavallo cum est   pora tal como vós,
pora arrancar moros del campo   e ser segudador,
quien vos lo toller quisier   nol' vala el Criador,   3520
ca por vós e por el caballo   ondrados somos nós."
Essora se espidieron   e luegos' partió la cort. [946]
El Campeador a los que han lidiar   tan bien los castigó:
"Hya Martín Antolínez,   e vós, Pero Vermúez, e Munño
[Gustioz,   3524-3525
firmes sed en campo   a guisa de varones;   3525b
buenos mandados me vayan   a Valençia de vós."
Dixo Martín Antolínez: ¿Porqué lo dezides, señor?,

[945] Después de este verso hay una laguna de un folio. Se puede reconstruir de la *Crónica de Veinte reyes*. El Cid hace correr a Babieca para demostrar las excelencias del caballo a la vez que muestra su destreza como jinete.

[946] *Essora se espidieron   e luegos' partió la cort*: entonces se despidieron y se disolvió la corte.

preso avemos el debdo   e a passar es por nós,[947]

podedes oír de muertos,   ca de vençidos no."

Alegre fue d'aquesto   el que en buen ora naçió.   3530

Espidiós' de todos   los que sos amigos son,

Mio Çid para Valençia,   e el rey para Carrión.

(f. 70 v.) Mas tres semanas de plazo   todas complidas son.

Félos al plazo   los del Campeador,

cumplir quieren el debdo   que les mandó so señor,   3535

ellos son en p[o]der del rey   don Alfonsso el de León;[948]

dos días atendieron   a ifantes de Carrión.

Mucho vienen bien adobados   de cavallos e de guarnizones,

e todos sus parientes   con ellos son;

que si los pudiessen apartar   a los del Campeador,   3540

que los matassen en campo   por desondra de so señor.

El cometer fue malo,   que lo ál nos' empeçó,[949]

ca grand miedo ovieron   a Alfonsso el de León.

De noche belaron las armas   e rogaron al Criador.

Troçida es la noche,   ya quiebran los albores;   3545

muchos se juntaron   de buenos ricos omnes

por ver esta lid,   ca avién ende sabor;

demás sobre todos[950]   í es el rey don Alfonsso,

por querer el derecho   e non consentir el tuerto.

Hyas' metién en armas   los del buen Campeador,   3550

todos tres se acuerdan,   ca son de un señor.

En otro lugar se arman   los ifantes de Carrión;

---

[947] *preso avemos el debdo   e a passar es por nós*: hemos aceptado la obligación y la cumpliremos.

[948] *ellos son en p[o]der del rey   don Alfonsso el de León*: ellos están bajo la protección del rey.

[949] *El cometer fue malo,   que lo ál nos' empeçó*: el (plan) pensamiento fue malvado pero la acción no se empezó.

[950] *demás sobre todos*: por encima de todos.

sedielos castigando   el conde Garçi Ordóñez.
Andidieron en pleito,   dixiéronlo al rey Afonsso,
que non fuessen [951] en la batalla   las espadas tajadores /
                                        [Colada e Tizón,   3555-3556
que non lidiassen con ellas   los del Campeador.   3556b
Mucho eran repentidos   los ifantes por quanto dadas son.
Dixiérongelo al rey,   mas non ge lo conloyó: [952]
"Non sacastes [953] ninguna   quando oviemos la cort.
(f. 71 r.) Si buenas las tenedes,   pro abran a vós;   3560
otrosí farán   a los del Campeador.
Levad [954] e salid al campo,   ifantes de Carrión.
Huebos vos es que lidiedes   a guisa de varones,
que nada non mancará   por los del Campeador.
Si del campo bien salides,   grand ondra avredes vós;   3565
e si fueres vençidos,   non rebtedes a nós,
ca todos lo saben   que lo buscastes vós."
Hya se van repintiendo   ifantes de Carrión,
de lo que avién fecho   mucho repisos [955] son;
no lo querién aver fecho   por quanto ha en Carrión.   3570
Todos tres son armados   los del Campeador,
hívalos ver   el rey don Alfonsso,
dixieron   los del Campeador:
"Besámosvos las manos,   como a rey e a señor,
que fiel [956] seades oy   d'ellos e de nós;   3575
a derecho nos valed,   a ningún tuerto no.

---

[951] *que non fuessen*: que no usaran.
[952] *conloyó*: aprobó.
[953] *sacastes*: excluisteis.
[954] *Levad*: levantaos.
[955] *repisos*: arrepentidos.
[956] *fiel*: juez de la lid.

Aquí tienen su vando   los ifantes de Carrión,
non sabemos   qués' comidrán [957] ellos o qué non;
en vuestra mano   nos metió nuestro señor;
tenendos a derecho,   por amor del Criador."   3580
Essora dixo el rey: "D'alma e de coraçón."
Adúzenles los cavallos   buenos e corredores,
santiguaron las siellas   e cavalgan a vigor;
los escudos a los cuellos,   que bien brocados son;
(f. 71 v.) e[n] mano prenden las astas   de los fierros tajadores,
estas tres lanças traen   seños pendones;
e derredor d'ellos   muchos buenos varones.
Hya salieron al campo   dó eran los mojones. [958]
Todos tres son acordados   los del Campeador,
que cada uno d'ellos   bien fos' ferir el so.   3590
Févos de la otra part   los ifantes de Carrión,
muy bien aconpañados,   ca muchos parientes son.
El rey dioles fieles   por dezir el derecho e ál non,
que non varagen [959] con ello   de sí o de non.
Dó sedién [960] en el campo   fabló el rey don Alfonsso: 3595
"Oíd que vos digo,   ifantes de Carrión:
esta lid en Toledo la fiziérades,   más non quisiestes vos.
Estos tres cavalleros   de Mio Çid el Campeador
hyo los adux a salvo [961]   a tierras de Carrión;
aved vuestro derecho,   tuerto non querades vós,   3600

---

[957] *comidrán*: planearán.

[958] *mojones*: postes que señalan la extensión del campo donde se efectú-
an los duelos.

[959] *varagen*: disputen. El rey nombra a los jueces de la lid para que deci-
dan los resultados según la ley y para que impidan las riñas entre los dos
bandos contendientes.

[960] *Dó sedién*: cuando estaban.

[961] *hyo los adux a salvo*: yo los traje bajo mi protección.

ca qui tuerto quisiere fazer,   mal ge lo vedaré yo,
en todo mio reyno   non avrá buena sabor."
Hya les va pesando   a los ifantes de Carrión.
Los fieles e el rey   enseñaron los mojones,
librávanse [962] del campo   todos aderredor.   3605
Bien ge lo demostraron   a todos VI cómo son,
que por í serié vençido   qui saliesse del mojón.
Todas las yentes   esconbraron aderredor, [963]
más de VI astas de lanças   que non llegassen al mojón.
Sorteávanles el campo,   ya les partién el sol, [964]   3610
salién los fieles de medio,   ellos cara por cara son.
(f. 72 r.) Desí vinién los de Mio Çid   a los ifantes de Carrión,
e los ifantes de Carrión   a los del Campeador,
cada uno d'ellos   mientes tiene al so. [965]
Abraçan los escudos   delant los coraçones,   3615
abaxan las lanças   abueltas con los pendones,
enclinavan las caras   sobre los arzones,
batién los cavallos   con los espolones,
tembrar querié la tierra   do[n]d eran movedores.
Cada uno d'ellos   mientes tiene al so;   3620
todos tres por tres   ya juntados son.
Cuédanse que essora cadrán muertos   los que están
                                               [aderredor. [966]

---

[962] *librávanse*: se apartaban para despejar el campo.

[963] *esconbraron aderredor*: despejaron el lugar.

[964] *Sorteávanles el campo,   ya les partién el sol*: sortearon los lados del campo y lo dividieron de forma que el sol no estorbara más a unos que a otros.

[965] *mientes tiene al so*: cada uno se concentra en su adversario.

[966] *Cuédanse que essora cadrán muertos   los que están aderredor*: los que están alrededor temen que todos caerán muertos por la fuerza de la acometida.

Pero Vermúez,   el que antes rebtó,
con Ferrá[n] Gonçález   de cara se juntó
firíensse en los escudos   sin todo pavor.   3625
Ferrán Gonçález a Pero Vermúez   el escudo passó,[967]
prísol' en vazío,   en carne nol' tomó,
bien en dos logares   el astil le quebró.
Firme estido Pero Vermúez,   por esso nos' encamó;[968]
un colpe recibiera,   mas otro firió.   3630
Quebrantó la boca del escudo,   apart ge la echó,
passógelo todo,   que nada nol' valió,[969]
metiól' la lança por los pechos,   que nada nol' valió,[970]
tres dobles de loriga tenié Fernando,[971]   aquestol' prestó,
las dos le desmanchan   e la terçera fincó;[972]   3635
el bélmez con la camisa   e con la guarnizón
de dentro en la carne   una mano ge la metió;[973]
por la boca afuera   la sangrel' salió,
(f. 72 v.) quebráronle las çinchas,   ninguna nol' ovo pro,
por la copla[974] del cavallo   en tierra lo echó.   3640
Assí lo tenién las yentes   que malferido es de muert.
Él dexó la lança   e al espada metió mano,

---

[967] *passó*: atravesó.

[968] *encamó*: ladeó, volcó.

[969] *passógelo todo,   que nada nol' valió*: se lo atravesó todo (el escudo) que de nada le sirvió.

[970] *metiól' la lança por los pechos,   que nada nol' valió*: le metió la lanza en el pecho y no le protegió.

[971] *tres dobles de loriga tenié Fernando*: la loriga de Fernando tenía tres telas de malla.

[972] *las dos le desmanchan   e la terçera fincó*: las dos primeras fueron perforadas, pero la tercera resistió.

[973] *una mano ge la metió*: le metió (la lanza) un palmo.

[974] *copla*: grupa.

quando lo vió Ferrán Gonçález,   conuvo[975] a Tizón,
antes que el colpe esperasse, dixo: "Vençudo so."[976]
Atorgárongelo los fieles,[977]   Pero Vermúez le dexó.   3645

151

Martín Antolínez e Diego Gonçález   firiéronse de las lanças;
tales fueron los colpes   que les quebraron amas.
Martín Antolínez   mano metió al espada,
relumbra todo el campo,   tanto es limpia e clara.
Diol' un colpe,   de traviessol' tomava,[978]   3650
el casco de somo   apart se lo echava,
las moncluras del yelmo   todas ge las cortava,
allá llevó el almófar,   fata la cofia llegava,
la cofia e el amófar,   todo ge lo llevava;
raxol' los pelos de la cabeça,   bien a la carne llegava,   3655
lo uno cayó en el campo,   lo ál suso fincava.
Quando este colpe á ferido   Colada la preçiada,
vio Diego Gonçález   que no escaparié con el alma;
bolvió la rienda al cavallo   por tornasse de cara;
essora Martín Antolínez,   reçibiól' con el espada,   3660
un colpe dio de llano,   con lo agudo nol' tomava.[979]

---

[975] *conuvo*: reconoció.

[976] *Vençudo so*: vencido soy. Fórmula legal por la que Fernando concede la derrota.

[977] *Atorgárongelo los fieles*: los jueces del campo se lo otorgaron, es decir, que la dan por válida.

[978] *Diol' un colpe.... fincava* (vv. 3650-3656): le dio un golpe y le tomó al través la parte superior del casco que echó fuera, le cortó las ataduras del yelmo, le quitó el almófar y la cofia y los echó igualmente fuera, le raspó los pelos de la cabeza y llegó hasta la carne, de modo que una parte cayó al suelo y el resto permaneció en la cabeza.

[979] *un colpe dio de llano,   con lo agudo nol' tomava*: le dio un cintarazo, es decir, un golpe con el envés de la espada no con el filo.

Dia Gonçalez espada tiene en mano,   más no la /
                                          [ensayava.   3662-3663
(f. 73 r) Esora el ifante   tan grandes vozes dava:
"¡Valme, [980] Dios glorioso, señor,   e cúriam' [981] d'este espada!"
El cavallo asorrienda   e mensurándol' del espada, [982]
sacól' del mojón;   Martín Antolínez en el campo fincava.
Essora dixo el rey: "Venidvos a mi compaña; [983]
por quanto avedes fecho   vençida avedes esta batalla."
Otórgangelo los fieles   que dize verdadera palabra.   3670

152
Los dos han arrancado,   direvos de Muño Gustioz,
con Assur Gonçález,   cómo se adobó. [984]
Firiensse en los escudos,   unos tan grandes colpes;
Assur Gonçález,   furçudo [985] e de valor,
firió en el escudo,   a don Muño Gustioz,   3675
tras el escudo,   falssóge la guarnizón;
en vazío fue la lança,   ca en carne nol' tomó.
Este colpe fecho,   otro dió Muño Gustioz,
tras el escudo   falssóge la guarnizón, [986]
por medio de la bloca   el escudol' quebrantó;   3680
nol' pudo guarir,   falssóge la guarnizón,

---

[980] *Valme*: ayúdame.

[981] *cúriam'*: protégeme.

[982] *El cavallo asorrienda ... fincava* (vv. 3666-3667): frena el caballo y apartándolo de la espada lo sacó del mojón; Martín Antolínez permaneció dentro del campo.

[983] *Venidvos a mi compaña ... palabra*: (vv. 3668-3670): el rey declara vencedor a Antolínez y los jueces lo confirman.

[984] *adobó*: comportó.

[985] *furçudo*: fuerte, robusto.

[986] *falssóge la guarnizón*: le atravesó la cota de malla, tras haberlo hecho con el escudo.

apart le priso,'   que non cab' el coraçón, [987]

metiól' por la carne adentro   la lança con el pendón,

de la otra part   una braça ge la echó, [988]

con él dió una tuerta,   de la siella lo encamó, [989]   3685

al tirar de la lança   en tierra lo echó,

vermejo salió el astil,   e la lança e el pendón.

Todos se cuedan   que ferido es de muert.

La lança recombró   e sobr' él se paró. [990]

(f. 73 v.) Dixo Gonçalo Assúrez: "¡Nol' firgades, [991] por
                                    [Dios! 3690

Vençudo es el campo   quando esto se acabó." [992]

Dixieron los fieles: "Esto oímos nós."

Mandó librar [993] el campo   el buen rey don Alfonsso,

las armas que í rastaron   él se las tomó. [994]

Por ondrados se parten   los del buen Campeador,   3695

vençieron esta lid,   grado al Criador.

Grandes son los pesares   por tierras de Carrión.

El rey a los de Mio Çid   de noche los enbió,

que no les diessen salto   nin oviessen pavor.

---

[987] *apart le priso,'*   *que non cab' el coraçón*: le alcanzó por el costado, no cerca del corazón.

[988] *de la otra part*   *una braça ge la echó*: le atravesó de parte a parte y la lanza salió por la espalda.

[989] *con él dió una tuerta ... echó* (vv. 3684-85): dio una vuelta (retorcedura) con él y lo derribó de la silla y al tirar de la lanza lo derribó a tierra.

[990] *La lança recombró*   *e sobr' él se paró*: recobró la lanza que se detuvo a su lado.

[991] *firgades*: hiráis.

[992] *Vençudo es el campo ... Esto oímos nós* (vv. 3691-3692): el padre de Asur pide que se declare la derrota y los jueces lo conceden.

[993] *librar*: despejar.

[994] *las armas que í rastaron*   *él se las tomó*: dejaron las armas y las tomó el rey. El rey tenía derecho a las armas de los vencidos.

A guisa de menbrados[995]   andan días y noches,   3700
félos en Valençia   con Mio Çid el Campeador.
Por malos los dexaron   a los ifantes de Carrión,[996]
conplido han el debdo   que les mandó so señor,
alegre fue d'aquesto   Mio Çid el Campeador.
Grant es la biltança[997]   de ifantes de Carrión.   3705
Qui buena dueña escarneçe   e la dexa después,[998]
atal le contesca   o si quier peor.
Dexémosnos de pleitos   de ifantes de Carrión,
de lo que han preso[999]   mucho an mal sabor.
Fablemos nós d'aqueste   que en buen ora naçió.   3710
Grandes son los gozos   en Valençia la mayor,
porque tan ondrados fueron   los del Campeador.
Prisos' a la barba   Ruy Díaz so señor:
(f. 74 r.) "¡Grado al rey del çielo,   mis fijas vengadas son!
Agora las ayan quitas   heredades de Carrión.[1000]   3715
Sin vergüença las casaré   a quien pese o a quien non."
Andidieron en pleitos[1001]   los de Navarra e de Aragón,
ovieron su ayunta[1002]   con Alfonsso el de León,

---

[995] *menbrados*: prudentes.

[996] *por malos los dexaron   a los ifantes de Carrión*: a los infantes de Carrión los dejaron por infames, es decir, sujetos a las penas de menos valer, que conllevaban la pérdida de derechos nobiliarios y la separación de la corte y de los otros nobles.

[997] *biltança*: deshonra, infamia.

[998] *Qui buena dueña ... peor* (vv. 3706-3707): quien afrente a una buena dama y después la abandone le debe ocurrir lo mismo o peor.

[999] *preso*: recibido.

[1000] *Agora las ayan quitas   heredades de Carrión*: ahora les pertenecen las heredades de Carrión libremente, es decir, que las arras de los infantes son suyas porque han sido declarados culpables de la ruptura del matrimonio.

[1001] *pleitos*: negociaciones.

[1002] *ayunta*: reunión.

fizieron sus casamientos   con don Elvira e con doña Sol.

Los primeros fueron grandes,   mas aquestos son mijores;   3720

a mayor ondra las casa   que lo que primero fue.

Ved qual ondra creçe   al que en buen ora nació,

quando señoras son sus fijas   de Navarra e de Aragón. [1003]

Oy los rreyes d'España   sos parientes son, [1004]

a todos alcança ondra   por el que en buen ora naçió.   3725

Passado es d'este sieglo   el día de cinquaesma. [1005]

De Christus   haya perdón.

Assí, fagamos nós todos   justos e pecadores. [1006]

Estas son las nuevas [1007]   de Mio Çid el Campeador,

en este logar   se acaba esta razón. [1008]   3730

[1003] *quando señoras son sus fijas   de Navarra e de Aragón*: no es exacto. Una hija, Cristina, se casara con Ramiro, infante de Navarra, y de esa unión naciera García el Restaurador, rey de Navarra. La otra, María, se casó con Ramón Berenguer III, conde de Barcelona, cuando todavía no se había hecho la unión con el reino de Aragón.

[1004] *Oy los rreyes d'España   sos parientes son*: hoy los reyes de España descienden del Cid. Hoy se puede interpretar como tiempo que concierne al propio relato o como el tiempo del autor. Creo que se refiere a la fecha en que se escribió, a fines del siglo XII o principios del XIII.

[1005] *Passado es d'este sieglo   el día de cinquaesma*: murió el día de Pentecostés.

[1006] *Assí, fagamos nós todos   justos e pecadores*: así nos perdone a todos, a justos y pecadores.

[1007] *nuevas*: hazañas.

[1008] *razón*: poema.

[*Explicit*]

Quien escrivió este libro   del' Dios paraíso. Amen.

Per Abbat le escribió [1009]   en el mes de mayo,

en era de mil e CC XL V años. [1010]

[El (el) romanz [1011]

es leído, datnos del vino; si non tenedes dineros, echad

allá unos peños, [1012] que bien vos lo darán sobr'el[l]os.]

[1009] *Per Abbat le escribió*: se ha debatido si Per Abbat fue el autor o copista del poema, pero ya que el verbo escribir significaba generalmente copiar, la crítica se inclina por que fue el copista del manuscrito.

[1010] *en era de mil e CC XLV años*: se trata de la era del César de 1245, fecha que se utilizó con frecuencia en España hasta el siglo XIV. Se corresponde con el año de Cristo de 1207.

[1011] Se trata del colofón del recitador.

[1012] *peños*: prendas.

Actividades en torno a *Poema de Mio Cid* (apoyos para la lectura)

1. Estudio y análisis

1.1. Género, relaciones e influencias

El *Poema de Mio Cid* es una epopeya y como tal la acción transcurre en un mundo esencialmente masculino y militar donde se narran las hazañas del héroe que supera los obstáculos y peligros que le tienden sus enemigos y recobra con creces la honra y honores perdidos. Además del *Poema de Mio Cid* se ha conservado también otra epopeya sobre Rodrigo Díaz, conocida como *Mocedades de Rodrigo*. Se trata de un texto tardío, de hacia 1360 que narra la juventud de Rodrigo en la corte de Fernando I, desde su primera batalla hasta su legendaria defensa de Castilla de los poderes europeos y su matrimonio con doña Jimena. Tenemos noticias de otras narraciones épico-legendarias que posiblemente existieron como poemas épicos, aunque sólo sabemos de ellas por algunas noticias en la *Crónica Najerense* y porque Alfonso X las incorporó a su *Estoria de España*. Se suelen clasificar en tres grupos: el ciclo cidiano, integrado por los dos poemas mencionados sobre Rodrigo, a los que añade un poema supuestamente perdido sobre Sancho II; el ciclo de los condes de Castilla, en el que se encontrarían epopeyas sobre *Fernán González*, sobre los *Siete*

Infantes de Lara, sobre la *Condesa traidora* y el *Infant García*; también se supone la existencia de un grupo de poemas épicos de tema carolingio a partir de algunos datos sobre Roldán y Roncesvalles y Mainete. Además, hay también leyendas sobre Bernardo del Carpio, que sería un héroe leonés anticarolingio. Naturalmente, la epopeya francesa que cuenta con muchos textos épicos influyó en la epopeya castellana, aunque las diferencias entre los poemas franceses y las epopeyas castellanas conservadas son también notables.

1.2. El autor en el texto

El autor o narrador se manifiesta en el texto como un narrador omnisciente que conoce absolutamente todo sobre los personajes. Conoce sus actos, sus palabras, sus gestos y sus pensamientos. De ahí que deje hablar a sus personajes de manera directa en muchas ocasiones. Manifiesta su opinión sobre los personajes por medio de los epítetos épicos, "ardida lança", el que en buen ora nació", etc., y ocasionalmente a través de alabanzas o críticas más diferenciadas: "Fabló Mio Çid tan bien e tan mesurado" (v. 7), "tanto mal comidieron los ifantes de Carrión" (2713). Sin embargo, este tipo de observaciones es poco frecuente. En general, prefiere mostrar las acciones y dejar a los lectores que lleguen a sus propias conclusiones. Su presencia está muy medida y generalmente se limita a hacer llamadas de atención sobre la importancia de un episodio, o la gravedad de un asunto dirigiéndose directamente a la audiencia con un "sabet, señores". Parece dirigirse a un público fundamentalmente masculino y noble, como indica esa apelación de "señores".

1.3. Características generales (personajes, argumento, estructura, temas, ideas)

1.3.1. Número y variedad de personajes

En el *Poema* se mencionan personajes de diversa condición. De una parte está la comunidad cristiana, integrada por personas que pertenecen a los tres estamentos sociales que componían la sociedad medieval: el pueblo llano, la iglesia y la nobleza. De otra parte están los no cristianos: los judíos y los moros. El pueblo cristiano se ve de manera colectiva; se concreta en los burgueses y burguesas que miran por las ventanas la entrada de Rodrigo en Burgos y en la anónima niña de 9 años que interpela al Cid. Ninguno es identificado por su nombre, y sólo la niña tiene voz, aunque no se pueda considerar realmente un personaje del todo individualizado, ya que habla como portavoz del colectivo burgalés. La Iglesia secular está representada por el obispo don Jerónimo y la Iglesia regular por los monjes de Cárdena, subsumidos en la persona del abad don Sancho. El tercer grupo lo constituye la mesnada de Rodrigo y sus enemigos. Entre la mesnada también se encuentran peones que no pertenecen a la nobleza, pero sólo se identifican individualmente por su nombre, y en algunos casos por su origen geográfico los nobles adalides: –Martín Antolínez, 'burgalés de pro, Galin García, 'el bueno de Aragón'– o por sus posesiones o tenencias: –Alvar Fáñez, 'que Çorita mandó', Martín Muñoz, 'el que mandó en Mont Mayor'–. Estos son los vasallos que el Cid favorece sobre el resto y componen lo que podría ser su corte o curia. Son sus consejeros y las personas en quienes más confía tanto en la guerra, como en la defensa y protección de su familia o de su posesión más valiosa, es decir, de

Valencia. Los enemigos de Rodrigo pertenecen a la más alta nobleza, gozan del favor real y forman parte de la corte. El principal es el conde García Ordóñez y los nobles de su linaje, entre los que se nombra a Alvar Díaz. A este grupo se unirán en las Cortes de Toledo los infantes de Carrión, identificados como pertenecientes al antiguo y poderoso linaje de los Beni-Gómez. Un enemigo en el campo de batalla, aunque de ningún modo traidor, es el conde de Barcelona, a quien Rodrigo vence y hace prisionero en Tevar.

Los judíos están representados por la pareja de prestamistas Rachel y Vidas, de los cuales obtiene fondos con el engaño de las arcas para poder mantener su hueste en el camino al destierro. Entre los musulmanes nos encontramos con una población más variada. Hay hombres y mujeres que labran sus tierras y de quienes Rodrigo obtiene un sustancioso botín, y grandes ejércitos dirigidos por los más famosos reyes y generales, que son los únicos designados con nombre propio, Fariz y Galve, Yuçef, Búcar. Entre ellos sobresale Avengalbón, señor de Molina y calificado de amigo de paz. El elenco de los personajes más salientes, además de los dos grandes protagonistas, Rodrigo y el rey Alfonso, es el de los adalides de Rodrigo, que conforman el bando del Cid y el bando enemigo, agrupado en torno a García Ordóñez.

En este mundo masculino y guerrero las mujeres apenas se vislumbran y en todo caso aparecen de forma colectiva, como burguesas, cristianas, moras. También agrupadas se alude en varias ocasiones a las dueñas que acompañan a Jimena, la mujer del Cid. Sólo ésta y sus hijas, doña Elvira y doña Sol, son nombradas, aunque las hijas no se presentan individualizadas y son indistinguibles una de otra.

Se presenta como un gran militar que, regido por la mesura, reúne todas las virtudes que se exigían de los grandes príncipes: fortaleza, prudencia, justicia y templanza. Es el Cid Campeador. Su fortaleza se manifiesta en las victorias militares, singularmente en la conquista del gran reino de Valencia. Es justo, prudente, magnífico señor de su mesnada; su templanza se prueba en la pacífica aceptación de todas las pruebas a que le someten sus enemigos y al rechazo de la venganza como medio para alcanzar sus objetivos. La situación de muerte civil con que se encuentra al inicio del *Poema*, al haber sido condenado al destierro por los malos consejeros de la corte, pone de manifiesto que las intrigas cortesanas eran el mayor peligro para el buen gobierno del reino. Esta era una lección fundamental en todos los regímenes de príncipes. El Cid logra con sus actos probar la falsedad de las acusaciones y el rey Alfonso, como buen rey reconoce y rectifica sus errores y le restituye la honra de derecho que había perdido al incurrir en la ira regia. De este modo, la fidelidad al rey incluso en la adversidad se presenta como ejemplar. El triunfo final de Rodrigo es inmenso, pues no sólo ha recobrado con creces la honra perdida, sino que la ha superado al haber conseguido con su esfuerzo el señorío sobre el reino de Valencia, lo que lo eleva a la dignidad de un príncipe. Su honra es refrendada por el rey es las Vistas del Tajo, cuando lo perdona, y se reconoce públicamente por toda la corte cuando los infantes de las casas reales de Navarra y Aragón le piden a sus hijas en matrimonio. El ascenso desde la posición de infanzón que le atribuye el autor hasta la de señor de Valencia, dramatiza su valía. Convertirse en cabeza de linaje de reyes gracias a sus obras, es precisamente lo que le confiere su valor como paradigma. Rodrigo es el ejemplo que los nobles deben seguir y deben emular sabiendo que serán recompensados.

EL REY ALFONSO

El autor ratifica igualmente la bondad del rey que acepta generosamente las peticiones de su vasallo desde el destierro, corresponde con creces a los regalos de Rodrigo y confiesa y rectifica el error a que le han inducido los "malos mestureros", que eran precisamente los nobles de su corte en quienes más confiaba. Los héroes de la epopeya tienen en común el llamado "fallo épico". Todos los héroes tienen su talón de Aquiles, tanto en la epopeya clásica como en la medieval. El rey Alfonso, como Carlomagno en la canción de Roldán comete el error de fiarse de sus consejeros que traman la traición. Carlomagno confió en Ganelon y Alfonso en García Ordóñez. Pero tampoco se libran del error los buenos vasallos. El joven Roldán comete el error de la desmesura y no atiende los consejos de Oliveros, por lo que toca el cuerno demasiado tarde. Rodrigo también cierra los oídos a los murmullos de sus vasallos que dicen no haber visto a sus yernos en el campo de batalla y prefiere creer, sin pruebas que lo verifiquen, que han sido valientes. Este fallo vuelve a poner en peligro su honra. En esta ocasión, la solución se lleva a cabo a través del derecho, pues en lugar de recurrir a la venganza privada prefiere someterse a la justicia real y será el rey quien como perfecto árbitro de justicia abra el paso definitivo de la trayectoria ascendente del Cid que culmina en el ingreso de su linaje en la realeza.

Doña Jimena

Mujer de Rodrigo, se le presenta como una mujer noble, siempre fiel a su marido. Su mayor parlamento es la oración de los agonizantes que pronuncia cuando Rodrigo se despide de ella en el monasterio de Cardeña. Se enorgullece de haber educado bien a sus hijas y se presenta como una mujer modélica porque se mantiene siempre obediente a su marido, a quien se dirige como a su señor.

Doña Elvira y doña Sol

Son las dos hijas del Cid. Su papel en el *Poema* es crucial, aunque su presencia es menor y sin individualizar hasta el episodio de Corpes. En esa situación límite y pese a su juventud muestran su gran entereza. Recuerdan a los infantes las consecuencias de sus actos infamantes por los que habrán de pagar y les instan a ser tratadas con el respeto que merecen y reclaman ser decapitadas como nobles y mártires. No piden clemencia, sino una muerte digna de su condición nobiliaria.

Bando amigo:

Alvar Fáñez, Minaya

Es el brazo derecho del Cid, su consejero principal, su embajador ante el rey Alfonso y quien dirige y encabeza la vanguardia de su hueste. El autor lo identifica como sobrino de Rodrigo, y se dirige a él como Minaya, palabra que viene del vascuence *anaia*, que significa hermano. Representa al rey en la matrimonio de sus primas y tiene un papel importante en las Cortes de Toledo.

Per Bermúdez

Según el autor también es sobrino del Cid. Tiene un papel relevante y lleva el estandarte de Rodrigo en la batalla. Acompaña a Minaya en la tercera embajada, es un arrojado militar a quien Rodrigo insta a retar al infante de Carrión Fernán González, a quien vence en duelo en las Cortes de Toledo.

Félez Muñoz

Se presenta también como sobrino del Cid. Tiene un papel relevante porque el Cid le encarga velar por sus hijas en el camino hacia Carrión. Cumple bien con esta orden y es quien les salva de la muerte y alerta al Cid del abandono e intento de parricidio de sus maridos. También acompaña al Cid a las Cortes de Toledo.

Muño Gustioz

Forma parte del consejo del Cid y se le nombra con frecuencia como su criado, es decir, como noble que fue educado en su casa desde niño. Representa al Cid en los duelos y vence al infante Asur González en las Cortes de Toledo.

Alvar Salvadores

Pertenece igualmente al círculo de consejeros del Cid. El Cid le confía la guarda de Valencia cuando se ausenta para ir a las vistas del Tajo donde obtendrá el perdón real. También le acompaña a las Cortes de Toledo.

Martín Antolinez

Identificado como burgalés, es el noble que proporciona víveres al Cid y a su mesnada cuando se encuentran en

Burgos. Seguro de la inocencia del Cid, desafía las órdenes reales y decide unirse a su mesnada. Además de formar parte de su consejo, y tener un papel esencial en el engaño de los judíos, es uno de los adalides de su hueste y reta y vence al infante de Carrión Diego González en Cortes de Toledo.

ALVAR ÁLVAREZ, GALIND GARCÍA Y MARTÍN MUÑOZ

Todos se mencionan como parte de los adalides de su mesnada, e integrantes de su círculo de consejeros. Todos acompañan a su señor a las Cortes de Toledo.

DIEGO TÉLLEZ

Aparece en relación con la protección y acogida que da a las hijas del Cid en San Esteban, donde las lleva su primo Félez Muñoz.

BANDO ENEMIGO:

GARCÍA ORDÓÑEZ

Es un rico hombre que se presenta como conde y persona que goza de la confianza y favor real. Principal enemigo de Rodrigo y jefe del bando, pertenece a los "mestureros" que acusaron falsamente al Cid de haberse quedado con las parias debidas a su rey. En las Cortes de Toledo defiende la causa de los Infantes como su vocero o abogado, pero el Cid invalida su testimonio al declarar que fue infamado porque él mismo y otros le mesaron la barba impunemente.

ALVAR DÍAZ

Aparece brevemente como noble importante del bando del anterior.

Aparecen siempre juntos como una pareja inseparable. Se presentan como hijos del conde Gonzalo y parte de la corte de Alfonso. Piden al rey que les case con las hijas del Cid. Sin embargo, infamados por su cobardía ante el león, cobardes también en la guerra contra los musulmanes, se sienten injuriados por los vasallos del Cid que se burlan de ellos y se vengan del Cid asaltando cruelmente a sus mujeres en el Robledo de Corpes y dejándolas por muertas. El Cid denuncia los hechos ante el rey, quien convoca las Cortes de Toledo para que sean juzgados. Los jueces dan la razón al Cid, a quien deben devolver todos los bienes recibidos, incluidas las espadas Colada y Tizón. También son acusados de infamia o "menos valer" por el maltrato a sus mujeres y se declaran culpables al ser vencidos en los duelos. Terminan como hombres infamados que han perdido las posesiones de Carrión que habían ofrecido como arras a las hijas del Cid y también sus privilegios nobiliarios.

ASUR GONZÁLEZ

Hermano de los anteriores, tiene un cierto protagonismo en las Cortes de Toledo. El autor le presenta como un hombre desaliñado, que come y bebe en exceso. Se pone del lado de sus hermanos a quienes defiende alegando que dejaron a sus mujeres con justicia porque ellos eran de gran linaje, mientras que Rodrigo era un infanzón de un pequeño lugar. Participa en los duelos y es vencido por Muño Gustioz.

GÓMEZ PELAYET

También del grupo de García Ordóñez, responde a Alvar Fáñez en las Cortes de Toledo en defensa de los infantes de Carrión.

1.3.2. ARGUMENTO Y ESTRUCTURA

La estructura formal del *Poema de Mio Cid* es una estructura lineal. La división tripartita no concuerda con la dinámica interna de la acción narrativa. Tradicionalmente, se presenta en tres partes porque los versos 1085 y 2276 parecen dividir el *Poema* en tres cantares relativamente proporcionados en cuanto al número de versos. Sin embargo, tal división no responde a ningún cambio significativo en la acción. Es posible que esos dos versos sean interpolaciones o bien que la recitación del poema exigiera un descanso, que se hizo arbitrariamente en esos lugares. La acción, por otra parte, se articula en dos partes entrelazadas. La primera se inicia con el destierro del Cid de Castilla y termina con el perdón real en la tirada 104. La segunda, en parte superpuesta a la primera, a partir de la aparición de los Infantes de Carrión en el verso 1372, comprende todo lo relativo a las bodas y termina con la mención de los segundos matrimonios y con la información de sus descendencias. Ambas partes son similares en que tanto el Cid como los Infantes deben probar su valer, aunque la trayectoria es de sentido inverso. En la primera, el Cid es acusado injustamente por sus enemigos y desterrado del reino. Como desterrado debe probar su inocencia y recobrar su honor, que el rey ratifica cuando le otorga su perdón en el acto jurídico público en las vistas del Tajo. En la segunda los Infantes prueban su cobardía y muestran que no merecen ser yernos del Cid. Su maldad se ratifica también en un acto jurídico público en las cortes de Toledo.

1.3.3. TEMA E IDEAS

Dentro de estas dos grandes tramas estructurales se integran varios temas. El honor ha sido considerado como el principal de ellos. Sin embargo, pienso que el tema de la defensa del derecho y de la justicia pública que impartida por el rey beneficia a toda la sociedad es crucial, y todos los demás temas dependen de él y a él se supeditan (Lacarra, 1983, pp. 32-37). Para que el buen rey actúe siempre con justicia debe rodearse de hombres sabios y prudentes que aconsejen al rey en los intereses del reino. De otro modo, la justicia se pondrá en peligro y llevará al soberano a actos arbitrarios que pueden conculcar el derecho y poner en peligro la concordia con sus vasallos. Las insidias cortesanas son singularmente peligrosas a este respecto. Rodrigo pierde su honor y es desterrado porque el rey, mal aconsejado, cree que el Cid ha cometido un delito y descarga en él la ira regia, que se ejecutaba sin que mediara un proceso legal que permitiera la defensa del acusado. Gracias a sus obras y a la merced del rey Alfonso, que reconoce su error, Rodrigo recupera el honor y el amor del rey en un acto jurídico en el que está presente toda su corte. El acto público de las vistas, donde el héroe entra a formar parte de la sociedad que le rechazó, es la expresión jurídica de que ha obtenido la gracia del rey. El triunfo final de Rodrigo también se presenta como el triunfo del derecho. El héroe, que se presenta a la audiencia como el paradigma del vasallo leal, decide apelar a la ley pública en vez de recurrir a la ley de la venganza privada. Las Cortes extraordinarias que el rey convoca en Toledo son así la representación de que el rey es el mayor defensor del derecho, el árbitro último de la justicia (Lacarra, 1980a, pp. 96-102), que devuelve al reino la paz y la concordia, favorece a los buenos vasallos leales y castiga a los malos.

Considerar la ley pública administrada por el rey como el mejor vehículo para obtener la justicia y armonía social y política es un concepto explicable a partir del último tercio del siglo XII. En este período es cuando las monarquías europeas, influidas por el Derecho romano intentan llevar a cabo la centralización del derecho para fundamentar la autoridad real. En Castilla esta influencia se manifiesta en los nuevos fueros municipales, como el *Fuero de Cuenca* (1189-1190), en el progresivo control de la venganza privada entre nobles, en la aparición de peritos en derecho que puedan dilucidar las nuevas disquisiciones legales y en la creciente importancia de las Cortes. El anónimo autor, de acuerdo con estas nuevas ideas, subraya la necesidad de resolver los conflictos entre los nobles por medio de unas instituciones legales en las que el rey es el administrador último de la justicia.

El tema de la justicia también puede explicar la presentación del Cid como un simple infanzón. El *Poema* difiere en este aspecto de los demás textos medievales sobre el Cid y de la documentación coetánea. El presentar al héroe como un noble de segunda categoría, además de probar que las obras personales contribuyen a la movilidad, también prueban que la justicia pública es equitativa y sirve a los que se enfrentan con los más influyentes y poderosos ricos hombres, como eran los Infantes y su familia Beni-Gómez. El Cid del *Poema* se supedita a este proceso y prueba que el derecho público es justo para todos, grandes y pequeños.

A los temas del honor y de la justicia se subordinan otros varios: la guerra como medio de obtener fama y fortuna; la adquisición material como vehículo de movilidad social dentro del propio estamento; la importancia de las obras personales; la separación entre linaje y valor personal, pues aunque el linaje es siempre la base última del poder, éste se justifica y mantiene por méritos propios.

1.4. Forma y estilo

Las características formales más relevantes del poema son el uso de la tirada épica, la cual es de una extensión extremadamente diversa, pues varía entre los tres y los ciento noventa versos, su gran irregularidad métrica, y la rima, que tampoco es totalmente regular. El estilo, como corresponde al género de la epopeya es elevado, aunque no rehuye la comicidad ocasional, como la que se percibe en el engaño de los judíos, o en la escena del conde de Barcelona.

1.5. Comunicación y sociedad

Alfonso X en las *Partidas* (I. XXI.20) subraya la importancia de los cantos épicos en la educación militar de los caballeros, y menciona la costumbre de escuchar durante la comida las historias sobre los grandes hechos de armas para así aprender de las victorias de los otros y emularlas. Dice que sus antepasados cuando comían "non consentian que los juglares dixessen ante ellos otros cantares, si non de guerra, o que fablasen en fecho de armas. E esso mismo fazian que quando non podian dormir cada vno en su posada, se fazia leer, e retraer estas cosas sobredichas. E esto era porque oyendolas les crescian las voluntades e los coraçones e esforçauanse, faziendo bien, e queriendo llegar a lo que los otros fizieran o passaran por ellos". Es posible que los juglares especializados en la recitación o canto de la epopeya formaran parte estable de la corte, pues algunos recibían un mecenazgo prolongado y se documentan como menestrales. Las canciones que formaban parte del repertorio de los juglares que viajaban por las cortes incluían las bretonas, vidas de santos y cantares de gesta. Así lo aconseja el trovador Guiraut de Cabreira.

Sobre la representación del Poema no se tiene información concreta. No obstante, los investigadores concuerdan en que se produciría también en momentos o celebraciones especiales. Por ejemplo, Catalán, cree que se habría compuesto hacia 1144 con ocasión de los esponsales de Blanca de Navarra, nieta del Cid, con Sancho de Castilla, mientras que Duggan propone que probablemente se hizo para festejar el encuentro de Alfonso VIII de Castilla, biznieto del Cid, con Pedro II de Aragón en el monasterio de Huerta en 1199, o bien en el encuentro que tuvieron en 1200 en Huerta o Ariza.

2. TRABAJOS PARA LA EXPOSICIÓN ORAL Y ESCRITA

2.1. CUESTIONES FUNDAMENTALES SOBRE LA OBRA

–El *Poema de Mio Cid* se asoció desde antiguo –sobre todo, hasta el descubrimiento de las "jarchas"– con los orígenes de la literatura española, dado que Menéndez Pidal lo fechó inicialmente en torno a 1105, pero ¿no te parece demasiado elaborado literariamente como para considerarlo una obra sin tradición anterior? Justifica la respuesta buscando argumentos desde todos los puntos de vista (estructuras sociales, composición, lengua y estilo, métrica, etc.).

–El *Cid* se encuadra en una rica tradición épica–de ascendente visigótico, francés y musulmán–, un tanto compleja. Con ayuda de algún manual de historia literaria, intenta situarlo y evaluarlo en el panorama europeo de los cantares de gesta medievales.

–El *Cid* ocupa un lugar central en la historia de nuestra épica, pues es el único poema completo, aunque le falte alguna página, que conservamos. Sitúalo, recurriendo a algún estudio sobre el género, en el conjunto de los ciclos épicos establecidos por la crítica (condes de Castilla, francés, etc.).

–Rodrigo Díaz de Vivar –el Cid– es personaje histórico muy celebrado, además de en el *Poema*, en textos latinos, en crónicas y en romances. Compárense los perfiles humanos y heroicos que se dan del mismo en cada una de esas tradiciones. ¿Coinciden o son totalmente divergentes? ¿Cuál de esas tradiciones te parece que se ajustan mejor a la verdad de la historia?

–El *Cantar* se nos ha conservado en copia manuscrita cuyo final o *explicit* incluye la fecha de composición o de copia. Mediante alguna reproducción facsimilar, describe los rasgos generales del manuscrito (formato, letra, particiones, etc.) e infórmate sobre las cuestiones cronológicas que lo envuelven.

–Ya que el *Poema de Mio Cid* es anónimo, abundan las hipótesis sobre su génesis y autoría, de modo que si unos lo consideran fruto de una actividad juglaresca colectiva, llegando a hablar de un "autor legión", otros creen que se debe a la labor individual de un autor culto, quizá identificable con Per Abbat. Busca características del texto que aboguen en uno y en otro sentido y razona tu toma de postura personal al respecto.

–El argumento de la obra se atiene básicamente a los hechos históricos relacionados con Rodrigo Díaz de Vivar en el entorno de la corte de Alfonso VI, pero la veracidad de los mismos pocas veces es fiable, pues la secuencia histórica se altera caprichosamente, según conviene a los intereses de la fábula, a la vez que se ve enriquecida por añadidos inventados. Elabórese un trabajo sobre los hechos históricos poetizados en el *Cantar* (personajes, destierro, conquista de Valencia...) con ayuda de algún manual de historia de la época. Valórese su grado de historicismo en función al tratamiento que se les dispensa a los mismos. Paralelamente, convendría enumerar aquellos otros que no proceden de tal cantera y evaluar su función en el conjunto de la trama.

–Las ediciones críticas del *Poema* –al menos, las más recientes– suelen comenzar con «De los sos ojos...», pero como le falta una hoja al principio, otras muchas anteponen fragmentos –ya en prosa, ya en verso– extraídos de las crónicas o de otras fuentes, para ponernos en antecedentes de la situación inicial. ¿Te parece coherente añadir un pasaje narrativo a ese comienzo tan poético? ¿Crees que la primera hoja podría estar en blanco?

–Paralelamente al efectismo de ese comienzo poético –con la niña de nueve años frente al caballero abatido, con los agüeros en un escenario casi fantasmal...–, el *Cantar* acaba con un final triunfal en las Cortes, donde el Cid parece ejercer de máxima autoridad. Compara y contrasta el comienzo con el final. ¿Podrían estar concebidos como haz y envés de la situación del héroe?

–El conjunto de la historia cidiana se nos suele ofrecer agrupada en tres cantares (destierro, bodas y afrenta de Corpes), aunque el manuscrito no lleva particiones de este tipo. Analiza detenidamente los contenidos de cada uno de los cantares y razona si los rótulos recogen en verdad los motivos esenciales y si hay correspondencia entre unos y otros. ¿El destierro ocupa un solo cantar o dos? ¿No crees que se puede hablar de bodas también en el cantar tercero? ¿Destacarías la conquista de Valencia como título de alguno de ellos? En la misma línea, fíjate bien en el final y comienzo de cada uno de los cantares y mira si encuentras marcas textuales que legitimen tal fragmentación.

—Olvídate ahora de la partición convencional en tres cantares y considera el conjunto del poema como un todo para intentar establecer otras divisiones. ¿No te parece que el final del segundo cantar suena a desenlace? Intenta establecer diferencias de contenido entre los dos primeros cantares (más épicos) por un lado y el tercero (más familiar) por otro. ¿Abogarías por la bipartición...?

—Pero, más allá de las particiones estructurales a nivel externo, es evidente que el de Mio Cid es un *Poema* unitario donde los haya, sin que podamos establecer corte alguno, pues está basado en la progresiva recuperación del honor perdido por el vasallo desterrado. Procura establecer la cadena de hechos —atendiendo sólo a los hitos fundamentales— que conduce desde el destierro inicial hasta las Cortes finales (destierro, conquistas, obsequios, perdón...) y comenta la concatenación causa efecto (destierro / perdón / bodas / afrenta...) que los vincula. ¿Detectas alguna técnica organizativa concreta: gradaciones, contrastes, itinerarios...?

—A esa unidad global coadyuvan decisivamente las técnicas de entrelazamiento de las tiradas. Repara con detenimiento en los finales y comienzos de las mismas y estudia las técnicas utilizadas para relacionarlas entre sí (anticipación de sucesos, recomienzos, isocronos, series gemelas, etc.).

—También el tratamiento de los personajes parece contribuir a la unidad global de la historia, pues vienen presentados a modo de procesos cuidadosamente graduados (fortalecimiento moral del Cid, avaricia de los Infantes de Carrión, actitud de Alfonso VI, etc.). Rastrea la evolución moral de los personajes principales y analiza su papel organizativo en el conjunto del *Poema*.

–Sin embargo, el *Cantar de Mio Cid* parece reduplicar la peripecia épica, toda vez que tras la superación del destierro inicial con el perdón regio, vuelve a sufrir el revés de la afrenta de Corpes de la que son víctimas sus hijas. ¿Supone Corpes una vuelta a empezar en el proceso de recuperación de la honra del protagonista? Intenta justificar la pertinencia de esa segunda «fechoría épica» en el argumento global de la obra.

–Rodrigo Díaz de Vivar es un infanzón desterrado por su rey que si, por un lado, le sigue siendo fiel incluso en el destierro, por otro, termina casando a sus hijas con reyes. ¿Te parece coherente ese comportamiento? ¿Qué consecuencias ideológicas extraes de uno y de otro hecho?

–Analiza con cuidado la figura del rey y de los nobles en el *Poema*, sin perder de vista que estamos muy al comienzo de nuestra literatura medieval, y explica si te parece coherente el trato que se les dispensa en relación con el que se brinda al protagonista. ¿Es el *Cid* un poema antimonárquico, antinobiliario o revolucionario en algún sentido? ¿Crees que propugna algún tipo de orden social nuevo (quizás basado antes en el mérito personal que en el rango heredado)?

–La lengua, el estilo y la métrica del *Cantar* son primordiales para evaluar en su justa medida la importancia del mismo. Analiza esos tres componentes literarios y procura evidenciar con ejemplos sus rasgos más sobresalientes (estado de la lengua, deícticos, estilo oral formulario, uso de los tiempos verbales, epítetos épicos, variabilidad en el número de sílabas de los versos, tipos de rimas, etc.). ¿Dirías que se trata de una corriente popular o culta?

–Más allá de análisis críticos y de opiniones, lo indiscutible es que el Cid cuenta –como ya sabes, al lado de Celestina, don Quijote y don Juan– como uno de nuestros grandes mitos universales. Describe al personaje desde esa dimensión mítica, relacionándolo con otros héroes antiguos y modernos, y pronúnciate sobre su verosimilitud.

–El Cid, como prototipo heroico, ha sido recreado en numerosas ocasiones y desde muy diferentes géneros e intenciones. Busca cualquier replanteamiento posterior al *Poema* (*Mocedades del Cid*, *Le Cid*, *Machado*, etc.) y compara la visión que se dé de él en mismo con la primitiva.

2.2. TEMAS PARA EXPOSICIÓN Y DEBATE

–Una vez consultada alguna antología de poesía lírica primitiva y otra de poesía épica, discútase sobre la posible antigüedad de unos testimonios y otros, para decidir cuáles representan los orígenes de nuestra literatura.

–El *Poema de Mio Cid* en el panorama épico medieval: similitudes y contrastes con otros fragmentos y cantares de gesta nacionales y extranjeros (las *Mocedades* y la *Chanson de Roldan*, por ejemplo).

–Rodrigo Díaz de Vivar como personaje histórico y como protagonista literario: similitudes y contrastes. Debátase el grado de literaturización a la que es sometido el hombre real en las distintas versiones literarias que nos lo describen.

—Consúltese algún romancero lo suficientemente amplio para rastrear en él motivos y temas relacionados con el Cid y discutir cuáles se recogen y cuáles quedan excluidos del *Poema* y a qué puede deberse.

—Discútase sobre la supremacía del cantar de gesta largo o la del romancero en lo tocante a Rodrigo: ¿es explicable el *Poema* como suma de romances o, al revés, son estos los que deben entenderse como fragmentos de versiones amplias?

—Arguméntese a favor y en contra de la fechación temprana o tardía del *Cantar de Mio Cid*, teniendo en cuenta argumentos históricos, estéticos, lingüísticos, etc.

—El *Poema de Mio Cid* como obra de un solo autor culto o de la tradición oral: búsquense argumentos a favor de una y de otra posibilidad, para intentar resolver el sentido y alcance de su anonimia.

—Historia y ficción en el *Cantar*: clasificación de los hechos narrados en categorías más o menos verídicas (históricos, seudohistóricos, fantásticos) y evaluación de la función literaria que cada una desempeña. Esto es: el *Cid* entre la crónica y la leyenda.

—Debátase sobre los pros y los contras de añadir algo al comienzo del *Cantar:* ¿le conviene un inicio efectista *in medias res* o, al revés, uno narrativo que nos ponga en antecedentes?

—¿Dos o tres cantares en el *Poema de Mio Cid*? Discútase sobre la uniformidad temática y argumental de los dos primeros, frente al tercero, para sustentar la bipartición en contra de las teorías más antiguas. A la vez, se buscarán nuevos rótulos para las partes establecidas: ¿Cantar de la toma de Valencia? ¿Cantar de las Cortes?, etc.

–La concatenación de los sucesos en forma de causas y efectos en la leyenda cidiana según el *Poema:* consecuencia y diversidad (por ejemplo: las primeras bodas son concebidas como premio del rey al vasallo fiel, pero acaban en deshonra).

–La afrenta de Corpes en el conjunto del *Cantar:* ¿rompe el planteamiento de los dos primeros cantares, se acopla bien en la trama o enriquece, incluso, su diseño global? Arguméntese en cada uno de los tres sentidos: lo rompe, porque supone una recaída en la honorabilidad del protagonista; se acopla, porque el responsable es el rey; lo enriquece, porque redundará en mayor honra para Rodrigo con las segundas bodas.

–Discútase sobre el sentido último de la ascensión social de Rodrigo: empieza como infanzón y acaba casi desplazando al propio Alfonso VI. Establézcase en qué sentido se orienta el compromiso político y social del *Poema.*

–El concepto del honor y de la honra en el *Cid:* modalidades (heredado, adquirido) y enfrentamiento entre ellas (Rodrigo / infantes de Carrión). Debátanse también las implicaciones ideológicas del tema.

–El humor (judíos, conde, leones) en el *Poema de Mio Cid:* análisis de su distribución (comienzo, final de I, inicio de III) y de las funciones que desempeña en el entorno épico (capta la benevolencia del auditorio, distiende la tensión épica, caracteriza).

–Perfiles del moro en el *Cantar:* ¿puede hablarse de maurofilia?

–Concepción de la mujer en el *Poema:* doña Jimena y las hijas del Cid. Discútase sobre la falta de identidad que parecen sufrir y, a la vez, la importancia que cobran en el conjunto de la trama.

–A lo largo del *Poema* abundan los datos inexplicables sin la presencia de una mano culta, a la vez que es palpable el uso de un registro lingüístico y estilístico de ascendencia oral. Discútase sobre la prioridad de uno y otro componente.

–La métrica del *Cantar del Cid*: uniformidad o irregularidad de las tiradas, de los versos, de los hemistiquios y de las rimas.

–El Cid como hombre histórico y como mito: arguméntese a favor y en contra de su concepción puramente humana o, al contrario, como simple arquetipo heroico carente de verosimilitud.

2.3. MOTIVOS PARA REDACCIONES ESCRITAS

–Los albores de la literatura española: señores y caballeros.

–Historia y poesía al servicio de la leyenda épica: de Rodrigo Díaz de Vivar al Cid.

–"¡Dios, que buen vassallo, si oviesse buen señor!"

–Los malos mestureros: maquinaciones cortesanas en la Edad Media.

–Una salida dramática: lágrimas, agüeros y escenarios...

–Una niña frente a un héroe...

–Avatares de un desterrado: la lucha por la vida.

–Dos prestamistas judíos: Raquel e Vidas.

–Un personaje de entremés: el conde de Barcelona.

–Perfiles del antihéroe: los infantes de Carrión.

–Moros y cristianos: una convivencia armoniosa.

–Ecos de la intrahistoria: los monjes de San Pedro de Cardeña.

–La recuperación progresiva del honor.

–La conquista de Valencia: una gesta gloriosa.

–El perdón de un rey

–Unas bodas funestas: maquinaciones de los esposos.

–Los leones andan sueltos...

–Un vergel para una afrenta: el robledal de Corpes.

–Duelos verbales y duelos caballerescos.

–"A todos alcança ondra por el que en buen ora nació".

–Un mito universal: el caballero perfecto.

2.4. Sugerencias para trabajos en grupo

–Elabórese una cronología, lo más detallada posible, de la época de Rodrigo Díaz, distribuyendo el trabajo de los estudiantes por grandes áreas: historia, sociedad, cultura, arte, literatura, etc., que luego se refundirán en un cuadro global.

–Un grupo de alumnos puede preparar un capítulo de orígenes de la literatura española, abarcando los tres grandes géneros –poesía, prosa y teatro–, pero atendiendo sobre todo a la importancia de la épica y del *Cid* en esa etapa primitiva.

–Asígnense los primeros poemas épicos románicos (*Cid, Roldán, Nibelungos,* etc.) a otros tantos grupos de estudiantes para que comparen y diferencien las características de cada una de esas obras entre sí. Luego se comentarán en común las singularidades (mesura, verosimilitud, etc.) del *Cantar del Cid.*

–Varios estudiantes, organizados en grupos, rastrearán los perfiles de la figura de Rodrigo en el *Poema*, en alguna crónica (*Crónica de los veinte reyes, Crónica de Castilla*, etc.) y en algún romancero de tema cidiano, para discutir luego qué testimonio es más creíble.

–Se puede asignar a varios grupos de estudiantes la caracterización del *Poema de Mio Cid* desde diferentes puntos de vista: adaptación a la historia, fronteras de la Reconquista, estado de la lengua, fórmulas legales, estamentación social, etc. Con todos esos datos, puede establecerse la posible fecha de composición del mismo.

–Los estudiantes pueden agruparse para apoyar las posturas tradicionalistas, neotradicionalistas o individualistas en relación con la génesis y la autoría de los cantares de gesta, aplicándolas especialmente al *Cid.*

–Encárguese a varios grupos de estudiantes el rastreo de los hechos históricos (destierro, conquista de Valencia), seudohistóricos (batallas en general), inventados (Corpes, Cortes) y abiertamente fantásticos (leones), para que, entre todos, establezcan la importancia de cada bloque en la configuración final del *Poema.*

–Varios grupos de estudiantes pueden caracterizar por separado los tres cantares convencionales, atendiendo a los temas, la lengua, las rimas, etc., para luego poner en común los resultados.

–Entre todos los estudiantes se buscarán argumentos que refuercen la organicidad global del *Cid*, encargándose cada uno de un aspecto (linealidad del argumento, cronología, gradaciones, técnicas de enlace, etc.).

–Rastréense las gradaciones que recorren el argumento de la obra desde todos los puntos de vista: seguidores, enemigos, botines, regalos, perdón regio…, incluso, la barba del Cid. Cada estudiante puede analizar un aspecto para luego poner en común los resultados.

–Repártanse los personajes fundamentales del *Poema* entre otros tantos alumnos que se encargarán de definir a cada uno de ellos, siempre en relación con el protagonista. Discútase, después, entre todos: ¿son personajes funcionales para ilustrar las distintas facetas del Cid (como vasallo, como caudillo, como esposo, como padre, etc.)? ¿Están pensados a modo de procesos graduados para unificar el conjunto de la obra?

–Elabórese una "poética formal" del *Cid* encargando a los estudiantes que rastreen las técnicas fundamentales de la obra: fórmulas orales, epítetos épicos, *translatio temporum*, elisión del *verbo dicendi*, etc.

–El *Cid* abunda en campos semánticos extraordinariamente desarrollados. Cada alumno o grupo de ellos puede intentar acotar uno: el militar, el jurídico, etc.

–Las rimas en el *Cantar:* tipos de asonancias, rimas internas, diferencias entre los cantares, etc. Distribúyase el conjunto del mismo entre varios grupos de alumnos.

–Asígnese alguna recreación cidiana debida a la posteridad (en teatro, en poesía, etc.) a cada grupo de estudiantes, para que, entre todos, evalúen en qué sentidos se ha interpretado la figura de Rodrigo en la cultura posterior.

2.5. Trabajos interdisciplinares

–Con ayuda de alguna gran enciclopedia ilustrada, búsquense motivos culturales y artísticos en general sobre la época relacionables con Rodrigo Díaz y su mundo.

–El *Poema* ha sido calificado de obra "románica". Elabórese un trabajo intentando explicar en qué sentido puede relacionarse el mundo cidiano con la arquitectura así denominada.

–Búsquense ilustraciones relaciondas con el mundo caballeresco y, en concreto, con el del Cid para procurar luego acoplarlas a los diferentes pasajes de la obra.

–Márquese sobre un mapa detallado la geografía contemplada en el *Poema de Mio Cid:* fronteras de la Reconquista, ruta del destierro, camino hacia Corpes, etc. Pueden añadirse iconos distintos que representen los lugares mencionados (monasterios, ciudades, lugares abiertos, etc.).

–Puesto que el *Cantar* emana de una tradición juglaresca más o menos rica, puede ensayarse su recitación pública, intentando revivir cómo podían ser tales actividades. El "juglar" deberá esforzarse sobremanera en cautivar al auditorio poniendo especial realce en las fórmulas épicas propias del lenguaje oral.

–No sería difícil escenificar en clase algún pasaje del *Poema*, toda vez que muchos descansan exclusivamente en la palabra hablada. Por ejemplo, las acusaciones contra los de Carrión en las Cortes.

–Podría verse colectivamente alguna adaptación cinematográfica (por ejemplo, la protagonizada por Charlton Heston y Sofía Loren) de la leyenda cidiana –por no decir del *Cantar*– para luego comentar entre todos la adecuación y fidelidad de la misma a los datos de nuestro poema.

–Aunque sea con medios caseros, puede realizarse una grabación de la obra, procurando modular el tono de voz para adaptarlo a las diferentes situaciones.

–Podría hacerse un gran panel, enriquecido con una galería de ilustraciones, donde se representase la estratificación social y la jerarquización nobiliaria presente en el *Cantar*.

–Atendiendo a los ápices más relevantes de la historia de Rodrigo en el *Poema*, podría trazarse su peripecia caballeresca en forma de cómic o de tebeo.

2.6. BÚSQUEDA BIBLIOGRÁFICA EN INTERNET Y OTROS RECURSOS ELECTRÓNICOS

–Elabórese una bibliografía, lo más completa posible, sobre la épica y, más en concreto, sobre el *Poema de Mio Cid*, diferenciando los estudios de conjunto de los particulares y agrupándola en tres grandes bloques: a) ediciones, b) monografías y c) artículos. Puede recurrirse a las bibliografías sobre el género, a las ediciones más difundidas, a las bases de datos de Internet, etc.

–Recúrrase a las grandes enciclopedias digitales disponibles en CD (Encarta, Micronet, etc.) para rastrear en ellas la información relativa a la época, al género y al *Poema* en sí mismo. Luego se contrastará la información obtenida con la existente en soporte impreso para discutir las ventajas de una y de otra.

–Si se dispone de copia electrónica de varias ediciones del *Cantar* –se pueden digitalizar mediante escáner o descolgar de alguna biblioteca de Internet (la *Biblioteca Virtual «Miguel de Cervantes»*, por ejemplo: cervantesvirtual.com)–, podría llevarse a cabo un cotejo electrónico entre las mismas para discutir sus diferencias.

–También a partir de una copia electrónica, podría ensayarse una modernización gráfica del texto mediante la aplicación de sucesivas secuencias de búsqueda y reemplazo («ç» por «z», «x» por «j», «f-» por «h-», etc.).

–A partir de la copia electrónica de alguna crónica muy relacionada con el *Poema*, pueden sombrearse los pasajes más próximos a los hechos del mismo, para analizar luego qué partes de la historia se han omitido.

–Aplicando algún programa de concordancias a una edición digital, cabe llevar a cabo unas concordancias del *Poema* que nos permitan alfabetizar cada término en su contexto léxico.

–Combinando una copia digital y alguna enciclopedia ilustrada, también electrónica, puede elaborarse una edición del *Cid* con ilustraciones que añadan material gráfico (histórico, geográfico, arquitectónico, bélico, pictórico, etc.) a los distintos pasajes de la obra.

–Mediante búsquedas automáticas, los estudiantes pueden elaborar cómodamente un diccionario del *Cid* que incluya (copiando y pegando) los pasajes esenciales dedicados en la obra a los temas, los personajes, los lugares, etc. que se mencionan en el mismo.

–Para terminar, cabría grabar un CD, entre toda la clase, con todos los materiales digitales (textuales, históricos, ilustrativos...) recabados por el grupo de estudiantes, incluyendo archivos de voz con la lectura en voz alta del *Poema* hecha por los estudiantes.

3. COMENTARIO DE TEXTOS

EPISODIO DEL LEÓN

112

En Valençia seyé Mio Çid con todos sus vassallos,
con él amos sus yernos los ifantes de Carrión.
Yaziés' en un escaño, durmié el Campeador, 2280
mala sobrevienta, sabet, que les cuntió:
salios' de la red e desatós' el león.
En grant miedo se vieron por medio de la cort;
enbraçan los mantos los del Campeador,
e çercan el escaño e fincan sobre so señor. 2285
Ferrán Gonçález non vio allí dós'alçasse, nin camara abierta
                [nin torre,
metios' so'l escaño, tanto ovo el pavor.

Diego Gonçález   por la puerta salió,
diziendo de la boca: "¡Non veré Carrión!"
Tras una viga lagar   metios' con grant pavor,   2290
el manto e el brial   todo suzio lo sacó.
En esto despertó   el que en buen ora nació;
vio çercado el escaño   de sus buenos varones:
"¿Qué's esto, mesnadas,   o qué queredes vós?
"¡Hya señor ondrado,   rebata nos dio el león!"   2295
Mío Çid   fincó el cobdo,   en pie se levantó,
el manto trae al cuello,   e adeliñó pora[l] león;
el león cuando lo vió,   assí envergonçó,
ante Mio Çid la cabeza premió   e el rostro fincó.
Mio Çid don Rodrigo   al cuello lo tomó,   2300
e liévalo adestrando,   en la red le metió.
A maravilla lo han   quantos que í son,
E tornáronse al (a)palaçio   pora la cort.
Mio Çid por sos yernos   demandó e no los falló;
mager los están llamando,   ninguno non responde.   2305
Quando los fallaron e ellos vinieron,   assí vinieron sin color;
non viestes tal guego   como iva por la cort;
mandólo vedar   Mio Çid el Campeador.
Muchos' tovieron por enbaídos   los ifantes de Carrión;
fiera cosa les pesa   d'esto que les cuntió.   2310

En cuanto a la forma, nos encontramos con una tirada
de treinta y dos versos con rima asonante –ó, salvo en los
versos 2286 y 2305 que tenemos una rima en ó-e, donde la
–e es una vocal átona por lo que la rima es afín. Se trata de
una tirada muy descriptiva, con una intervención directa
mínima pero de gran interés. Diego González emite a través
de una exclamación la intensidad de su miedo de muerte. En

contraste con ese grito agudo, precedido del verbo *dixit*: "diciendo de la boca", con un pleonasmo que lo refuerza, encontramos el breve y conciso diálogo entre el Cid y sus hombres, carentes de verbo introductorio:

"¿Qué's esto, mesnadas,   o qué queredes vós?
"¡Hya señor ondrado,   rebata nos dio el león!"

En cuanto al léxico abundan los sustantivos que se pueden agrupar en dos campos semánticos. De una parte nos encontramos con sustantivos concretos, "red", "escaño", "cámara", "torre", "viga" y "manto", que se repite en tres ocasiones, y de otra substantivos abstractos referidos al sentimiento de temor; "miedo", "pavor". En cuanto a los verbos, encontramos un grupo amplio de verbos de movimiento: "cercan", "fincan", "alçase", "metiós", "salió", "levantó", "adeliñó", "líevalo adestrando", "tornáronse", "vinieron", que denotan el ir y venir de los personajes. También encontramos otros verbos abstractos o perífrasis verbal que se relacionan con los sentimientos y con el honor o su falta: "envergonçó", "premió", "tovieron por enbaídos". Los adjetivos, como ocurre en el resto del poema son escasos.

En cuanto al contenido, es interesante considerar el contexto. Los infantes de Carrión forman parte de la corte del rey Alfonso y se interesan por primera vez por el Cid (v. 1372) cuando escuchan las magníficas noticias que trae Alvar Fáñez de parte de Rodrigo. El Cid ha conquistado Xérica, Onda, Almenar, Murviedro, Cebolla, Castejón, y Peña Cadiella, es señor Valencia, y ha nombrado allí obispo a don Jerónimo. Sus ganancias son enormes, como muestra el espléndido regalo de 100 caballos que presenta al rey. La buena disposición de Alfonso se muestra por la excelente acogida que le dispensa a Minaya y por la reprimenda a García Ordóñez. Los infantes, que se presentan sin individualizar como un solo ente, piensan que la riqueza del Cid es una buena razón para pensar en casarse con sus hijas, pero se sienten superiores en linaje y no se deciden a manifestar su deseo:

"Mucho creçen las nuevas   de Mio Çid el Campeador,
 bien casaríemos con sus fijas   pora huebos de pro;
non la osaríamos acometer   nós esta razón,
Mio Çid es de Bivar   e nós de los condes de Carrión.

Sin embargo, al constatar más tarde que la vuelta a la gracia del rey parece inminente y que Alfonso perdonará a su antiguo vasallo deciden cursar la petición de matrimonio al rey y éste, con el permiso del Cid la otorga. Claro que el Cid tiene dudas sobre ellos, por lo que se niega a casar a sus hijas por su mano y responsabiliza al rey del matrimonio. Las bodas tienen lugar con gran pompa y los infantes se quedan en Valencia, como huéspedes del Cid. Viven en el palacio con los demás vasallos durante dos años sin que se hallan probado las sospechas de Rodrigo hasta ese día en que un león se sale de la jaula. Así pues, la escena se presenta como una prueba para los infantes. Una prueba que no son capaces de superar.

El narrador describe una tranquila escena de palacio. El Cid duerme apaciblemente, cuando inesperadamente un león que se ha escapado de la jaula aparece en medio de la sala llenando a todos de espanto y temor. Rápidamente los vasallos, que naturalmente estarían desarmados, toman los mantos y rodean el lecho de Rodrigo para protegerlo. Los infantes curiosamente se individualizan en esta ocasión para mostrar su terror. Sus movimientos son erráticos porque han perdido la compostura y corren como locos en busca de refugio. Ferrán finalmente se mete debajo del escaño donde duerme el Cid, tanto es su miedo, mientras que Diego se escapa corriendo y gritando su temor a morir: "¡Non veré Carrión!", hasta refugiarse detrás de una viga del lagar, que es un lugar sucio, por lo que su túnica y su manto quedan todos manchados.

En contraste con este descontrol total, Rodrigo despierta y con movimientos pausados y con un control excepcional se levanta lentamente y con gran parsimonia se dirige al león, quien sumiso se deja llevar a la jaula. Restablecido el orden, los Infantes siguen escondidos sin atreverse a salir, hasta que finalmente salen pálidos de miedo, causando la hilaridad y la mofa de todos. El Cid prohíbe que sigan las burlas, pero el mal está hecho y los infantes se sienten injuriados.

El episodio se puede estructurar en tres partes y los personajes que intervienen en tres grupos: el Cid, un número indeterminado de sus vasallos, que incluyen los dos infantes, y el león. En la primera parte se presenta una situación inicial de tranquilidad y concordia de los tres grupos. No tenemos más noticia espacial que la del Cid, que sabemos que duerme. En la segunda se produce un cambio inesperado: el león aparece y presenta un peligro evidente para el señor, puesto que al estar dormido puede ser víctima indefensa del feroz animal. Ante este peligro inminente, los vasallos se dividen en dos grupos: los que cumplen con su obligación y rodean a su señor para protegerlo, quedándose quietos y haciendo de muro humano de contención; los que no cumplen y abandonan al señor a su suerte y piensan sólo en su propia salvación, es decir, los infantes que corren y gritan descontrolados; la mancha en su honra se manifiesta en la suciedad de su ropa. Rodrigo cuando despierta es informado de la situación y mantiene la compostura. Como sus vasallos, lleva puesto el manto y su dignidad es reconocida por el león, quien al humillarse le rinde pleitesía como a señor. En la tercera parte el león es devuelto a la jaula. La tercera parte tendría que ser una vuelta a la tranquilidad si los infantes hubieran superado la prueba. Sin embargo, aunque el peligro del león se ha resuelto, la cobardía pública de los infantes da lugar a un nuevo conflicto, conflicto éste que no se resolverá hasta el final del poema. En efecto, nos encontramos con que la ausencia de los infantes, da lugar a su búsqueda y hallazgo; las marcas de la cobardía, palidez en el rostro y suciedad en la ropa desatan las burlas de los vasallos del Cid, y éstas producen en los infantes la constatación de una injuria que no pueden vengar. Esta cobardía que los deshonra es lo que provocará la venganza en el Robledo de Corpes y ésta a las Cortes de Toledo y su definitiva condena pública de menos valer.

La conclusión que nos depara este episodio es que las sospechas del Cid eran correctas y que los infantes, en efecto, no eran los maridos adecuados para sus hijas, razón por la cual él no los casó y por lo que las casará en los matrimonios definitivos y así cumplirá la palabra que dio a su mujer y a sus hijas en el Monasterio de San Pedro de Cardeña (v. 282).